D1140964

De trap naar de hemel

Susanne Koster

Uitgeverij Sjaloom

*Met dank aan Elke de Roos voor haar steun en
enthousiasme, en aan Marika Zervos wier persoonlijkheid
onlosmakelijk verbonden blijkt met enkele personages.*

Website: www.sjaloom.nl
E-mail: post@sjaloom.nl

Een uitgave van Sjaloom, Postbus 1895, 1000 BW Amsterdam
© 2004 Susanne Koster en C.V. Sjaloom en Wildeboer
Omslagillustratie *Marjolein Hund*, Monnickendam
Vormgeving *Andrea Scharroo*, Amsterdam
Verspreiding voor België *Uitgeverij Lannoo*, Tielt
ISBN 90 6249 452 8, NUR 284

Er is een dame die zeker weet dat alles
wat glimt van goud is
En ze koopt een trap naar de hemel
En wanneer ze er is weet ze
dat als de winkels dicht zijn
zij met één woord kan krijgen waarvoor ze kwam.

(Stairway to heaven, Led Zeppelin
– vertaling S. Koster)

Hoofdstuk 1

'Kalverliefde? Hoe kom je erbij?'

'Je gaat me toch niet vertellen dat je dat vriendje serieus hebt genomen? Ach kind, wat weet jij nu nog van liefde?'

Marika slikte en haar wangen kleurden rood. 'Moet je dan oud zijn om iets van liefde te weten? Ga toch weg, mam. Kijk eens naar je eigen huwelijk. Alsof papa en jij zo'n ideaal paar zijn. Ja, daar straalt de liefde van af hoor. Jij! Jij begrijpt er helemaal niets van!'

'Ik begrijp er meer van dan jij denkt. Ik begrijp er zo veel van dat ik vind dat jij je nu genoeg hebt opgesloten. Vrijdag ben je niet naar school geweest terwijl je een eindtoets had, het hele weekend zit je binnen, vandaag ben je weer niet naar school geweest, dus nu is het genoeg. Het is nog maar krap twee weken voor de zomervakantie, dus je gaat gewoon naar school en maakt je jaar af.'

'Echt niet! Zie je wel dat je er niets van snapt!'

Woedend duwde ze haar moeder opzij en rende de trap af. In de hal rukte ze haar jack van de kapstok, opende de buitendeur en spurtte weg. Hoe haalde ma het in haar hoofd? Niets begreep ze ervan, helemaal niets. Natuurlijk was ze vandaag niet naar school geweest, ze had toch niet kunnen leren. Het hele weekend had ze alleen maar kunnen huilen. En dan vond ma dat ze gewoon naar school moest gaan! En elke dag Erwin zien. Elke dag het hoongelach van de meiden uit haar klas horen. O, want die zouden lachen. Ze waren allemaal stikjaloers geweest toen zij met Erwin ging. Welk meisje wilde niet met Erwin? Hij was zo'n beetje de knapste jongen van school. Ze was dan ook heel erg verbaasd geweest toen hij haar mee uit vroeg. Verrukt. En het klikte. Vanaf die eerste afspraak. Het voelde heel normaal om met hem te zijn. Hij kon zoenen als de beste. Niet dat zij daar zoveel ervaring mee had, hij was de derde jongen met wie ze zoende, maar bij hem voelde ze zich niet opgelaten tijdens een kus. Ze had zich blij gevoeld. Hij had haar gekozen! Ze was belangrijk voor hem. Ze had nog nooit gevoeld dat ze voor wie dan ook belangrijk was. Tot Erwin haar vroeg.

Rennen, alleen maar rennen. Ze was inmiddels drijfnat, het verkwikkende zomerbuitje had zich tot serieuze regen ontwikkeld. Het regende zo hard dat ze niet eens goed kon zien waar ze liep. Niet dat het wat uitmaakte. Als ze maar weg was.

Hoe kon haar moeder denken dat het maar een kalverliefde was waar je drie dagen later overheen moest zijn? Was er een tijdslimiet vastgesteld voor verdriet? Nee toch zeker? Ze kon het gewoon niet opbrengen om mensen te zien. Mensen zien betekende praten. En praten betekende het onderwerp Erwin aanroeren. Echt niet! Zelfs Karin, haar beste vriendin, had ze afgewimpeld aan de telefoon. Gezegd dat ze haar maar even met rust moest laten. En Karin begreep het. Natuurlijk begreep Karin het. Die was niet achterlijk.

Ineens stond ze op een brug. De reling aan de zijkant van de brug was ijskoud, drijfnat en toch niet glibberig. Vreemd was dat toch. Dat had ze al eens vaker ontdekt. Je zou denken dat zo'n natgeregende reling superglad zou zijn. Maar geen enkele reling in de stad was zonder butsen of andere beschadigingen. Die beschadigingen zorgden voor oponthoud had ze eens geanalyseerd. Daarom gleed je hand er niet soepel overheen.

Ze ging op de onderste reling staan en leunde met haar knieën tegen de bovenste leuning. Ze boog voorover.

'Hé!'

Een ijzeren hand, bedekt door een donkere, leren handschoen waar alleen de vingers uitkwamen, omklemde haar bovenarm. Trok haar met een forse ruk van de reling af.

Wankelend kwam ze op het beton terecht en keek omhoog in een paar vuurspattende ogen.

'Ik ging niet springen, hoor!' zei ze en keek hem aarzelend aan. Hij zag eruit als een man, nou ja, een jonge man, en hij zei niets. Hij keek alleen maar dreigend, schudde toen zijn hoofd en liep weg.

'Hé!' riep ze hard. Hij draaide zich niet eens om.

Wat dacht hij wel! Ze was heus niet van plan geweest om te springen. Echt niet! Ze stond daar toch maar gewoon een beetje heen en weer te zwaaien? Mocht ze per ongeluk in het water gevallen zijn, dan was het... nou ja, een ongelukje. Dan was vast de brandweer of de politie gekomen. Die zouden dan de ambulance bellen. En dan zou ze met gillende sirenes naar het ziekenhuis gebracht worden. Misschien werd het haar moeder dan duidelijk dat hier geen kalverliefde speelde, maar echte liefde. Echte liefde, waar je heel veel verdriet van kon hebben wanneer het uitging. Uit omdat hij het opeens niet meer wist. Niet meer wist of zij nu wel het belangrijkste was. Niet meer wist of hij nog wel verliefd op haar was. Omdat er zo veel andere leuke meisjes waren. Zo'n jongen wilde je dan toch even niet meer onder ogen komen? Maar ja, als je moeder je dan ging dwingen. Tja, dan kreeg je dit soort ongelukken. Want eigenlijk was dit natuurlijk allemaal ma's schuld. Als ma dat soort stomme opmerkingen niet had gemaakt, was zij natuurlijk nooit de deur uitgerend. Dan was ze waarschijnlijk ook niet op die reling gaan staan. En dan had die vent haar er niet af hoeven trekken. Wie zou dat geweest zijn?

Opeens rilde ze. Koud was het. Nat ook. Ze moest maar eens naar huis gaan.

'Opstaan, Marika. Het is zeven uur.'

Haar moeder schoof de gordijnen open en een druilerige morgen staarde haar vuil en grijs aan.

'Mam, ik zei toch dat ik niet ging.'

'Dat zullen we dan nog wel eens zien, jongedame. Hup.'

Een hand trok het dekbed weg. 'Opstaan! Nu!'

Als ma zo keek, kon je maar beter doen wat ze zei. Zelfs papa zocht dan dekking, op de weinige momenten dat hij thuis was.

Strompelend verdween Marika naar de douche, draaide de kraan volledig open en binnen twee minuten was de badkamer veranderd in een dampende, natte cel.

'Schiet je op? Ik heb een eitje voor je gekookt. Als je dat warm wilt eten zou ik maar tempo maken.'

Vijf minuten later stapte Marika de douche uit, schoot snel haar ochtendjas aan en liep naar beneden.

'Ben je nu nog niet aangekleed? En waar is je tas? En vergeet je mobieltje niet, anders kan ik je weer niet bereiken. Schiet toch eens op.'

'Mam, wat loop je toch te stressen. Ik hoef pas om tien over negen te beginnen.'

Haar moeder knikte en streek een onzichtbaar pluisje van haar keurige mantelpakje. Daarna pakte ze haar eigen kopje en ontbijtbordje van de tafel. 'Dat weet ik, maar ik breng je vandaag, dan weet ik tenminste zeker dat je naar school gaat.'

'Wát? Ik ben toch geen klein kind meer?' Ze had meteen geen trek meer in het zachtgekookte eitje. De woede had zich alweer als een keiharde bal in haar maag gevestigd.

'O, jij bent geen klein kind meer? Gedraag je dan ook niet zo!' Met een klap liet haar moeder de huiskamerdeur dichtvallen en even later knalde ze het serviesgoed de afwasmachine in.

Marika staarde verbluft voor zich uit. Ma was echt kwaad. Onbegrijpelijk. De koele, strenge advocate bleek toch emotie te hebben. Ze stond op en liep naar de keuken.

'Zeg mam, dan ben ik veel te vroeg op school.'

'Die tijd kun je heel nuttig gebruiken. Je gaat maar in de kantine zitten en wat aan die eindtoets doen die je nu moet herkansen. En ga je nu in hemelsnaam aankleden, ik heb een vroege afspraak op de rechtbank!'

Een halfuur later stopte ma voor school, bood haar wang aan voor een verplichte luchtkus en stoof weer weg. Marika keek de snel verdwijnende rode achterlichten na en haalde haar schouders op. Als ma dacht dat ze nu echt in de stinkende kantine ging zitten blokken op een hertoets, had ze het mis. Al die misselijke meiden uit haar klas zaten dag in dag uit in de kantine. Druk met hun grootste hobby: roddelen. Nee, de coffeecorner tegenover school was een veel beter alternatief.

Ze ging op de rand van de stoep staan om over te steken en kreeg een schok. Daar aan de overkant stond die gozer van de brug! En hij keek nog steeds hartstikke kwaad. Jakkes, dat was wel een beetje raar. Wat deed die vent hier?

Even stokten haar gedachten en ze bukte om over de neus van haar laars te wrijven. Hij zou haar toch niet volgen? Nee, dat kon niet. Of wel? Vanwege de brug? Ze keek op en… Krijg wat, hij was weg!

Ze keek alle richtingen uit, maar hij was in geen velden of wegen te bekennen. Had hij er wel gestaan, had ze het zich niet verbeeld? Het moest niet gekker worden met dat hoofd van haar. Ze haalde haar schouders op, stak over en liep de coffeecorner binnen.

'Hé Mariek, ben je er weer?'

Gelukkig was het Karin maar. 'Ach ja, het moet maar,' zei ze lijdzaam.

'Alles komt goed, meid. Laat Erwin lekker het heen en weer krijgen. Voor hem tien anderen. Wil je koffie verkeerd?'

Ze knikte en Karin liep naar de bar om te bestellen. Marika graaide haar mobieltje uit haar tas en zette de trilstand aan. Mocht ma bellen dan hoorde ze het tenminste niet.

Ze keek naar buiten en meteen miste haar hart een slag. Hij stond er weer!

'Karin, kom eens.' Was dat haar stem, zo fluisterend? Natuurlijk hoorde Karin dat niet in het geroezemoes van de coffeecorner. Ze draaide zich om. 'Karin.'

'Tjemig, meid, ik schrik me rot, je hoeft niet zo te schreeuwen. Wat is er?'

'Kom eens.'

'Ja, zo. Ik moet even op de koffie wachten.'

'Nee!' Opeens was ze bang. Waarvoor? Gauw keek ze over haar schouder door het raam. Niet te geloven, hij was weer weg!

Karin schoof aan en zette twee glazen vol melkkoffie op tafel. 'Hé, gaat het wel met je?'

'Eh, nou, eigenlijk,' ze slikte en nam een besluit. 'Moet je luisteren wat mij overkomen is.'

Binnen twee minuten vertelde ze van de avond ervoor. Hoe haar moeder had gereageerd, hoe boos ze was geworden, hoe hard ze gelopen had en dat ze was geëindigd op de brug. Hoe die harde hand haar van de reling had afgetrokken en dat ze de eigenaar van die hand nu al twee keer had gezien.

Karin keek haar met grote ogen aan. 'Allemachtig, jij hebt weer wat!' zuchtte ze diep. 'Waarom maak ik nooit eens zoiets mysterieus mee? Vertel, hoe zag hij eruit?'

Marika trok een denkrimpel in haar voorhoofd. 'Dat weet ik eigenlijk niet. Het enige wat me opviel waren zijn ogen. Hij heeft ogen die dwars door je heen kijken. En dat hij hartstikke veel kracht in die hand had. En hij had handschoenen aan, van die zwarte met afgeknipte vingerstukken'

'Handschoenen? In de zomer? Nou ja, wat er voor door moet gaan. Maar dit geheel en al terzijde. Hij droeg dus handschoenen. Ach, iedere gek zijn gebrek, maar dat is toch niet alles? Was hij blond, donker, lang, kort, dik, slank, hoe oud...'

'Donker haar, donker, eh... donkergroene ogen. Lang, in ieder geval langer dan ik. Slank. Tja, hoe oud?' Marika sloot haar ogen en probeerde het beeld van de avond ervoor terug te halen. Hij had een redelijk glad gezicht gehad, misschien een vage schaduw van wat baardgroei. Was dat wel zo? Had ze dat wel kunnen zien? Zo licht was het niet geweest, misschien was het wel de schaduw van een lantaarnpaal geweest.

'Zijn leeftijd vind ik moeilijk. Ik dacht eerst dat het echt een man was en ja hoe oud zijn die? Maar toen zag ik dat hij jonger was, niet al te jong, een jonge man.'

'Een jaar of vijfentwintig?' probeerde Karin.

Marika nam een slok van haar koffie en knikte bedachtzaam. 'Ja... Ja, dat zou wel kunnen.'

Karin keek naar buiten. 'Zou hij nog ergens staan? Je hebt me wel supernieuwsgierig gemaakt. Hij vond je vast leuk, anders grijp je toch niet een wildvreemd meisje vast? Ja,' knikte ze. 'Misschien is het wel wat voor je, beter dan zo'n jong gozertje dat niet weet wat hij wil.'

'Ben je gek?' schoot Marika uit. 'Ten eerste ben ik nog lang niet over Erwin heen en ten tweede, die vent is veel te oud.'

'Ach, meid,' lachte Karin en verslikte zich bijna in een veel te grote slok van haar melkkoffie. 'Geen betere manier om over je liefdesverdriet te komen dan een nieuwe liefde. En als die vent echt vijfentwintig is, scheelt dat maar negen jaar. Nou én?'

Marika schudde haar hoofd. 'Je bent gek.'

'Stapel,' beaamde Karin en keek op haar horloge. 'Verdikkeme, over twee minuten moeten we in de klas zitten, kom op. Ik wil niet te laat komen, Versteeg gaat zeggen wie er vrijdag moet herkansen.'

Vlug liepen ze de coffeecorner uit, renden de straat over en kwamen een minuut later hijgend de klas binnen.

'Ach, kijk toch eens, onze koninklijke hoogheid is binnengeschreden.'

Hadassa natuurlijk! Als er iemand gek op Erwin was!

Marika probeerde zo koud mogelijk om zich heen te kijken en liet zich stijf op haar stoel zakken. Die rotmeid, wedden dat iedereen het al wist? Misschien was Hadassa nu wel het nieuwe vriendinnetje van Erwin.

'Lullig hè, als een jongen niet weet of hij wel of niet verliefd op je is. Blijkbaar ben je toch niet zo belangrijk voor hem,' fluisterde Michelle keihard.

'Om niet nummer één te zijn voor een jongen lijkt me afschuwelijk,' ging Hadassa verder. 'Maar ja, je kunt natuurlijk alleen maar nummer één zijn als je een jongen wat te bieden hebt. Blijkbaar heb jij dat niet, nooit gehad ook. Kijk toch eens in de spiegel, meisje, je ziet eruit als een kleine grijze muis.'

'Die arme jongen is helemaal van slag,' glimlachte Shanna liefjes. 'Maar dat zal niet lang duren, want Hadassa weet hem uitstekend te troosten. Gisteravond in bioscoop werd hij al wat vrolijker.'

'Hij vond dat ik heerlijk rook. Ik had dan ook een heel speciaal parfummetje in mijn nek gespoten. Wanneer die geur zich vermengt met mijn lichaamsgeur wordt het nog opwindender. Tenminste,' glimlachte Hadassa minzaam, 'dat zei Erwin toen hij met zijn neus in mijn nek lag.'

'Spuit voor mij ook eens een lekker parfummetje in je nek, Hadas,' riep Michael vanaf de achterste bank.

'Doe voor mij maar gewoon puur natuur je eigen lichaamsgeur,' lachte Rachid. 'Er gaat niets boven…'

Versteeg kwam binnen en liep naar zijn tafel. 'Oké, dames en heren, genoeg gekletst, we gaan aan het werk.'

Ze zat versteend op haar stoel. Ze had gevoeld hoe het bloed uit haar gezicht was gelopen. Ze had gevoeld hoe haar ogen brandden. En nu? Ze kon niets meer zeggen. Maar ze was niet zonder gedachten. Erwin had dus al vervanging gevonden. Had zij ooit wel iets voor hem betekend, had hij…

'Marika!'

Verschrikt keek ze op. 'Ja?'

Versteeg keek haar streng aan. 'Ik weet dat je vrijdag ziek geweest bent, maar…'

'Nou ja, ziek? Is liefdesverdriet een ziekte, ik dacht…'

Versteeg draaide zich een beetje opzij en zijn stem donderde door het klaslokaal. 'Vroeg ik jou iets, Hadassa? Nog een keer onderbreking van jou en je kunt vertrekken.'

'O, sorry hoor, ik wilde alleen maar helpen.'

'Aha, is dat jouw definitie van helpen? Kom jij om vier uur maar even bij me, dan zal ik je een andere definitie leren.'

Hadassa's gezicht betrok en Versteeg draaide zich terug naar Marika. 'Om mijn zin af te maken, ik weet dat je afgelopen vrijdag ziek geweest bent, maar aanstaande vrijdag is de herkansing. Ga even bij de decaan langs wanneer je denkt dat je dat niet zult redden, goed?'

Ze knikte en voelde een sprankje dankbaarheid voor de man die nu terug naar het bord liep. Hij bood haar een strohalm. Als ze wilde, kon ze nu naar huis.

Versteeg trok een pak papieren uit zijn tas. 'Tja, dat ziet er niet zo mooi uit. Hadassa, het is maar goed dat jij nablijft om vier uur, je moet herkansen. Peter, Michelle, Karin en Rachid, ook jullie zien we graag vrijdag terug. Zo zie je, Marika, je bent vrijdag niet alleen.'

Karin stootte haar aan. 'Gaan we lekker samen. Hé,' fluisterde ze wat harder, 'gaat het wel? Je ziet er uit als een uitgepoepte erwt, maar je laat je niet kennen hoor!'

Ze schudde haar hoofd.

Versteeg schreef iets op het bord, maar ze kon het niet lezen. Hij vertelde iets, maar ze kon het niet verstaan. Als ze naast zich keek, zag ze het misprijzende gezicht van Hadassa en meteen achter zich voelde ze de voeten van Michelle. Voeten die al twee keer 'per ongeluk' tegen haar benen aan hadden geschopt. Om over het kinderachtige trekken aan haar haren nog maar te zwijgen.

Ze kwam de les door zonder iets gehoord te hebben. Toen de bel klonk, keek ze Karin aan en fluisterde dat ze wegging.

Karin zei dat ze even moest wachten tot iedereen de klas verlaten had, dan viel het minder op.

Ze wachtte een paar minuten en liep toen schoorvoetend naar de deur. De gang was leeg. Zich dwingend om rustig te lopen, verliet ze het schoolgebouw.

Zonder een enkele gedachte stak ze de straat over en liep door. Eindeloos. Straat in, straat uit. Kwartier na kwartier. Waar ze was, wist ze niet meer. Haar handen, die ze diep had weggestopt in de zakken van haar jas, werden niet warm. Ze had het gevoel dat haar tenen los in haar laarzen lagen.

Ze liep een plantsoentje in en zag een bank in een mager zonnetje waar ze zonder bij na te denken op ging zitten.

'Je huilt,' zei een stem naast haar.

Hoofdstuk 2

Ze keek op. Hij was naast haar op de bank gaan zitten. Tussen hem en haar tien centimeter. Zijn blik nog steeds smeulend. Smaragdgroene ogen. Hij keek haar aan. Eeuwig, leek het wel. Zonder meer te zeggen dan de openingszin dat ze huilde.

Ze wilde van hem wegkijken, maar het ging niet. Het leek wel of ze naar hem toegetrokken werd als een mot naar de vlam.

Opeens voelde ze hoe hard het bloed door haar aderen pompte, dat haar ademhaling af en toe stokte en dat ze op het randje van paniek balanceerde. Paniek vermengd met een heel klein beetje spanning.

Zijn ogen waren daarnet nog donkergroen en nu, binnen een paar seconden, veranderden ze in bijna lichtgevend groen. Zijn mond was zuiver hartvormig. Dat had ze wel eens in een romannetje gelezen, maar tot vandaag nog nooit gezien. De kaaklijn was scherp. Heel vaag zag ze een waas van baardstoppels. Zijn dikke, donkerbruine haar was net iets te lang. Het viel voor een deel over de rand van zijn jas. Het andere deel lag bijna statisch tegen zijn nek. Het liefst wilde ze daar met haar hand doorheen woelen. Zorgen dat dat deel ook over de rand van zijn jas viel.

Met een ruk draaide ze haar hoofd weg. Ze leek wel gek!

Zijn hand pakte haar kin en draaide haar hoofd terug. Zijn ogen waren dwingend als grote magneten. Zwijgend liet ze toe dat zijn hand naar haar gezicht kwam. Zacht haar tranen wegveegde. Ze voelde zijn wijsvinger trillen toen hij over haar bovenlip streek. Alles was goed.

'Kom.' Zijn hand pakte de hare en willoos stond ze op. Het maakte niet uit. Misschien was hij wel een gevaarlijke idioot. Of iemand die oude vrouwtjes overviel. Of zo'n joch op een brommer die kinderen onder bedreiging dwong hun merkkleding af te staan. En toch ging ze met hem mee. Ze had vast een kronkel in haar hoofd.

Ze volgde hem zwijgend naar een zwarte Golf GTI met donkere ramen. Even stil stapte ze in, draaide haar gezicht naar hem toe en keek hoe hij wegreed. Rustig, weloverwogen. Zijn gehandschoende hand op de versnellingspook zag er krachtig uit. Het kootje direct onder zijn nagel deed vermoeden dat hij slanke, sterke vingers had. Hij had krijtwitte nagels.

Haar blik ging omhoog. Hij droeg een zwarte jas. Een jas die haar vader over zijn kostuum zou dragen. Een jas die haar vader een mantel zou noemen. Eronder een zwarte spijkerbroek en een zwart, hooggesloten poloshirt. Glimmend gepoetste, zwarte schoenen.

'Hoe heet je?'

Als ze aan stemmen een kleur mocht geven, was zijn stem zwart.

'Marika.' Haar stem zou grijs zijn. Uiteraard.

Hij draaide zijn hoofd een klein beetje in haar richting. 'Mooi.'

Wat mooi? Mooie naam? Mooi dat ze haar naam gezegd had? Wat? Ze zuchtte. Ze moest niet goed bij haar hoofd zijn. Waarom deed ze dit? Hier zat ze dan bij een vreemde man, in een vreemde auto. En het kon haar geen donder schelen.

'En jij, hoe heet jij?'

'Martijn,' zei hij met zijn blik weer op de weg.

'Martijn,' zei ze fluisterend en liet de naam over haar tong rollen. Ze zat dus met ene Martijn in de auto. Waar ze naartoe ging wist ze niet en het maakte haar niets uit. Was ze nog wel goed bij haar hoofd? Was er niet ergens een radertje losgeraakt? Zou ze niet bang moeten zijn? Hartstikke bang? Maar in haar lichaam was de eerder gevoelde paniek wat minder geworden. Had plaatsgemaakt voor... Ja, voor wat? Ze wist het niet, had zich nog nooit zo gevoeld.

'We zijn er.'

Voor het eerst keek ze naar buiten. Artis! Hij had haar naar de dierentuin gereden! Hij stapte uit, liep om en opende het portier voor haar. Zijn hand die de hare vasthield. In zijn andere hand de afstandsbediening van de auto. Hij hief zijn arm hoog boven haar hoofd en ze hoorde een klik. De auto zat op slot.

Zonder woorden liepen ze naar de entree. Naar de kassa. Hij stak twee vingers op en betaalde zwijgend. Hij wuifde de fotograaf bij de ingang weg en trok haar een pad op. Ze liepen op hun gemak de hele dierentuin door. Nog steeds zonder een woord te zeggen. Zonder een lach. Zonder stil te staan bij de apen, de ijsberen of de olifanten. Ze hobbelde willoos met hem mee, pad na pad. En ze vond het niet raar.

Daarna nam hij haar mee naar het restaurant, bestelde citroenthee zonder met haar te overleggen en keek haar aan. 'Vertel het me.'

Ze keek hem aan. Zijn gezicht stond strak en zijn ogen zeiden niets. Ze draaide haar hoofd weg, staarde in het niets en begon. Begon zonder aarzeling, zonder emotie over Erwin, over haar moeder en over de meiden in de klas.

Aan het eind van het verhaal knikte hij en pakte haar handen. 'Dat was de laatste keer. Niemand zal jou nog pijn doen. Die Hadassa niet en hij zeker niet.'

Ze lachte schamper. 'Ja hoor!'

Hij liet haar handen los en keek haar strak aan. 'Ik meen het.'

Hij zei het zo simpel en toonloos dat het wel waar moest zijn. Het kon geen grap zijn. Daarvoor keek hij te serieus. Hij meende elk woord dat hij zei. Dat kon niet anders. Dit was een moment waar ze later nog veel aan terug zou denken. Dit zou een herinnering worden.

Ze keek naar zijn handen die, nog steeds verborgen in de handschoenen, de hare vasthielden. Sterke handen. Ze boog haar hoofd en kuste vederlicht de leren knokkels.

Een van zijn handen maakte zich los en streelde haar gebogen hoofd. Ze keek op. Haar neus raakte bijna de zijne. Haar mond tuitte zich. Ze sloot haar ogen. Voelde zijn lippen op haar voorhoofd, en een onbekend brandend gevoel van teleurstelling sidderde door haar lichaam.

'Kom.'

Hij trok haar overeind en trillend liep ze met hem mee naar de uitgang.

Verdwaasd stapte ze in de auto, blij dat ze weer kon zitten. Ze voelde zijn blik.

'Hoe laat verwachten ze je thuis?'

'Een uur of zes.'

'Ga je 's avonds wel eens weg?'

'Soms naar de bieb of naar mijn vriendin.'

'Hoe laat?'

'Meestal rond halfnegen.'

'Dan sta ik op de hoek van de straat.'

Vleugels.

Ademloos wachtte ze tot halfnegen. Ma had op het antwoordapparaat gestaan. Dat het wat later werd vanavond. Dat er een pizza in de vriezer lag. Eindeloze voorraad diepvriesmaaltijden. Gelukkig kwam papa altijd in het weekend thuis, dan zouden ze eindelijk weer eens een thuisgemaakte maaltijd eten.

Ze keek in de spiegel. Doodsbleek gezicht. Strak. Gespannen. Als een actrice in een zwaar drama. Ze schudde haar hoofd. Dat kon zo niet. Ze rende de trap op. Badkamer. Make-uptasje. Poeder, waarom had ze geen poeder? Ma had poeder. Waar was die toilettas?

Ze liep haar moeders slaapkamer in, rechtstreeks naar de kaptafel. Ma's goudkleurige tasje. Jakkes, donkerbruine poeder. Ze liep terug naar de badkamer en keek nog eens tussen haar eigen spulletjes. Dan maar een vleugje rouge en een heel klein beetje lippenstift. Daarna trok ze een borstel door haar krullen. Ze keek weer in de spiegel. Gatverdamme, te veel rouge, ze leek wel een clown. Ruw veegde ze met haar handen over haar wangen. Midden in de beweging hield ze op.

Wat maakte ze zich toch druk. Misschien stond hij er niet eens. Waarom zou hij er wel staan? Wat moest hij met een meisje zoals zij? Als Erwin het al niet eens wist, een leeftijdgenoot, waarom hij dan wel? Hoe oud was hij eigenlijk? Wat deed hij? Waar kwam hij vandaan?

Kreunend liet ze zich op de rand van het bad zakken. Ze moest wel compleet idioot zijn. Maar ze zou hem zien. Dat moest. Anders zou het dreunen in haar borstkas misschien nooit meer ophouden.

Ze liep de trap af. Keek op haar horloge. Vijf voor halfnegen. Tijd. Haar hart zette nog een tandje bij. Ze trok haar spijkerjackje aan, pakte haar sleutels van de gangtafel, liet haar mobieltje liggen en liep naar buiten.

Voordat ze hem zag, zag ze zijn auto. Hij duwde van binnenuit het portier open. Ze zag dat hij nog steeds de handschoenen droeg. Hij keek haar aan zonder glimlach. De begroeting die op haar lippen lag, stierf weg. Zwijgend stapte ze in. Zodra het portier dichtviel, reed hij weg.

Hij reed de stad uit. Nou én? Even had ze het gevoel op vakantie te zijn. Ze reden langs boerderijen, smalle wegen en kwamen geen hond tegen. Daarna stopte hij bij een café met terras. Hij schoof haar stoel aan. Hij bestelde sinaasappelsap. Hij leek feilloos te weten wat ze dronk. En hij keek. Onafgebroken. Keek alsof hij ín haar kon kijken.

'Je bent zo lief,' zei zijn zwarte stem. 'En je bent beeldschoon. Door elke krul in je haar schittert een streepje avondzon.'

Ze lachte. 'Het klinkt alsof ik heel bijzonder haar heb, terwijl het gewone, donkerbruine krullen zijn.'

Hij lachte niet terug. 'Ebbenhout,' mijmerde hij. 'Met een vleugje koper. Puur natuur. Houd dat zo. Jij bent iemand die geen make-up nodig heeft. Niet meer doen dus.'

Haar wangen gloeiden en ze betrapte zichzelf op een schuldgevoel. Waarom? Ze moest toch zeker zelf weten wat ze op haar gezicht smeerde? Tuurlijk. Tuurlijk. Maar toch. Ze had zijn beeld verstoord. Met chemische rotzooi.

Hij streelde haar gezicht. 'Kijk eens hoe mooi dat natuurlijke rood is.'

Ze slikte. 'Het spijt me.'

'Dat weet ik.'

'Ik zal het niet meer doen.'

'Ook dat weet ik. Sst.' Hij legde zijn vinger zacht op haar mond toen ze aanstalten maakte nog iets te zeggen. 'Drink je sinaasappelsap op.'

Gehoorzaam pakte ze het glas en klokte de inhoud naar binnen.

Hij legde wat geld op tafel en nam haar hand. 'Ik ken hier de weg, het is een prachtig natuur- en wandelgebied.'

Ze liepen eerst nog over stille wandelpaden en kwamen daarna langs waterpartijen waar tientallen bootjes voeren. Zwijgend bleven ze staan. 'Te druk,' mompelde hij en ze knikte instemmend.

Heel langzaam begon het te schemeren, maar hij had blijkbaar geen licht nodig en wandelde stevig voort tot hij uiteindelijk weer stilhield. 'Dit is het vogelgebied, hier komt niemand.'

Even later trok hij haar het riet in, en haar hart bonsde zo hard dat ze bang was dat hij het zou horen. Hij ging op zijn rug liggen en manoeuvreerde haar zo dat haar wang op zijn schouder lag. Zijn hand aaide traag haar hoofd, masseerde haar hoofdhuid, zakte af naar haar nek en streelde haar nekhaartjes.

Hij rook naar een stuk mos dat altijd vochtig blijft, waar nooit de zon komt omdat het wordt overschaduwd door hoge bomen met enorme takken. Takken die zwaar doorbuigen van de vracht die ze moeten dragen.

Zijn schouders en borst voelden keihard aan. Zoals de stam van een eeuwenoude boom. Zijn arm die om haar schouder geslagen lag was soepel en sterk. Zoals de takken. Zijn hele lichaam leek uit eikenhout gehouwen.

'Vertel eens iets over jezelf.'

Hij boog zijn hoofd een beetje naar voren en kuste haar voorhoofd. 'Ik vroeg me al af wanneer je dat zou vragen. Gelukkig ben je niet al te nieuwsgierig.'

Was dat zo? Ze had het natuurlijk eerder kunnen vragen, maar dat had ze niet gedaan. Raar eigenlijk, maar als ze bij hem was leek het alsof het er allemaal niet toedeed.

'Nou, dat ben ik eigenlijk wel, ik eh…'

'Ik houd niet zo van erg nieuwsgierige meisjes.'

'Wie zegt dat ik érg nieuwsgierig ben? Ik ben op een heel gewone manier nieuwsgierig. Geloof ik.'

Hij staarde even voor zich uit voordat hij zich weer naar haar toedraaide. 'Wat wil je weten?'

'Nou eh.., hoe oud ben je bijvoorbeeld, zit je nog op school of werk je en waar woon je?'

'Dat zijn een heleboel vragen tegelijk.'

Ze voelde dat hij zijn hoofd schudde en verbeeldde zich dat hij toegeeflijk zou lachen. Als hij ooit al lachte.

'Het is omdat je zo lief bent. Vooruit dan maar. Ik ben drieëntwintig jaar, ik heb heao gedaan en werk op de zaak van mijn vader. Ik ontwikkel computerprogrammatuur. Mijn vader zie ik niet vaak op het werk, en al wonen we in hetzelfde huis, thuis is hij ook zelden. Mijn oma woont trouwens bij ons in.'

'En je moeder dan?'

'Die is dood.'

Meteen schoot ze overeind. 'O, het spijt me, dat wist ik niet. Wat vreselijk.' Haar hand streelde zijn wang, maar hij duwde haar van zich af.

'Geen medelijden alsjeblieft.' Als er een stem kon zijn die nog donkerder dan zwart was, dan had hij die.

'Je hoeft niet meteen zo kwaad te worden, zo bedoelde ik het helemaal niet.'

'Oké, sorry.' Hij stak zijn armen uit en ze liet zich erin vallen. Haar mond vond als vanzelf zijn gezicht, zijn lippen. Ze kuste hem, even, toen trok hij met een pijnlijk gezicht terug. 'Nee, nee, dit mag niet.'

Verward en teleurgesteld keek ze hem aan. 'Wat, wat?'

Hij schudde zijn hoofd. 'Jij bent nog zo jong, zo onschuldig.'

'Wát?'

'En daarbij ben jij zestien, ik ben drieëntwintig.'

'Wat maakt dat nou uit! We schelen zeven jaar. Hopen mensen schelen meer. Trouwens, hoe weet je dat ik zestien ben?'

'Ik weet wat ik moet weten. Zestien en drieëntwintig,' ging hij onverstoorbaar verder, 'dat kan niet. Dat is niet zuiver, dat is pervers.'

Ze lachte schaterend. 'Doe niet zo belachelijk.'

Zijn gezicht trok strak. Uitdrukkingsloos. Behalve zijn ogen. Die waren weer donkergroen geworden en smeulden onheilspellend. Hij ging staan. Kaarsrecht. 'Je zult mij op veel kunnen betrappen, maar niet op het verkondigen van belachelijke zaken.'

De plotselinge dreiging liet een druipend spoor in haar maag achter. 'Zo bedoelde ik het niet. Ik bedoelde…'

Ongeduldig trok hij haar overeind en duwde haar het riet uit. 'Ik weet wat je bedoelde. De hele maatschappij bedoelt dat zo. Ach, het loopt allemaal zo'n vaart niet, zegt men dan. Maar ik weet wat pervers is en wat niet. Een relatie aan gaan met een meisje zoals jij zou pervers zijn. En ik heb een enorme hekel aan perversiteiten.'

Met een ruk draaide hij zich naar haar terug. 'Maar ik wil je wel blijven zien,' zei hij ernstig. 'Ik wil je beter leren kennen. Misschien worden we vrienden. Wat denk je?'

Zijn gezicht was bleek. Zijn adem ging stotend en zijn borstkas ging in hetzelfde tempo mee. Hij keek haar aan met ogen die per minuut van kleur veranderden en niet meer smeulden.

Haar lichaam laaide op, verwarmde haar en verdreef het angstige gevoel van zo-even. 'O, ja! Ja, dat lijkt me… Ik weet niet…'

'Iemand moet jou toch beschermen?' zei hij zacht.

'Eh, is dat zo? Ik weet niet… nou ja, misschien wel.'

'En voorlopig houden we het even geheim. We praten er niet over. Het is ons geheim. Onze vriendschap. Van niemand anders. Oké?'

'O, nou, eh, goed.'

Hij trok haar in zijn armen en verborg zijn hoofd in haar nek. 'Voorlopig hebben we genoeg aan elkaar, anderen komen later. Het belangrijkste is de opbouw van onze vriendschap,' mompelde hij.

Ze bleef stil in zijn armen hangen en voelde de onzekerheid in haar lichaam zigzaggend een uitweg zoeken. Hij bleef haar stevig vasthouden en ademde zwaar in haar nek. Hij was ook verward, daaraan twijfelde ze niet. Maar wel aan zichzelf. Ze wilde dat er nooit een eind aan deze dag kwam en tegelijkertijd wilde ze dat ze deze dag nooit had meegemaakt. Daarnaast wist ze niet wat ze wilde, en dat niet weten was zo groot dat het pijn deed. Nog nooit had ze gedaan wat ze vandaag had gedaan. Nog nooit was ze zomaar met een vreemde op stap gegaan. Nog nooit had ze een vreemde zo snel vertrouwd en gevoeld wat ze nu voelde. Dat ze zo dicht bij die ander wilde zijn. Dat ze die ander wilde zoenen. En die ander kende ze niet eens! Maar toch. Ze moest hem terugzien. De gedachte straks alleen in haar kamertje te zijn, maakte haar nu al bedroefd.

'Kom, ik breng je naar huis.' Hij kuste haar voorhoofd en haar gesloten ogen, en gelaten liet ze dat toe. Meer kon ze niet verwachten. Toch?

Hoofdstuk 3

Op de hoek van de straat zette hij haar af. Van de auto tot aan de voordeur voelde ze zijn brandende ogen op zich gericht. Zodra ze de voordeur opendeed, hoorde ze de brullende motor. Ze draaide zich om en wilde nog even zwaaien, maar halverwege de beweging liet ze haar hand zakken. Opeens leek zwaaien een stom idee. Ze stapte naar binnen, knalde de deur dicht en leunde er even tegenaan.

Gewone dingen. Dat was het. Ze moest zich bezighouden met gewone dingen. Ze moest vooral niet denken. Het antwoordapparaat knipperde. Mooi. Afleiding. Niet denken. Niet aan vanavond.

Ze staarde naar het lichtje. Dat hoorde tot de gewone wereld. Goed. Ze wist bijna zeker dat haar moeder gebeld had. Mechanisch stapte ze naar voren, drukte het apparaat aan.

'Marika? Marika, neem even op, ik weet dat je thuis bent. Toe nou, ik heb er zo'n hekel aan om in te spreken… Liefje, ik begrijp dat je boos bent, maar ik moet deze zaak even afmaken. En binnenkort heb ik meer tijd, echt. Dan maak ik het helemaal goed met je. Dan gaan we alleen nog maar dingen doen die jij leuk vindt. Marika, neem nou even op…'

Gewone dingen. Ma dacht echt dat ze nog een klein kind was! Een lief klein meisje dat het leuk zou vinden om met haar moedertje op stap te gaan.

Marika zuchtte. Wat was gewoon? Ze liep de gang in, griste haar mobieltje van de gangtafel en slofte naar boven. Drie berichtjes. Wedden dat ze allemaal van ma waren? Dacht zeker dat haar arme kindje dikke tranen van verdriet lag te plengen. Welkom in de echte wereld, mama.

Ze gooide het telefoontje op haar bed, trok haar kleren uit, een nachtpon aan en glimlachte een beetje verdrietig. De tijd dat ze het erg vond wanneer ma moest overwerken lag allang achter haar. En de beloften van ma over meer tijd en samen leuke dingen doen geloofde ze ook allang niet meer. Ja, als papa in het weekend thuis was, dan had ma tijd, dan kon ze tijd máken. En dat niet alleen, dan kon ze ook een maaltijd maken waar papa altijd om glimlachte. Hij had wel eens gefluisterd dat haar moeder een schatje was, maar nooit een keukenprinses zou worden. Op dat moment had ze met papa meegelachen, maar het in haar hart wel een beetje zielig voor ma gevonden.

Opeens wilde ze haar moeders stem horen. Het maakte niet uit dat ma nooit tijd had, nú was haar stem een van de normale dingen waar ze behoefte aan had. Ze pakte het mobieltje, tikte het nummer in en luisterde hoe de telefoon overging. En overging. En hoe niemand opnam.

Ze haalde haar schouders op en wierp het telefoontje weer op bed. Daarna liep ze de badkamer in, pakte een borstel en trok lange halen door haar krullen. Ebbenhout met een vleugje koper. Ja, ja. Hoe goedgelovig kon een mens zijn? Ze was een idioot. Een idioot die werd aangestaard door haar eigen bleke gezicht.

Opeens werd ze duizelig en moest ze de rand van de wastafel vastpakken. Duizelig en trillerig. Haar ogen brandend van tranen die nog moesten komen.

Ze reikte omhoog naar het deurtje van het medicijnkastje en haar spiegelbeeld kwam haar zwenkend tegemoet bij het openen. Vitaminen. Paracetamol. Waar waren nou… Ah, daar. Maagtabletten. Met een grote slok water slikte ze het pilletje door en besloot niet meer in de spiegel te kijken.

Bibberig liep ze naar haar slaapkamer en klapte het dekbed-
overtrek open. Zou ze toch het dekbed in de hoes doen? De
afgelopen paar nachten was het, ondanks af en toe een bui-
tje, behoorlijk warm geweest, maar nu voelde ze zich zo
vreemd. Had ze het koud, was ze daarom zo bibberig? Ach,
wat, het ging heus wel over. Zuchtend ging ze liggen. Even
later zat ze weer. Ze moest haar wekker nog instellen. Haar
vingers trilden. Was niet erg. Ze had misschien honger. Had
ze vanavond gegeten? Wat dan? Ze had niet gegeten! Ook
dat was niet erg. Het was juist reuze goed voor de lijn. Morgen zou alles weer gewoon zijn. Gewoon naar school. Opeens een lichtflits. Ze zag er niet meer tegenop om haar
klasgenoten te zien! Of Erwin. Dat leek allemaal niet meer
belangrijk. Sterker nog, het leek opeens allemaal zo kinder-
achtig. Waar had ze zich druk over gemaakt? Pubermeiden
met een grote mond. Een jochie dat het niet meer wist.
Kinderproblemen. Ze moesten eens weten. Als Martijn…
Nee!

Ze ging weer liggen en draaide zich diep in haar dekbed-
overtrek. Niet meer aan denken. Gewone dingen. Licht uit.

Haar mobieltje piepte. Weer een berichtje.

*Vrienden beschermen elkaar. Daar begint een echte vriend-
schap mee. Droom zacht, M.*

Midden in de nacht schoot ze overeind. Hoe wist hij haar
telefoonnummer?

Om halfacht liep haar wekker af, maar ze verroerde zich
niet. Ze wist zeker dat het geen zin had vandaag haar boeken open te doen om te leren voor de herkansing. Ze zou
zich niet kunnen concentreren. Ze zou alleen de ogen van
Martijn…

Ze schudde haar hoofd. Ze moest ermee ophouden, niet
meer aan hem denken. Waarom lukte dat niet? Wat had hij
dat andere jongens niet hadden? Was het zijn leeftijd? Was
het de manier waarop hij zich kleedde? Of waren het zijn

ogen? Ogen die ze steeds zag zodra ze haar eigen ogen sloot.

Beneden klapte de buitendeur dicht en ze haalde opgelucht adem. Ma was alweer op weg naar kantoor. Nu kon ze tenminste ontbijten zonder gezeur.

Ze rolde uit bed en sjokte de trap af. Even voelde ze zich schuldig toen ze de gedekte ontbijttafel zag staan. Op haar bord lag een briefje van ma. Dat ze het zo druk had. Dat ze het heel erg vond dat ze er gisteravond niet was. Dat ze binnenkort écht samen iets leuks gingen doen. Dat ze ook vanavond weer laat zou zijn, maar dat het heus de laatste keer was. Bla, bla, bla.

Ze schonk een beker thee in en had geen trek meer in ontbijt. Ze had nergens trek in. Ze wilde niets, helemaal niets. Ze zou vandaag gewoon de hele dag in bed blijven. Slapen en televisie kijken.

's Middags tingelde haar mobieltje en ze zag op het schermpje het telefoonnummer van Karin. Ook daar had ze geen zin in en dus nam ze niet op. Even later ging de huistelefoon die ze ook liet rinkelen. Ze wist bijna zeker dat het Karin zou zijn. Martijn had haar telefoonnummer van thuis niet. Niet dat dat wat uitmaakte, hij wist immers ook haar mobiele nummer. Wat zou hij aan het doen zijn? Misschien stond hij wel bij school op haar te wachten. Nee, hij was natuurlijk aan het werk, hij moest... Nee! Niet meer aan denken. Waarom deed ze dat toch? Waarom zag ze steeds zijn ogen zodra ze die van haarzelf dichtdeed? Hij zou... Nee! Stoppen nu. Niet aan denken.

's Avonds om tien uur hoorde ze haar moeder thuiskomen en hield zich slapend toen ze merkte dat haar slaapkamerdeur geopend werd.

'Marika?' Fluisterende stem van bezorgde mammie.

Doodstil bleef ze liggen. Even later werd de slaapkamerdeur gesloten.

Om vijf uur was ze klaarwakker. Ze probeerde het nog wel, maar de slaap wilde niet meer komen. Eigen schuld, had ze gisteren maar niet de hele dag in bed moeten blijven liggen.

Haar hand reikte naar de wekker en zette het alarm af. Heel zacht zocht ze wat kleren bij elkaar en liep naar de badkamer. Weer dat bleke gezicht, nu met dikke ogen van de slaap. Verwarde ebbenhouten haren. Geen spoortje koper te ontdekken.

Ze besloot niet te douchen uit angst dat haar moeder wakker zou worden. Als ze ergens geen zin in had dan was het haar moeder. Dan maar gewoon wassen aan de kraan.

Even later sloop ze, zacht als een kat, haar kamer weer in en pakte haar boeken. Vandaag móést ze leren voor de herkansing. Als ze die boeken in ieder geval bij zich had… Gewone dingen, vooral gewone dingen. Behoedzaam naar beneden, geluidloos de keuken in en thee zetten.

Ze staarde naar buiten. De hemel was helder. Het werd vast warm vandaag. Morgen de herkansing. Ze kon niet weer zo'n dag als gisteren hebben. Ze zou gaan leren. Al kon ze haar gedachten niet meer ordenen. En dat had niets met Erwin te maken. Ma zou er geen bal meer van begrijpen. Ze zou moeten liegen. Liegen dat ze nog verdriet had van Erwin. En ze mocht een module missen. Die moest ze dan gewoon in het tweede jaar zien te halen. Dat wist ma toch ook?

Maar één persoon zou door haar leugens heen kijken. Karin. Vanaf de lagere school waren ze al dikke vriendinnen, kenden ze elkaar door en door. En kenden dus ook elkaars leugens. Maar ze had Martijn beloofd dat ze er niet over zou praten. Waarom had ze daar aan toegegeven?

De thee was zwart geworden. Toch schonk ze een beetje in een beker. Ze nam een slok. Echt smerig was het niet.

Het was toch eigenlijk idioot dat ze er niet met iemand over mocht praten. Wat was er te vertellen? Dat ze iemand ontmoet had. Dat ze niets met elkaar hadden. Dat iets met hem hebben pervers zou zijn. Dat ze vrienden waren. Dat ze zich sinds de ontmoeting niet meer hetzelfde voelde. Dat ze hem wilde zien. Dat ze hem niet wilde zien. Dat ze…

Van het ene op het andere moment rolde er een traan over haar wang. In gedachten voelde ze zijn vinger het spoor volgen.

Boven rinkelde een wekker en ze schrok op. Hoe laat was het? De keukenklok wees zes uur aan. Ma zou zo opstaan. Een gesprekje om zes uur in de ochtend was niet erg aanlokkelijk.

Ze sloop de gang in en propte haar boeken in een rugtas. Gympen aan. Spijkerjack was niet nodig, het werd ongetwijfeld warm vandaag. Nachtsloten van het slot. Buitendeur open doen.

'Marika?'

Met een klap liet ze de deur achter zich dichtvallen en rende de straat door. Op de hoek stond een zwarte GTI met getinte ramen.

Even was het blank in haar hoofd. Meteen daarna tuimelden de gedachten door haar heen. Wat deed hij hier? Waarom was hij hier? Had hij hier de nacht doorgebracht? Het was pas zes uur! Wat wilde hij? Wat?

Het portier ging open en hij stapte uit. Hij zei niets. Hij keek. Hij keek wel vijf minuten. Misschien was het korter, maar het voelde als zeker vijf minuten. Toen wenkte hij haar met zijn eeuwig gehandschoende hand. En braaf, als een goedgetraind hondje, schoot ze op hem af.

Ze stapte in, hij startte de motor en rustig reden ze weg. De stilte was inmiddels bekend, voelde niet ongemakkelijk en dat hij daar, op dat onmogelijke tijdstip gestaan had, deed er niet meer toe.

'Je hebt geen school vandaag. Toch?'

Ze schudde haar hoofd. Ook deze vraag verbaasde haar niet. Niet meer. Hij had er blijkbaar een sport van gemaakt alles van haar te weten. 'Morgen heb ik een herkansing.'

'O.'

'Toeristische topografie. Over de Benelux.'

'Daar kan ik je wel mee helpen.'

'Mooi, want mijn hoofd voelt als een zeef met te grote gaatjes.'

Hij grinnikte en met een ruk draaide ze haar hoofd naar hem toe. O, hij was mooi! Niet gewoon mooi, goddelijk. Ze had het geweten vanaf het moment dat ze hem voor het eerst zag. Hij móést wel beeldschoon zijn als hij lachte! En ze had gelijk gehad. Schitterend witte, rechte tanden. Helgroene ogen. O, waarom lachte hij niet vaker?

'Dan ben ik vandaag de gaatjesreparateur,' zei hij terwijl de lach verflauwde.

'Oké,' zei ze en draaide haar hoofd weer terug. Ze hield haar ogen strak op de weg, zonder te zien waar ze naartoe reden. Dat kon haar niet schelen. Als ze maar reden. Samen.

'Zie je waar we zo langskomen?' vroeg hij even later en wees naar het bord boven de weg.

'Zaandam.'

'Wat staat daar?'

'Dat zeg ik toch, Zaandam.'

'Nee, wat kun je gaan bekijken in Zaandam? Ik zou je toch helpen met je toeristische topografie?'

'O! Jee, wat goed van jou.' Ze veerde op. Het lijdzame gevoel ebde weg, maakte plaats voor alertheid. 'Eh, wat was dat ook al weer? Eh, o, wacht ik weet het! De Zaanse Schans!'

'Goed zo. En welk natuur- en recreatiegebied ligt hier?'

'Iets met een rare naam. Echt een naam om te vergeten.'

'Denk maar aan twisten.'

Ze lachte. 'Wat ben jij goed, zeg! Ja, wacht, ik geloof... Het Twiske, dát was het!'

'Zie je hoe goed wij samen zijn?'

'We zijn geweldig,' zei ze lachend en stompte hem vrolijk op zijn arm. 'Waar gaan we eigenlijk heen?'

'We gaan alle bezienswaardigheden in Noord-Holland langs, dan onthoud je het beter, en de bezienswaardigheden van de rest van Nederland zoeken we op in je boeken. En België en Luxemburg nemen we door onder het genot van een heerlijke lunch.'

Marika was even sprakeloos. Wat was hij lief. Zou dat allemaal door de brug komen? Misschien was hij bang dat ze nog eens zo op een brug zou staan. Terwijl ze toch echt niet van plan was geweest te springen. 'Waarom ben je zo aardig voor me?'

'Omdat er iemand moet zijn die aardig voor je is, die je helpt en beschermt.'

'Maar waarom ben jij dat?'

'Niet zoveel vragen. Let eens op de borden, waar rijden we nu naartoe?'

'Eh, Alkmaar.'

'Juist. En wat is daar een attractie?'

'Ja, weet ik veel. En trouwens, moet jij niet werken?'

Zijn gezicht betrok en vormde een strak masker. 'Wil je dat ik je help of niet?'

Jakkes, zijn stem was weer zo donker en naar zijn gezicht durfde ze niet eens meer te kijken. 'Ja, tuurlijk wel, maar…'

'Nou, welke attractie kun je dan bezoeken in Alkmaar.'

'Sjee, hé, je lijkt op een heel strenge leraar.'

'Dat ben ik ook,' zei hij met zijn zwarte stem die toch heel rustig klonk. 'Maar je moet goed onthouden dat ik dat alleen maar voor je eigen bestwil doe. Ik ben meestal heel aardig, maar soms ook heel streng. Een beetje zoals een ouderwetse vader die zijn kind over de knie legt wanneer het echt stout geweest is. Zo'n vader vindt het niet leuk om zijn kind een pak slaag te geven, maar het moet. En ik verzeker je, het kind leert er altijd van.'

Ze zei niets meer en probeerde uit alle macht het knijpende gevoel in haar maag te bestrijden.

'Nou, weet je het al?' Minder zwarte stem.

Ze schudde haar hoofd en keek hem nog steeds niet aan.

'Denk eens goed na. Je vindt het heel lekker op bruin brood.' Veel minder zwart.

Voorzichtig draaide ze haar hoofd in zijn richting en even keek hij haar aan. Lichtgroene ogen. Gelukkig.

'Je drinkt er meestal een glas melk bij.'

'Kaas. Het heeft iets met kaas te maken.'

'Warm,' zei hij bijna vriendelijk.

Ze staarde hem aan. 'Hoe weet jij dat ik van bruin brood met kaas houd?'

Een spiertje bij zijn mond vertrok. 'Welk mens houdt er niet van kaas?' vroeg hij rustig.

Ze lachte opgelucht. 'Tja, wie niet? Ik ken geloof ik niemand die niet van kaas houdt.'

'Oké, je hebt me nu genoeg afgeleid. Wat kun je als toerist gaan zien in Alkmaar?'

Ze schudde haar hoofd. 'Ik weet het echt niet, vertel het me nou maar.'

'De kaasmarkt natuurlijk!'

'Nooit van gehoord.'

'Wát? Wat is dat voor een opleiding die jij doet?'

'MBO, richting secretarieel toerisme.'

Martijn schudde zijn hoofd. 'Ga jij eerst nog maar eens in die boeken van je kijken. Wedden dat de kaasmarkt erbij staat?'

Zuchtend trok ze haar rugzak van de achterbank en pakte er een grote map uit. Na enige tijd knikte ze. 'Je hebt gelijk, het staat erin.'

'Tuurlijk. Zeg, we rijden door naar Den Helder en…'

'Den Helder: marinebasis en thuishaven van de koninklijke marine. Men vindt er ook het Marinemuseum. Tevens vertrekhaven van de veerboot naar Texel,' dreunde ze snel op.

'Zo, zo, ik ben onder de indruk. Wat ik wilde zeggen was dat we in Den Helder maar eens even gaan ontbijten.'

Toen hij om kwart voor zes op de hoek van de straat stopte, had ze het gevoel deze keer echt een korte vakantie achter de rug te hebben. De dag was omgevlogen. Na het ontbijt hadden ze de veerboot naar Texel genomen en op het strand gewandeld waar het inmiddels behoorlijk warm en druk geworden was. Toen hij zag dat ze het warm had, waren ze de boulevard opgelopen en een boetiekje ingegaan waar hij een bikini voor haar kocht. Zelf hield hij zijn zwarte kleding aan. Ook op het strand. Toen ze ernaar vroeg had hij gezegd dat hij niet van zon hield.

Ze legde haar hand op zijn arm. 'Martijn, ik heb echt een heel leuke dag gehad, hartstikke bedankt! Je zult zien dat die herkansing morgen een makkie is.'

'Dagen zoals deze zijn kostbaar,' zei hij zacht.

Ze slikte. 'O, maar ik betaal je terug hoor, van die bikini en de overtocht, en natuurlijk de benzine en…

Hij glimlachte flauwtjes en aaide haar hand die weer in haar eigen schoot lag. 'Dat bedoel ik helemaal niet. Geld is niets. Dit soort dagen is alles. Jou kunnen helpen, jouw stem horen, jou zien lopen, je lach zien, dat bedoel ik.'

Haar mond viel open. 'Ben je verliefd op me?' vroeg ze ademloos en bijna hoopvol.

Zijn hand ging omhoog, streelde haar haren, volgde haar schedel en bleef op haar schouders rusten. Zijn vingers krulden zich zacht, o zo zacht rond haar nek. Even leken ze te verkrampen en kromp ze ineen, maar misschien was het slechts een illusie, want zijn vingers streelden weer. 'Wat is verliefd?' mompelde hij en legde zijn hoofd op de neksteun achter zijn rug. 'Verliefd is niets. Verliefd is oppervlakkig. Nee, Marika, ik geloof dat ik van je ga houden. Maar,' voegde hij eraan toe terwijl hij met een ruk rechtovereind ging zitten en zijn hand van haar nek haalde. 'Je kunt op verschillende manieren van mensen houden. En mijn manier is de goede manier.'

'De goede manier? Wat bedoel je daarmee?'

'Laat maar. Kom, doe dat portier open, je moeder verwacht je om zes uur thuis.'

Ze keek hem nog even aan, maar zijn blik was nietszeggend. 'Nou, eh, dan ga ik maar.'

'Dag Marika.' Toonloze stem.

'Wat is er nou opeens?' vroeg ze verschrikt.

'Niets, meisje, helemaal niets,' zei hij en streelde even haar wang. 'Ga nou maar, je moeder wacht.'

Aarzelend legde ze haar hand op zijn arm, maar toen hij

niet reageerde, stapte ze toch maar uit. Voorzichtig deed ze het portier dicht en probeerde door het raam naar binnen te kijken, maar het glas was te donker, ze zag alleen zijn contouren.

Met langzame stappen liep ze bij de auto vandaan en de hele weg naar de voordeur voelde ze zijn ogen in haar rug. Bij de deur aangekomen bedwong ze de neiging om te kijken, in plaats daarvan stak ze de sleutel in de deur en stapte resoluut naar binnen.

'En waar heb jij de hele dag uitgehangen, jongedame?'

Hoofdstuk 4

'Ik heb geleerd, ma.'

'De hele dag? En waar dan wel? En waarom heb je niet even gebeld? Ik was verschrikkelijk ongerust, je gaat nooit zo vroeg de deur uit. Nou, kom op, zeg eens wat.'

Marika liet haar tas onder de kapstok ploffen. 'Moet ik mijn boeken er uithalen? Laat me met rust, ma. Wat kan jou het schelen waar ik de hele dag uithang. Je bent toch de hele dag op je werk en omdat je nu toevallig vroeg thuis bent, ga je opeens de bezorgde moeder uithangen.'

Een boze uitdrukking schoot over haar moeders gezicht. 'Ben je helemaal betoeterd, Marika? Zo praat je niet tegen mij. Natuurlijk ben ik bezorgd. Ik wist toch dat je geen school had vandaag en vervolgens ga je zonder ontbijt om zes uur de deur uit. Ik heb wel drie keer naar huis gebeld.'

Marika stapte langs haar moeder en liep rustig naar de trap. 'Luister, mam, ik loop jou niet in de weg, ik zeg er niets van wanneer je drie keer in de week pas om elf uur thuiskomt, laat mij dan ook lekker met rust.'

Haar moeder slikte en wrong haar handen in en uit elkaar. 'Je weet toch hoe druk het is op kantoor? En je weet toch dat ik er zelf ook een hekel aan heb wanneer zaken weer uitlopen?'

'Ja, hoor. En jij weet toch dat ik moet leren voor mijn herkansing morgen? En je weet toch ook dat leren niet een van mijn liefste bezigheden is? En dan ben ik eens een hele dag aan het leren, krijg ik dit gezeur!'

Ma knikte en liep met kordate pasjes naar de keuken. 'Oké, oké, als je het zo wilt, laat maar zitten dan. Over tien minuten kunnen we eten. Dek jij even de tafel in de tuin?'

Marika zuchtte en kwam achter haar moeder de keuken in, griste het tafellaken uit de lade en liep de tuin in.

Ma zette een grote schaal salade op de tuintafel. 'Zullen we geen ruzie meer maken, lieverd?' vroeg ze zacht. 'Het was alleen bezorgdheid van mijn kant, meer niet.'

Marika haalde haar schouders op. 'Oké, dan. Sorry dat ik zo uitviel.'

Ma kwam naar haar toe en sloeg een arm om haar schouders. 'Weet je, je had wel een beetje gelijk. Soms kan ik me zo druk maken om een zaak, dan stort ik me er helemaal in, ben er dag en nacht mee bezig en dan vergeet ik thuis. En dat wil ik helemaal niet, maar toch gebeurt het af en toe. Dat spijt me. Weet je wat,' ging haar moeder in een moeite door, 'morgen neem ik gewoon vrij! Zodra jij je herkansing hebt gemaakt, pik ik je op en gaan we er samen een leuke dag van maken. Lijkt je dat wat?'

Even stond Marika sprakeloos. Ma die zomaar een dag vrij nam! Voor haar?

'Nou, zeg eens wat,' zei haar moeder lachend.

'Eh, tja, dat eh, dat lijkt me wel wat.'

'Afgesproken.'

Karin stond haar lachend op te wachten. 'Jee, Mariek, dat had ik nooit van je verwacht. Klasse hoe jij wraak kunt nemen! Geen wonder dat je je telefoon niet opnam.'

Verbaasd keek ze haar vriendin aan. 'Wat bedoel je?'

'Doe maar niet zo onschuldig, ik vind het een geweldige stunt.'

'Wát? Zeg nou!'

'Alsof jij van niks weet! Erwin stond gisterochtend op, liep vrolijk naar buiten en wat was er gebeurd?' Karin keek haar uitnodigend aan.

'Karin, echt, ik weet nergens van.'

'De hele voorgevel van zijn huis was beschilderd. *Hier woont een slappe zak en hij heet Erwin* stond erop.'

Marika sloeg haar hand voor haar mond. 'Nietwaar!' grinnikte ze.

'En dat was nog niet alles,' zei Karin en keek haar onderzoekend aan. 'Ook bij Hadassa was de schilder langs geweest.'

'Je meent het!'

'Weet je er echt niks van, Mariek?'

'Echt niet. Vertel, wat stond er bij Hadassa?'

'Hier woont een jongensgek en ze heet Hadassa.'

Marika keek haar geschokt aan. 'Echt? Allemachtig, wat zal haar vader zeggen? Wie zou dat gedaan hebben?'

'Jij niet?' vroeg Karin nog een keer.

'Echt niet, anders zou ik het toch wel zeggen?'

'Tja, dan weet ik het niet. Zou het nu uit zijn tussen die twee?'

'Geen idee, laten we het zo vragen voordat de toets begint.'

'Hou op over die rottoets. Ik zie er zo tegenop,' steunde Karin. 'De vorige keer had ik maar dertig procent gehaald.'

'Heb je niet geleerd dan?' vroeg Marika luchtig.

'Tuurlijk wel, maar de hele Benelux? Trouwens, over lux gesproken, in de stad heb ik heel wat luxe hebbedingetjes gezien. Ga je straks mee de stad in?'

Marika lachte. 'Zoiets kun jij alleen maar bedenken. Wat heeft de Benelux nu met luxe hebbedingetjes te maken?'

'Gewoon. Benelúx eindigt op luuks, en dat staat gelijk aan winkelen en geld uitgeven. Niet dan? Nou, ga je mee of niet?'

'Nee, m'n moeder komt me halen, we gaan wat leuks doen.'

Karin staarde haar aan. 'Het is nietwaar!'

'Echt. Goed hè? Meestal maken we alleen maar ruzie. Raar eigenlijk, met mijn vader heb ik nooit ruzie.'

'Ja, hè, hè! Die is er alleen in het weekend. Hoe zit dat eigenlijk? Is dat project nou nog niet klaar? Hoeveel huizen kan een man bouwen?'

Marika lachte. 'Het is een nieuwbouwproject, een hele nieuwe wijk. Maar zoals gewoonlijk loopt alles weer uit en hebben ze met vertragingen te maken. Daarbij komt dan ook nog eens dat hij alweer voor een ander project gevraagd is, ook in België. Nu zit hij in Antwerpen en als dit klaar is, gaat hij misschien naar Brussel.'

'Dus jullie gaan nog steeds niet verhuizen?'

'Nee, al zou mijn vader in Nederland werken, dan nog wil mijn moeder niet weg uit Amsterdam omdat ze daar geboren en getogen is.'

'Begrijp ik,' knikte Karin. 'Maar Amsterdam-Noord? Waarom gaan jullie niet op dat yuppeneiland wonen, daar wonen volgens mij allemaal mensen met een dure baan. In Noord wonen volgens mij toch meer gewone mensen.'

'Nou zeg! Alsof mijn moeder niet gewoon zou zijn.'

Karin lachte. 'Hè, zo bedoel ik het helemaal niet, maar ik zie jou moeder wel in een dure wijk wonen.'

'De meeste mensen vinden De Baron de Coubertinwijk al een yuppenwijk, veel te duur voor Noord,' schudde Marika. 'Maar wij wonen er lekker. En mijn moeder mag dan bekakt praten, in haar hart blijft ze een Amsterdamse uit Noord.'

'En je vader dan?'

'Mijn vader vindt alles best, hij is er toch bijna nooit.'

'Dat lijkt me helemaal niks, een vader die altijd weg is.'

'Eén voordeel, je hebt nooit ruzie.'

'Tja, daar teken ik voor,' lachte Karin. 'Trouwens, wat gaan we vanavond doen, gaan we naar de Two Dogs?'

'Nee zeg, daar zit de halve klas. Kunnen we niet naar Het Feest van Oom Jan gaan?'

'Best, maar dan wil ik ook even bij De Blauwe Vaas langs. Misschien, heel misschien staat die leuke knul wel weer achter de bar.'

'Oké, uurtje of tien?'

'Bij jou of bij mij?'

'Zeg het maar.'

'Doe maar bij mij, ziet m'n moeder je ook weer eens. Zeg, wat trek je aan?'

'Geen idee, zien we vanavond wel.' Marika keek op haar horloge. 'Verdikkeme! We moeten opschieten, het is al bijna tijd.'

Ze renden het schoolplein op en zagen Erwin in de hal tegen de muur leunen.

'Hé,' zei Marika, 'hij hoefde toch niet te herkansen?'

'Nee, maar zijn liefje wel,' lachte Karin sarcastisch. 'Blijkbaar is het niet uit. Sterker nog, ze heeft hem goed aan de lijn. Hij staat keurig afgericht op haar te wachten. Hij is inderdaad een slappe zak!'

Zodra Erwin Marika in de gaten had, liep hij op haar af. 'Wat flik jij me nou? En niet alleen mij, maar ook Hadassa?' vroeg hij woedend.

Marika keek hem ijskoud aan en liep met kaarsrechte rug naar de ingang. Karin bleef even staan. 'Zij heeft je helemaal niks geflikt. Blijkbaar zijn er meer mensen die jou een watje vinden en Hadassa een rotgriet. Kijk maar eens hoe braaf je hier staat te wachten. O, o, jongen, wat zit jij goed onder de duim, hè? Voordat ik toch twee uur lang ging staan wachten op mijn geliefde! Poeh!'

Marika draaide zich in de deuropening om. 'Besteed geen aandacht aan hem, Karin,' riep ze hard. Wat had ze toch in dat joch gezien. Het was echt een sukkel!

Meteen op de eerste pagina was het haar al duidelijk. Het werd een makkie. Dit had ze allemaal doorgenomen met Martijn. Vlug wierp ze een blik op de tweede en derde pagina. Misschien drie of vier vragen waar ze over na zou moeten denken, de rest kon ze zo invullen. Ze sloeg de pagina's terug en begon aan de eerste vraag.

Na een halfuur was ze klaar. Daar voelde ze zich toch niet zo prettig bij. Ze was nog nooit zo snel door een tentamen gegaan. Ze keek van onder haar wimpers opzij. Hadassa en Michelle die haar eerst nog met een woedend gezicht hadden aangekeken toen ze het lokaal binnenkwam, zaten nu met vertrokken snoetjes over het tentamen gebogen. Ze had bijna medelijden met ze. En Karin keek peinzend voor zich uit en beet op haar lip. Dan was het tentamen moeilijk voor haar. Karin beet altijd haar lippen stuk als iets moeilijk was.

Had zij het dan wel goed gedaan? Zou ze toch nog even... Nee, dat kon ze beter niet doen. Meestal was het eerste antwoord dat in je opkwam het juiste. Of zou ze alleen de vragen nog even bekijken waar ze echt over na had moeten denken? Tja, dat waren er uiteindelijk maar vijf geweest en daarvan waren er drie die ze had gegokt. Die kon ze natuurlijk nog even bekijken, maar als ze nu iets anders gokte, bleef het gokken.

Ze stopte haar pen in haar etui en stond op. Vanuit haar ooghoek zag ze Karin kijken, maar ze schonk er geen aandacht aan, liep naar voren en leverde haar tentamen in. Daarna tekende ze af op de lijst van aanwezigen, pakte haar etui en liep de klas uit.

Buiten was haar moeders auto nog niet te vinden. Logisch natuurlijk, ma zou ook niet verwachten dat ze na een halfuur al klaar was.

Opeens voelde ze iets in haar nek. Haar nekhaartjes gingen rechtop staan. Ze draaide zich om. Op de hoek van de straat, waar anders, stond een zwarte auto. O, nee, stel je voor dat ma zo de straat in kwam rijden!

Het portier ging open en een gehandschoende hand

wenkte haar. Schichtig keek ze om zich heen. Niemand te zien. Snel rende ze erheen.

'Hoe ging het?' vroeg zijn stem al nog voor ze zat.

'Hartstikke goed! Het heeft enorm geholpen om het samen met jou te doen. Ik was supersnel klaar en toen dacht ik dat het niet goed kon zijn, dat ik het nog even moest nakijken, maar ja, dan ga je meestal gokken en ik wist het eigenlijk allemaal wel zeker, op drie vragen na die ik inderdaad gegokt hebt, maar om die weer te gaan veranderen leek me ook niet zo'n goed plan en…'

Zijn vingers aaiden haar wang en ze was meteen stil. 'Je bent geweldig,' zei hij zacht. 'Je hebt een uitje verdiend, ik weet wel iets leuks.'

Snel legde ze haar hand op zijn arm. 'Nee!' schoot haar stem uit. 'Sorry, maar mijn moeder komt me zo halen, ze heeft speciaal voor mij vrij genomen.'

'O.' Zijn gezicht leek even te betrekken, maar misschien kwam het door de lichtval want zijn stem klonk vriendelijk. 'Wat leuk voor je. Geniet er maar lekker van. Vandaag komt toch ook je vader thuis?'

'Ja, gelukkig wel.'

Hij knikte. 'Logisch dat je moeder dan een dagje vrij neemt, ze zal nog heel wat te doen hebben en dan kun jij haar mooi helpen.'

'Nou, eh, daar hebben we het helemaal niet over gehad. We gingen samen iets leuks doen.'

'Samen het huis in orde maken, of boodschappen doen of iets dergelijks?'

'Nee, volgens mij bedoelde ze dat niet. Volgens mij gaan we echt sámen iets leuks doen.'

'O.' Hij tuurde even voor zich uit. 'Sorry, dan heb ik niets gezegd. Ga maar gauw, dan, ze zal waarschijnlijk al onderweg zijn.'

Ze duwde het portier open. 'Maar eh, nogmaals heel hartelijk bedankt, het tentamen ging echt heel goed.'

Hij knikte. 'Dat was toch ook de opzet? Samen zijn wij heel goed, dat blijkt maar weer.'

Ze stapte uit, zwaaide halfslachtig, maar hield er weer mee op toen ze zich bedacht dat hij nooit zwaaide. Ze rende terug naar het schoolplein. Net op tijd, want vanaf de andere kant kwam de auto van haar moeder aanrijden.

'Dag lieverd,' glimlachte ma toen ze het portier opendeed. 'Hoe is het gegaan?'

'Wel aardig, geloof ik.'

'Gezien die grote grijns lijkt mij dat een understatement.'

Marika grinnikte. 'Oké, volgens mij heb ik het wel goed gemaakt.'

Ma glimlachte, trok op en even later reden ze langs de auto van Martijn. Marika probeerde door de ramen te kijken, maar ze waren te donker.

'Leuk autootje,' zei ma.

Meteen keek Marika weer voor zich. 'Ja, aardig wel. Waar gaan we eigenlijk heen?'

'Wat dacht je van een kopje koffie in de Hortus?'

Wauw, ma had echt serieuze plannen gemaakt! 'Ja, goed plan, mam.'

'Lijkt het je leuk om daarna de educatieve kas met planten en vlinders te bekijken? Ze hebben er prachtige passiebloemvlinders.'

Ze knikte en de dankbaarheid stroomde door haar lijf. 'Hartstikke leuk, en ik ben hartstikke blij dat je vrij hebt genomen, mams.'

Ma haalde haar hand van het stuur en aaide even over haar hoofd. 'Ik ook, lieverd. Daarom heb ik vanochtend toen jij naar school was, al boodschappen gedaan, het enige dat nu nog moet gebeuren is het huis een beetje op orde maken. Mevrouw Visser komt pas weer volgende week schoonmaken. Er is dus wel het een en ander blijven liggen. Maar daar wil je me wel bij helpen, toch?'

Het dankbare gevoel verliet met tegenzin haar lijf. Had Martijn dan toch gelijk? Was dit wat ma onder gezellig samen iets doen verstond?

'Het gaat alleen nog maar om de badkamer en de slaapkamers, beneden heb ik alles vanochtend al schoongemaakt, dus dat valt mee, hè?'

Ze knikte. Ja, dat viel mee. En ma had haar best gedaan. Boodschappen en de helft van het schoonmaakwerk was al gedaan. 'Maar je vrije dag was toch voor mij?' vroeg ze en hoorde dat ze een akelig piepstemmetje had.

Ma parkeerde de auto op een gracht en keek haar aan. 'Natuurlijk is deze dag voor jou, schat,' zei ze ernstig. 'Waarom denk je dat ik vanochtend zo hard aan het werk ben geweest? Zodat ik meer tijd voor jou had, natuurlijk! Het is niet leuk wanneer ik nog allerlei huishoudelijke zaken moet regelen op het moment dat wij eindelijk eens een dag samen hebben. Maar papa komt vanavond thuis, dat weet je toch? Ik dacht dat jij het wel leuk zou vinden om het huis samen met mij gezellig te maken. Vergis ik me daar in?'

Ze wist het niet meer. Aan de ene kant zag ze heus wel dat ma haar best deed, maar aan de andere kant hoorde ze Martijn.

'Maar als je geen zin hebt om te helpen, hoeft het niet hoor,' klonk haar moeders stem teleurgesteld.

'Daar gaat het niet om, mam. Natuurlijk help ik je, maar ik dacht...' Ja, wat dacht ze eigenlijk?

'Kom, we zijn er. Ik moet even geld in de parkeermeter stoppen.' Ma stapte uit om even later met een parkeerbonnetje terug te komen. 'Kom je?'

Ze stapte uit en liep sloffend met haar moeder mee. Zodra de koffie op tafel stond, pakte ma haar hand. 'Over twee weken gaan we op vakantie, dan halen we alle verloren tijd weer in.'

'Mam, ik zou niet meegaan dit jaar, weet je nog? Ik ben zestien! Ik zou toch een vakantiebaantje nemen?'

'Lieverd, het is je reinste kolder om niet op vakantie te gaan. Je hebt het hele jaar hard moeten werken op school, waarom zou je niet genieten van je vrije tijd? En een vakantiebaantje voor vier of zes weken is echt overbodig, alles wat je nodig hebt, kun je immers van ons krijgen. Bovendien wil ik niet dat je doodmoe aan je nieuwe schooljaar begint. Denk er nog maar eens over na.'

'Maar ik wil niet meer met jullie op vakantie, ik ga al een paar dagen met Karin weg. Snap dat nou mam, niemand uit mijn klas gaat nog met zijn ouders mee. En ik wil mijn eigen geld verdienen. Papa vond het een goed idee.'

'Papa heeft er niet goed over nagedacht. Luister, lieverd, ik heb van jongs af aan moeten werken om te komen waar ik nu ben. Voor jou wil ik dat niet. Jij moet genieten van je leven. Jij zult gedurende je schooltijd nooit hoeven werken. Dat heb ik mezelf voorgenomen zodra ik zwanger was van jou. Jij zult alles krijgen wat je nodig hebt. Wanneer je van school komt, kun je nog lang genoeg werken. Nee,' zei haar moeder toen Marika iets wilde zeggen. 'Doe me een plezier en denk er over na, oké?'

'Oké,' zei ze lijdzaam.

De koffie smaakte bitter en ma had een tafeltje in de schaduw uitgezocht. 'Laten we die kas maar een andere keer doen, mam.'

'O, maar waarom, schat, dat vond je toch leuk?'

'Ja, maar ik ga liever naar huis. Dan kan ik wat onkruid uit de tuin halen, anders staat papa het hele weekend weer sprieten te trekken en jij kunt met die nagels toch geen onkruid wieden.'

Ma bekeek haar keurig gevijlde en gelakte nagels. 'Tja, dat is wel zo. Weet je het zeker, lieverd?'

'Heel zeker.'

Ze hoorde ma zingend de stofzuiger door de slaapkamers halen en zelf trok ze nog eens verwoed aan een gemeen stekend stuk onkruid. Het liefst zou ze tegen iets aan willen schoppen en dan kon ze nog niet uitleggen waarom ze zo de pest in had.

'Gezellig, hè,' riep ma door het open slaapkamerraam.

'Reuze,' riep ze terug en gooide woedend het prikkende stuk onkruid door de tuin. Opeens hoorde ze haar mobieltje overgaan. Ze trok de tuinhandschoenen uit en rende naar binnen. Martijn.

'Wat ben je vroeg terug.'

'Ja.'

'Gaat het wel goed met je?'

'Ontzettend goed.'

'Heb je een slecht humeur?'

'Behoorlijk.'

'Ik sta op de hoek van straat.'

'Tot zo.'

Ze kwakte het mobieltje op de haltafel en brulde naar boven dat ze nog even naar buiten ging.

'Oké, lieverd. Papa is om een uur of zeven thuis, let je op de tijd? Want als je pas om kwart voor zeven thuiskomt, kun je je niet meer omkleden. Papa vindt het altijd heel gezellig als jij, voor de gelegenheid gekleed, ook bij het borrelen bent.'

Voor de gelegenheid gekleed. Dat betekende weg korte broek en hallo jurk. En dan Het Borrelen. Ma aan de witte wijn, pa aan de whisky en zij aan de cola. Culinaire hapjes van de traiteur. Gezellig.

Ze rende de straat door. De zwarte auto stond waar hij behoorde te staan. Ze opende het portier, plofte op de stoel en voordat ze het portier weer dicht kon doen, trok hij al op. Even keek hij opzij. Ernstig gezicht, donkere ogen. Hij knikte even, zij knikte terug en zakte bijna tevreden onderuit.

Na een halfuur, waarin ze geen van beiden iets gezegd hadden, stopte hij op de Amstelveenseweg en zei dat ze een boswandeling gingen maken. Ze knikte en stapte uit.

Hij nam haar mee het koele bos in en zwijgend liepen ze over de beschaduwde paden.

'Zullen we daar even gaan zitten?' vroeg Martijn en wees naar het grasveld rond het grote meer.

Marika knikte, trok haar gympjes uit en liep met blote voeten over het koele gras. 'Hoe komt het dat het gras zo koel blijft terwijl het nu minstens vijfentwintig graden is?'

'Omdat het gras aan het water ligt. De grond is behoorlijk vochtig, voel je dat niet?'

Martijn ging aan de waterkant zitten en zette zijn handen achter zich neer. Ze volgde zijn bewegingen en merkte toen pas dat hij nog steeds sporthandschoenen droeg.

'Waarom heb je altijd die handschoentjes aan? Is dat niet hartstikke warm?'

Zijn gezicht betrok, werd donker. 'Zullen we daar een andere keer over praten? Vertel me liever waarom je zo'n slecht humeur hebt.'

Ze ging naast hem zitten en dompelde haar voeten onder in het koele water. 'Omdat het een rare dag was vandaag. Je had voor een deel gelijk toen je vanochtend zei dat mijn moeder had vrijgenomen omdat mijn vader vandaag thuiskwam en ik haar dan mooi kon helpen.'

Hij sloeg een arm om haar heen en trok haar hoofd op zijn schouder. 'Hoezo?' vroeg hij zacht.

'Het begon allemaal wel goed. We gingen eerst koffiedrinken en zouden daarna nog naar een kas met vlinders gaan in de Hortus, maar toen zei ze dat er nog wat dingen in huis moesten gebeuren.'

'Aha.'

'Maar niet alles hoor. Ze had al boodschappen gedaan en beneden had ze alles al opgeruimd en schoongemaakt. Ze zei ook dat ze expres zo vroeg was opgestaan omdat ze tijd met mij wilde doorbrengen.'

'In gezamenlijke schoonmaak.'

Ergens knelde er iets. 'Tja, weet je, dat toch ook niet helemaal. Ze deed echt haar best er iets leuks van te maken, maar ik wilde na de koffie gewoon naar huis. Het voelde toch niet als een speciaal dagje uit van haar en mij.'

Hij streelde haar krullen. 'Logisch. Even samen koffiedrinken, wat rondlopen in zo'n kas, maar dan roept de huishoudelijke plicht. Een plicht die niet aan jou opgelegd zou moeten worden. Dat hoort ze zelf te doen in haar eigen tijd.

Niet in de tijd die ze jou beloofd had. Weet je, Marika, er zijn maar weinig moeders die zich aan hun beloften houden, die echt tijd maken voor hun kinderen.'

'Deed jouw moeder dat wel, toen ze nog leefde?'

'Ja,' fluisterde hij. 'Mijn moeder was gewoon een heilige.'

Ze ging rechtop zitten en draaide zich een kwartslag zodat ze hem aan kon kijken. 'Ik wil niet vervelend doen hoor, maar denk je niet dat je jouw moeder een heilige vindt omdat ze dood is?'

'Nee,' schoot zijn stem uit. 'Je hebt geen idee waarover je praat. Mijn moeder...' zijn stem begaf het en hij stond snel op. Hoog torende hij boven haar uit en zijn stem klonk zwaar over de grasvlakte. 'Mijn moeder gaf een heel andere invulling aan het moederschap. Een invulling die het waard was. Ze was er altijd, ze luisterde altijd en ja, ze werkte ook. Maar ze werkte in mijn schooltijden. Zodra ik thuiskwam uit school, was zij er ook. Vakanties? Mijn moeder was thuis. Schoolstaking? Mijn moeder was thuis. Dat had ze bedongen bij haar sollicitaties. Het duurde daarom heel lang voordat ze een baan had, maar met minder nam ze geen genoegen. Haar kind was het allerbelangrijkste. En zo hoort een moeder te zijn. Het moederschap is te vergelijken met een baan. De meeste moeders zijn loyaal aan hun baan buiten de deur, niet aan de baan die ze binnen het huisgezin hebben. Mijn moeder stelde haar kind altijd centraal. Hoe vaak ze me niet meegenomen heeft naar Artis bijvoorbeeld. Over elk dier kon ze me iets vertellen. Ik heb me daar altijd heerlijk gevoeld, daarom heb ik jou ermee naartoe genomen. Artis is voor mij een plek met fijne herinneringen. Herinneringen die door mijn moeder gemaakt zijn voor mij. Daar kan jou moeder nog iets van leren.'

Ze voelde zich overdonderd en staarde voor zich uit. Martijn had nog nooit zo lang achter elkaar gesproken. 'Wat zul je haar missen.'

Hij haalde diep adem en ging weer naast haar zitten. 'Ja.'

'Ik heb dan misschien een ander soort moeder dan jij

hebt gehad, maar ik moet er toch niet aan denken dat ze dood zou gaan. Wat zou ik me klote voelen.'

Opeens lag zijn hand als een bankschroef om haar bovenarm en gaf ze een gil. 'Hé, je doet me pijn, man!'

'Gebruik nooit meer dat soort woorden,' zei hij en liet haar arm weer los. 'Dat past niet bij je.'

Marika wreef over de witte afdrukken die langzaam weer roze werden en hoorde hoe hij toonloos verderging.

'Mijn moeder deed dat ook niet, ze had er een enorme hekel aan. Gebruikt jouw moeder dat soort woorden?'

Opeens werd ze boos. 'Zeg, wil je nou eens ophouden? Je zit de hele tijd op mijn moeder af te geven. Ze mag dan geen heilige zijn, maar het is wel mijn moeder, begrijp je? Ik wil niet dat je zo over haar praat.'

Hij glimlachte en zijn ogen keken haar vriendelijk aan. 'Je hebt gelijk. En zoals je nu reageert, tja, dat past weer wel bij je. Alsjeblieft Marika, verstoor niet het beeld dat ik van je heb door scheldwoorden te gebruiken. Er zijn zoveel andere woorden die dezelfde emotie vertegenwoordigen.'

Ze stond op. 'Tjee, Martijn, ik kan wel merken dat je ouder bent dan ik. Je praat heel anders. Maak je niet zo druk over zo'n stom woordje. Iedereen zegt het wel eens.'

Ook hij stond op, legde zijn handen bijna dwingend op haar schouders en keek haar ernstig aan. 'Maar jij niet. Oké?'

Ze haalde haar schouders op. 'Oké dan. Maar nu wil ik wel graag naar huis. Mijn vader komt zo.'

Hoofdstuk 5

Zodra ze de straat inreden, zag ze de auto al staan. 'Hé, mijn vadertje is er al! O, gelukkig, jeetje wat ben ik blij dat hij er weer is. Nou eh, Martijn...'

Hij glimlachte vertederd. Kon zij hem vertederen? Haar hart ging als een razende tekeer. Wat was hij mooi als hij lachte! 'Nou eh, ik moet gaan en eh...'

'Ga nou maar, juffertje ongeduld. Veel plezier met je vader!'

Ze duwde het portier open. 'Nou, dág! En bedankt hè?'

Ze rende de straat door zonder de neiging te voelen achterom te kijken. Gehaast stak ze de sleutel in het slot. 'Pap! Pap, waar ben je?'

'In de tuin, meisje.'

Zijn lange gestalte kwam vanuit de tuin de keuken in lopen en vanaf de gang rende ze de keuken in waar ze zich voluit in zijn armen liet vallen. 'O, pap, wat ben ik blij dat je er weer bent! Ik heb je zo gemist!'

Hij kuste haar wangen, haar voorhoofd en haar haren. 'Lieverdje toch!'

Ma kwam de keuken inlopen. 'Ga je maar gauw verkleden, Marika.'

Papa lachte. 'Ach, Josie, laat dat kind. Geniet er maar van dat ze nu nog vrijetijdskleding kan dragen. Volgend jaar, wanneer ze als hostess moet stage lopen, draagt ze alleen nog maar keurig nette kleding en heb je heimwee naar haar verschoten korte broek. Kom op, meisje,' hij trok haar mee naar de tuin. 'Vertel eens wat je allemaal hebt meegemaakt. Wil je een glas cola? Vertel eens van Erwin.'

'Mám!'

Ma keek onschuldig en papa knikte. 'Natuurlijk heeft je moeder mij gebeld. Ik moet het toch weten wanneer mijn kleine meisje verdriet heeft?'

'Pap, ik ben geen klein meisje meer.'

'Nee, dat is waar. Je moet het me maar niet kwalijk nemen. Vaders hebben dat wel vaker. Maar wanneer ik nu zo naar je kijk, zie ik inderdaad geen klein meisje meer. En ik denk ook dat je van die Erwin geen kleine-meisjesverdriet hebt gehad.'

Kijk, dat waren nou de woorden die ze van haar moeder had willen horen. Zie je wel, papa begreep haar altijd. Ze barstte los en vertelde het hele verhaal. Dat hij niet meer had geweten of hij nog wel verliefd op haar was, of hij nog wel een meisje wilde en dat ze een paar dagen later hoorde dat hij alweer met een ander meisje aan het zoenen was. 'Nou, echt, pap! Dat doe je toch niet? Als je met elkaar gaat, dan wéét je het toch?'

Haar vader knikte. 'Meestal weet je het inderdaad. Maar het probleem met die jongens van jouw leeftijd is dat ze vaak veel onzekerder zijn dan meisjes. Meisjes van jouw leeftijd zijn in hun ontwikkeling op dat gebied meestal verder dan jongens.'

Marika haalde haar schouders op. 'Ach, het kan me nu niet zo veel meer schelen. Als ik hem zie vraag ik me af wat ik toch zo leuk aan hem vond. Hij is gewoon een watje.'

Papa lachte. 'Nou, nou, is dat niet een beetje erg hard?'

'Welnee. Hij laat zich nu gewoon overdonderen door Hadassa. Hij doet alles wat ze zegt.'

Ma stond op en zei, terwijl ze naar de keuken liep, dat er over vijf minuten gegeten kon worden. En dat er dan nog wel een paar handen gewassen moesten worden.

'Ja, mama,' zei Marika met een kinderstemmetje.

'Je mag dan zestien zijn,' zei ma vanuit de keuken, 'maar dat soort dingen vergeet je nogal eens.'

Marika rolde met haar ogen en haar vader knipoogde. 'Zeg, ga je nog wat leuks doen vanavond?'

Ze knikte. 'Ja, ik ga de stad in met Karin.'

'Als je maar wel op de tijd let,' klonk het vanuit de keuken.

'Mahám! Je weet toch dat Karin op zaterdag altijd van twaalf tot zes moet werken? Die mág tenminste werken van haar ouders!' besloot ze verongelijkt.

'Wie zegt dat jij niet mag werken?' vroeg papa verbaasd.

Voordat ze wat kon zeggen, stond ma al met een rood hoofd in de deuropening. 'Ik heb gezegd dat het helemaal niet nodig is. Ze kan alles krijgen wat haar hartje begeert en ik vind dat ze vakantie nodig heeft.'

'Dat is heel lief van je, maar ik denk dat we de keuze aan Marika moeten laten,' zei papa met een strenge stem.

Ma's gezicht verstrakte, ze draaide zich om en liep de keuken weer in, terwijl ze kortaf zei dat het eten klaar was.

Marika keek haar vader aan en hij trok een geruststellend gezicht. 'Komt wel goed,' fluisterde hij voordat hij hardop te kennen gaf benieuwd te zijn wat er nu weer voor lekkers op zijn bord zou liggen.

Papa probeerde aan tafel de sfeer te bewaren door over zijn werk te vertellen, maar ma gaf geen antwoord. Het bleef zeker vijf minuten stil aan tafel. Marika's net gewassen handen werden vochtig en toen ze naar haar vaders gezicht keek, wist ze dat het niet lang zou duren voordat hij uit zou barsten. Ze had het nog niet bedacht of zijn boze stem verbrak het zwijgen.

'Je gaat me toch niet vertellen dat je zit te mokken omdat je dochter een baantje wil?'

'Je dochter wil niet alleen een baantje, maar dan wil ze ook niet met ons mee op vakantie. Weet je wat dat betekent? Ten eerste komt ze zelf niet tot rust en ten tweede kunnen wij dan ook niet weg.'

'Wat is dat voor een onzin?' vroeg haar vader verontwaardigd. 'Je schijnt te vergeten dat Marika zestien is en heel goed voor zichzelf kan zorgen.'

Kijk daar had je nou wat aan!

'Vier weken lang?' vroeg haar moeder met een snik.

O jee, drama. Als papa daar maar niet intuinde! Gelukkig, hij knikte en nam een hap van de echt heel lekkere salade. 'Natuurlijk kan ze dat. Bovendien heeft ze een telefoon. Als er iets is, kan ze ons bellen, en ik weet zeker dat ze, in geval van nood, ook bij de ouders van Karin kan aankloppen.'

'Dat is waar, mam,' schoot Marika overeind. 'Trouwens, ik ben toch al heel vaak alleen als jij weer moet overwerken. Dan maak ik ook mijn eigen eten. Heus, mam,' zei ze zacht en legde haar hand over die van haar moeder heen. 'Laat mij nou maar mijn gang gaan.'

'Maar dan heb je helemaal geen vakantie dit jaar!'

'Ik ga in augustus toch een week met Karin naar Texel? Meer heb ik niet nodig, mam. Ik had me toch al voorbereid op zes weken werken en niet of nauwelijks vakantie. Maar wel lekker veel geld verdienen!'

'Als je maar niet in een supermarkt gaat werken!'

Snotver! Daar had ze nou juist een vacature gezien. 'Waarom niet?'

Ma schudde haar haren naar achteren en ging rechtop zitten. Haar stem klonk vastberaden. 'Als je dan zonodig moet werken, zorg dan dat je een baantje vindt dat er echt toe doet. Iets in de zorg of zo. In bejaarden- en ziekenhuizen vragen ze heel vaak vakantiehulpen. Dan doe je nog iets om iemand te helpen.'

Papa glimlachte en knikte. 'Dat is niet zo'n gek idee, Marika.'

Ma keek dankbaar en besloot toch maar een blaadje sla in haar mond te stoppen. 'Je zult zien dat het heel nuttig werk is waar veel vraag naar is.'

Ja, tuurlijk, maar was het net zo leuk als in de supermarkt? Ze had al die meiden achter de vleeswaren en het brood zien kletsen en lachen en dat was toch heel iets anders dan de ongetwijfeld nuttige, maar daardoor niet minder onaangename dingen die haar vast en zeker te wachten stonden in een ziekenhuis.

'Wat denk je ervan?' vroeg ma.

'Eh, tja, dat was nou niet direct wat ik in mijn hoofd had, maar ik ga het dan wel proberen,' zei ze mat.

'Opgelost,' glimlachte papa. 'Kunnen we dan nu alle aandacht uit laten gaan naar dit heerlijke dineetje?'

Na het eten schoot ze naar boven onder het excuus dat ze nog moest douchen, en dat was niet eens zo'n zwakke smoes, vond ze zelf. Ma vond toch al dat haar dochter zich niet vaak genoeg waste en dat terwijl ze elke ochtend onder de douche stond en ma zelf om de dag!

Maar ze had geen zin meer om nog langer aan tafel te zitten. Ma was eindeloos doorgegaan met opsommen van alle fijne en dankbare taken die ze kon doen. In een ziekenhuis! Of een bejaardenhuis! Niet dat ze oude mensen niet aardig vond, maar het was toch iets anders wanneer je ze moest voeren of zo. Slabbetje om doen. Dat was toch verschrikkelijk vernederend voor die mensen? En ze hadden vaak zo'n zielig koppie met hangende kinvellen en aan die kin hadden ze meestal van die harde haartjes die langs je wangen streken wanneer je ze verplicht een kus moest geven. Dat wist ze nog van haar oma die een paar jaar geleden overleden was. Het gekke was dat het bijna altijd oude dames waren die harde haartjes op hun kin hadden.

Haar mobieltje ging. Karin.

'Bejaardenhuis Onder de zon,' zei ze met een kakstem.

'Ja hoor, alsof een bejaardenhuis een nulzes nummer zou hebben. En? Ben je er al uit? Wat trekt de oude dame aan vanavond?'

'O. Daar heb ik nog helemaal niet naar gekeken. Wat trek jij aan?'

Karin lachte. 'Weet ik veel. Weet je wat, gooi wat kleren in een tas, dan kijken we hier of we iets bijpassends kunnen vinden.'

'Ik moet nog wel even douchen, ik ben er binnen een uur.'

'Oké, tot straks. O, wacht, neem jij je blauwe mascara mee, de mijne is op.'

Een uur later drukte ze op de bel bij Karins huis en hoorde buiten al het geschreeuw en gejoel van Karins jongere broertjes en zusje. Ze glimlachte. Die drie kleintjes zorgden altijd voor de nodige herrie.

De deur ging open en het jongste broertje van Karin brulde: 'Hé Marika!' En in een moeite door kondigde hij haar luidkeels aan. 'Karin, 't is voor jou!'

'Loop maar door, Mariek, ik ben boven,' klonk Karins blèrende stem vanaf de eerste etage.

'Kan er in dit huis dan alleen maar geschreeuwd worden?' vroeg Liesbeth, de moeder van Karin, die de gang in kwam lopen. 'Hoi Marika, wat een lawaai weer hè?'

Marika lachte. 'Wel leuk juist, hier is altijd wat te beleven. Bij ons is het eigenlijk alleen maar stil.'

Liesbeth grinnikte. 'Wat zou ik dat af en toe graag willen. Stilte lijkt me... Hé, Stijn,' onderbrak ze zichzelf en greep het kleine jongetje bij zijn bovenarm. 'Heb je er wel eens aan gedacht dat je ook gewoon kunt lopen?'

Kleine Stijn draaide zijn armpje weer los en brulde dat je met rennen veel sneller opschoot en bracht dat meteen in de praktijk. Vanuit de huiskamer klonk de hoge gil van het tweelingbroertje van Stijn.

'Sorry, meid, ik geloof dat mijn immer kalmerende aanwezigheid vereist wordt bij het wederom beslechten van een ernstig meningsverschil tussen Stijn en Steven,' zei Liesbeth en liep rustig op het gegil af.

Marika nam de trap in vier grote stappen en liep de eerste kamer tegenover de trap in. Karin zat voor de spiegel, met haar kleine zusje Eva in stille adoratie ernaast. 'Goedenavond dames,' zei Marika met zware stem en trok even aan de kunstig gevlochten vlecht van het kleine meisje. 'Mooie vlecht heb je. Wie heeft dat gedaan?'

Eva glimlachte verlegen en wees naar Karin.

'Wat is dat?' vroeg Marika en kriebelde Eva een beetje in haar nek. 'Je bent toch niet verlegen voor mij?'

Het meisje schudde haar hoofd en kroop bij Karin op schoot. 'Zeg, lieve schat,' protesteerde Karin. 'Ik probeer toch echt een serieuze poging te doen mijn natuurlijke schoonheid heftig te accentueren en dat gaat een beetje moeilijk met jou op schoot.'

'Je praat raar,' zei Eva verontwaardigd en ging meteen staan.

'Kom maar bij je enige en bijzonder lieflijke onechte tante,' zei Marika en stak haar armen uit.

'Jij bent ook raar,' besloot Eva fijntjes voordat ze de kamer verliet.

'Zo,' zei Karin opgelucht. 'Ook weer opgelost. Nu even terug naar onze beeldige snoetjes. En daarna moeten we nog bedenken wat we aantrekken.'

Na een klein uur aan- en uitkleden besloten ze beiden een zwarte stretchbroek met een getailleerd, wit bloesje aan te trekken.

'En nu?' vroeg Marika en wierp nog een laatste tevreden blik in de spiegel. 'Zullen we eerst maar naar De Blauwe Vaas gaan, dan hebben we dat ook weer gehad.'

'Echt?' vroeg Karin stralend. 'Ik ben u eeuwig dankbaar, schone jonkvrouw.'

'Ja, ja, ja,' bromde Marika goedmoedig. 'Laten we nou maar gaan.'

In De Blauwe Vaas stond het blauw van de rook, en duwend en trekkend kwamen ze uiteindelijk bij de bar terecht en konden zich meteen niet meer verroeren.

'Allemachtig, we staan echt shocking klem,' mopperde Marika.

Karin knikte. 'Als ik mijn benen optrek, blijf ik gewoon hangen.'

'Het is omdat je mijn vriendin bent, maar anders… Hé, kijk nou eens, hij is er hoor,' zei Marika met een hoofdbeweging naar de rechterkant van de bar.

Meteen kleurde Karin tot diep in haar nek en Marika glimlachte. Ach, gut, wat was Kaatje verliefd. Maar zag die knul haar wel? Daar zou ze eens even wat aan doen. Ze zette haar wijsvingers aan haar lippen en floot kort en fel. De jongen draaide meteen zijn hoofd hun kant op en Marika wees naar Karin. De jongen lachte en kwam hun kant op.

'Zeg het eens, schoonheid,' zei hij met een zwoele stem tegen Karin.

'Nou, eh, ja...' hakkelde Karin. 'Doe maar twee cola.'

'Zo, zo,' lachte de jongen. 'Gaan we er tegenaan van-avond?'

Gatverdamme, wat een popiejopie, dacht Marika. Een scherp antwoord lag al op haar lippen, maar ze verbeet zich. Karin stond zo hemels te kijken, dat kon ze toch niet ver-pesten met een bitcherig antwoord?

'Tja, dat heb je als je nog moet rijden,' loog haar hemelse vriendin vrolijk.

De jongen deed een greep naar de keurig opgestapelde glazen, kwakte er wat ijsblokjes in en even later zette hij de volle glazen voor hen op de bar neer.

'Dat is dan vijf euro, schoonheid.'

Erg origineel was hij ook niet en blijkbaar merkte hij dat haar vriendin hem wel erg leuk vond, want het leek wel of hij een tic had. Hij bleef verdorie knipogen en Karin bleef maar lieflijk glimlachen. Nou, dat werd nog een gezellig avondje.

Twee uur later staarde ze gegeneerd de andere kant op toen Karin en de knul elkaar over de bar heen gingen zoe-nen. Iedereen keek en Marika schaamde zich rot. Ze wilde naar huis. En wel meteen.

'Zeg, Karin,' probeerde ze zachtjes. Maar Karin leek wel vastgeplakt aan die engerd en hoorde niets en niemand.

'Hoor eens, ik ga nú naar huis.'

Hè, hè, Karin leek iets te horen en keek haar wazig aan. 'Nu al? Het is toch gezellig?'

Reuzegezellig. 'Blijf jij nog maar, ik pak wel een taxi.'

'Weet je het zeker? Nee,' onderbrak ze zichzelf. 'Die taxi-standplaats is nog een aardig eindje weg. En dan moet je eerst die lange steeg nog door. Nee hoor, je gaat daar niet alleen naartoe. Ik ga ook wel.'

De slijmjurk achter de bar ging zich ermee bemoeien. 'Dat zou ik jammer vinden. En je vriendin vindt het niet erg om naar huis te gaan. Weet je wat,' zijn ogen lichtten op alsof hij een wereldidee had. 'Ik vraag een van mijn vrienden hier om haar even naar de taxi te brengen. Wacht maar.'

Voordat ze had kunnen protesteren, liep hij al naar het andere eind van de bar en sprak heftig gebarend met een paar jongens. Een van hen knikte en verhief zich van zijn barkruk.

Marika slikte. Het was net zo'n een engerd als de slijmjurk achter de bar. Was er een epidemie uitgebroken? De engeritus? Daar had ze echt geen zin in. Hoe kwam ze hier met goed fatsoen weer vanaf?

Karin klopte haar op de schouder. 'Nou, dat is toch lief van Gino, hè? Je vindt het niet erg als ik nog even blijf, toch?' vroeg ze haast smekend.

'Nee, hoor,' zei ze zo luchtig mogelijk. 'Ik was toch al een beetje moe.'

'Ja, dan kun je beter naar huis gaan,' knikte Karin opgelucht. 'En nu kom je in ieder geval veilig bij de taxistandplaats.'

'Zo is het, kanjer, met Freek aan je zij, kom je overal veilig bij,' hoorde ze achter zich een jongensstem zeggen. Ze draaide zich om en keek in een zonnebankbruin gezicht met lodderogen. Ook dat nog! Hij had een behoorlijke slok op.

'Dit is vast mijn geluksavond,' zei de jongen en legde meteen zijn arm maar om haar schouders. 'Zo'n mooie meid wegbrengen gebeurt me niet vaak.'

'Dat kan ik me voorstellen,' beet Marika hem toe en schudde zijn arm van zich af.

Hij lachte bulderend. 'Ik hou wel van een beetje pit.

Kom op, kanjer, we gaan naar buiten.'

Ze zwaaide naar Karin en wrong zich tussen de dansende en joelende mensen door naar de uitgang.

Buiten in de lange steeg was het druk. Een grote groep jongens kwam haar net tegemoet lopen en een paar van hen begonnen te fluiten toen ze haar zagen. Freek kwam meteen naast haar lopen en legde bezitterig zijn arm om haar schouder.

'Tja, jongens, ze is al bezet,' lachte hij hard en trok haar dicht tegen zich aan.

'Bij mij kun je het beter krijgen, hoor,' riep een van de jongens voordat hij door de anderen werd meegetrokken naar de ingang van de kroeg.

Marika liep nog een paar passen en schudde toen de arm van zich af. 'Zo is het wel weer genoeg.'

'Nou zeg,' zei hij verontwaardigd. 'Ik heb geen besmettelijke ziekte hoor! En ik heb je nog wel beschermd tegen die gozers. Daar mag je me wel eens voor bedanken.'

'Eh, ja, nou, bedankt.'

'Het mag wel wat enthousiaster hoor,' zei hij boos. 'Wat dacht je hiervan?'

Voordat ze het wist, had hij haar tegen de muur geduwd en drukte zijn naar bier stinkende mond op de hare.

Meteen trok ze haar gezicht weg. 'Rot op, viezerd,' schreeuwde ze zo hard mogelijk. Hier werd hij alleen maar kwader van. Hij greep haar handen, duwde ze boven haar hoofd en hield ze met een van zijn grote vuisten vast. 'Wat had je nou, kapsoneswijf? Als ik jou wil zoenen, dan doe ik dat. Is dat goed begrepen?'

'Au, je doet me pijn. Laat me los, idioot, ik...'

Voordat ze verder kon gaan, greep iemand Freek in zijn nek en hoorde ze een bekende stem. 'Klootzak! Je doet haar pijn. Zal ik jou eens pijn doen?'

Martijn! Wat deed híj nou hier? Meer kon ze niet bedenken, want hij haalde uit en stompte Freek keihard in zijn gezicht. Niet één keer, maar wel drie keer, nee vier keer, nee...

'Hou op, hou op, je slaat hem dood, stoppen nou!' brulde ze in paniek. Dit ging helemaal fout. Dit ging veel te ver. 'Martijn, kappen nou!'

Eindelijk leek hij uit een droom wakker te worden en liet Freek los, die kreunend op de grond zakte terwijl het bloed uit zijn neus droop. Even bleef ze naar hem staan kijken en voelde de inmiddels vertrouwde, harde bal in haar maag komen. Wat moest ze doen? Had Freek hulp nodig of viel het wel mee? Voorzichtig deed ze een stap in zijn richting en boog zich naar hem toe.

'Freek? Gaat het? Moet ik een dokter bellen?' vroeg ze zacht. Hij hees zich overeind en leunde tegen de muur. 'Rot op, klerewijf,' mompelde hij zonder haar aan te kijken. 'Ik heb van jou geen hulp nodig.'

Ze draaide zich om en zag toen pas dat er een groep mensen stil was blijven staan om te kijken. Niemand zei iets. Het enige geluid was de dreunende beat uit de kroeg. Vlug duwde ze Martijn voor zich uit. 'Kom, laten we maar gaan,' zei ze dringend.

Hoofdstuk 6

'M'n auto staat hier om de hoek,' zei hij zodra ze de steeg uit waren en hij haar naar rechts meetrok. 'Kun je mijn autosleutel uit mijn broekzak halen, m'n hand is een beetje kapot.'

Nu pas zag ze dat zijn eeuwig gehandschoende hand onder het bloed zat. 'Godsamme, Martijn!'

'Het valt wel mee, pak nou maar die sleutel.'

Zwijgend deed ze een greep in zijn broekzak en haalde de

sleutel te voorschijn. Vlak bij de zwarte GTI drukte ze op het plaatje van het open deurtje en hoorde de sloten van het slot springen. 'Kun je nog wel rijden?'

'Natuurlijk.'

Ze stapten in en hij leunde met gesloten ogen achterover.

'Doe die handschoen eens uit,' gebood ze. 'Ik heb wel een paar tissues.'

Hij schudde zijn hoofd. 'In het dashboardkastje liggen vochtige doekjes. Maak je gezicht schoon.'

'Mijn gezicht? Daar is niks mee aan de hand. Kijk eerst maar even naar je hand, je…'

'Maak je gezicht schoon, veeg die gore adem van dat ettertje van je lippen.' Zijn stem klonk zo donker als de donkerste nacht in december. Geschrokken keek ze hem aan, maar hij had nog steeds zijn ogen gesloten. Zijn gezicht was lijkbleek en op zijn voorhoofd parelden tientallen zweetdruppeltjes.

'Martijn? Gaat het wel? Zal ik…'

'Veeg nú je gezicht schoon,' donderde zijn stem opeens door de auto.

De bal in haar maag leek te exploderen en vlug gingen haar handen naar het dashboardkastje. De vochtige doekjes roken vaag naar bloemen toen ze er verwoed mee over haar gezicht wreef. Het vocht uit de doekjes vermengde zich probleemloos met haar tranen.

'Huil niet, Marika,' zei hij zacht en zonder haar aan te kijken. 'Er is gelukkig niets met je gebeurd. En als je zo weer een schoon gezicht hebt, kun je alles vergeten. Je bent weer net zo rein als hiervoor.'

'Rein? Wat nou rein?' huilde ze hardop.

Hij draaide zich om en deed eindelijk zijn ogen open. Hij pakte een paar vochtige doekjes en wreef ermee over zijn handschoen. 'Rein is onschuldig, jong, maar ook schoon,' zei hij toonloos. Hij vouwde het beboede doekje keurig op en stak het in zijn zak. 'En jij, mijn lieve Marika, bent daar het perfecte voorbeeld van. Je bent niet alleen mooi van buiten, maar ook van binnen. Dat alles heeft met reinheid, schoonheid te maken.'

Met een nieuw doekje veegde hij vlinderzacht haar laatste tranen weg en bijna leek zijn gezicht te glimlachen. 'Je bent zó lief, meisje, zo oneindig lief. Niemand, maar dan ook niemand mag jou kwaad doen.'

Stil keek ze hem aan en wist niet wat ze zeggen moest. Ze kon even niet meer denken, niet meer voelen, alleen maar naar hem kijken. Zijn gezicht dat nu weer kleur begon te krijgen, de pareltjes op zijn voorhoofd die verdwenen waren en zijn ogen die teder keken. Het was duidelijk dat hij haar lief vond, maar waarom? Hield hij van hulpeloze meisjes die huilden zoals zij in het begin had gedaan? Ze wist het niet meer. Ze wist alleen… Hij hád haar gered. Dat was waar. De manier waarop zou ze zelf niet uitgekozen hebben, maar… 'Ik vind het heel lief van je dat je zo voor me opkomt, maar je had die jongen wel dood kunnen slaan. Dat was echt niet normaal. Ik ben nog nooit zo bang geweest als daarnet. Het leek wel of je nooit meer op zou houden.'

'Maar toen je zei dat ik moest stoppen heb ik dat gedaan. Eén woord van jou en je krijgt wat je wilt.'

'Niet waar. Ik heb hartstikke staan schreeuwen en pas op het laatst hoorde je me. Je leek wel in trance.'

'Echt waar?' vroeg hij en ging recht achter het stuur zitten. 'Dat heb ik helemaal niet gehoord, het was daar ook zo'n herrie.' Hij startte de auto. 'Zit je riem vast?'

'Martijn! Praat er niet overheen! Het was echt idioot wat je deed. Je had hem toch ook gewoon van me af kunnen halen en zeggen dat hij moest opdonderen?'

'En jij denkt dat hij daar naar zou luisteren?' lachte Martijn schamper terwijl hij wegreed. 'Dat soort jongens heeft altijd een lesje nodig.'

'Nou, niet als ik erbij ben. Ik wil zoiets nooit meer meemaken. Echt, ik meen het,' voegde ze er dringend aan toe.

Hij knikte. 'Oké, meisje. Ik zei toch dat één woord van jou voldoende was om te krijgen wat je wilt? Jij zult dit nooit meer meemaken.'

Hij zei het zo serieus. En hij keek zo ernstig. Een ander zou ze een branieschopper hebben gevonden, maar hem geloofde ze blindelings.

Ze werd wakker van haar mobieltje en keek slaperig op haar wekker. Halfelf! Wie maakte haar zo vroeg op zaterdagochtend wakker? Ze stak haar hand uit.

'Met Marika.'

'Hoi schone slaapster, met Karin. Wat is er allemaal gebeurd, gisteravond? Freek kwam onder het bloed terug.'

Meteen was ze klaarwakker. 'Hij viel me lastig.'

'Ja, zoiets dacht ik al. Hij had het zelf over een of ander jaloers vriendje.'

Ze ging rechtop zitten en vertelde het hele verhaal.

'Wie is Martijn?' vroeg Karin aan het eind.

'Die jongen van de brug.'

'Je meent het! Hij is wel altijd in de buurt als je hem nodig hebt, zeg! Hij zal je toch niet stalken of zo?'

Marika lachte. 'Welnee, hij was toevallig ook uit.'

'Ja, ja. Ik vind het allemaal wel heel toevallig hoor. Nou ja, laat maar. Hé, wat ga je doen vandaag?'

'Hoezo? Jij moet toch om twaalf uur werken?'

'Ja tot zes uur, maar daarna is de dag nog niet afgelopen. En wat is er leuker dan de rest van de dag, inclusief de avond met mij door te brengen. Ik ben zo gezellig en zo bescheiden bovendien. Nou, zeg op, wat ga je doen vandaag?'

'Ik zou misschien met mijn ouders meegaan naar een antiekmarkt, maar,' ze wierp een blik op de wekker, 'daar ben ik volgens mij nu te laat mee. Maar vanavond gaan we uit eten en daarna ga ik met mijn pappie naar de film.'

'O, ik hoor het al. Je hebt je allerliefste vriendin niet nodig, mooi is dat. Nee hoor,' voegde ze er haastig aan toe, 'ik ben gewoon jaloers, ik ga nooit iets met mijn vader doen. Hij moet ook maar een baan zoeken in het buitenland en alleen in weekend thuiskomen. Dan hebben ze in ieder geval een beetje belangstelling voor je.'

'Heb je wel eens gevraagd aan je vader of hij iets leuks met je wil gaan doen?'

Karin lachte smalend. 'Hij ziet me aankomen!'

'Gewoon doen, je weet het niet. Misschien vindt hij het wel heel leuk.'

'Oké, lieve Rita, ik ga je goede raad opvolgen, dus…'

'Wacht even, niet zo snel ophangen. Hoe is het afgelopen met Gino?'

'Ach, meid, dat was helemaal niks meer zodra Freek binnenkwam. Hij keek me aan alsof ik de duivel was en heeft geen woord meer tegen me gezegd. Ze zaten de hele tijd met z'n tweeën te smoezen en uiteindelijk zei hij dat hij het nu te druk had. Tja, toen ben ik ook maar naar huis gegaan.'

'Wat een slapjanus. Ik vond het trouwens toch al een engerd.'

'En hij kon niet eens zoenen ook!' brulde Karin. 'Nou ja, er komt wel weer een ander, hoor, misschien moet ik die jongens eerst maar eens zoenles gaan geven, hé, wacht, misschien is dat wel een gat in de markt, want zeg nou zelf, welke jongen kan er een beetje zoenen en ik wil niet veel zeggen over mijn eigen kwaliteiten anders zou je kunnen denken dat ik wellicht kapsones heb, maar…'

'Karin!'

'Oké, oké, ik ga al ophangen. Veel plezier vanavond!'

'Oké, we bellen, ja?'

Ze legde het mobieltje op haar nachtkastje, stapte uit bed en liep naar de trap. 'Mam?' Geen antwoord. Dat had ze wel verwacht, papa en ma waren natuurlijk om tien uur de deur al uitgegaan. Ze haalde haar schouders op en liep naar de badkamer waar ze de douche aanzette. Zo erg was het nou ook weer niet, een antiekmarkt was tenslotte niet direct haar meest favoriete plek. Ze zou alleen maar meegegaan zijn om met papa te zijn.

Ze glimlachte. Hij kon altijd zo lekker enthousiast tussen al die oude troep scharrelen. Zijn gezicht straalde wanneer hij iets belangrijks dacht te hebben gevonden. Dan moest ma meteen komen kijken en zeggen wat ze er van vond. Zelfs ma had dan een toegeeflijk lachje op haar gezicht en kon op zo'n moment heel tactvol zeggen dat het gevonden item geweldig leuk was, maar nog net geen antiek. En elke keer gebeurde er dan hetzelfde. De verzuchting van papa dat hij echt niet zou weten wat hij zonder ma moest.

Ze schoof het douchegordijn opzij en ging onder de warme straal staan. Haar handen graaiden blindelings de fles shampoo van de rand. De geur van synthetische perzik vulde de doucheruimte. Hoe zou het met Martijn zijn? Ze kneedde de shampoo door haar haren, liet het even intrekken en spoelde daarna het schuim er weer uit. Ze had niet eens naar zijn hand kunnen kijken. De bebloede afgeknipte handschoen zweefde voor haar ogen. Waarom droeg hij die handschoenen?

Haar mobieltje tingelde en ze vloekte. Dat ding ging altijd als zij onder de douche stond! Gelukkig had ze haar haren al uitgespoeld. Vlug draaide ze de kraan dicht en rende nat en bloot haar kamer in.

'Met Marika.'

'Ik heb een brunch voor je klaar staan.'

'Martijn. O, eh…'

'Over tien minuten haal ik je op. Tot zo.'

Stil keek ze naar het telefoontje. Hij had opgehangen! Wat moest… En hoe… Ze schudde haar hoofd. Hij kreeg het weer voor elkaar dat ze niet meer wist wat ze moest doen. Ging ze? Wat moest ze aan? Haar witte korte tuinbroek. En ze kon ook niet met natte haren… Ze zuchtte. Ze had dus blijkbaar al besloten. Ze ging.

Acht minuten later sloot ze de voordeur af, gooide haar nog vochtige haren naar achteren en ontdekte op de hoek van de straat zijn auto.

'Goedemorgen, mooi kind,' zei hij zodra ze instapte.

Ze keek naar zijn handen en zag door de gaatjes van de handschoen het bruin van een pleister. 'Hoe is het met je hand?'

'Goed. Een kleinigheid.' Hij draaide zich half naar haar toe, keek haar welwillend aan en beroerde heel zacht met een vinger haar wang.

Ze keek hem recht aan en voelde haar hartslag omhoog gaan. Hij was te mooi voor een man. 'Waarom…'

'We hebben het er niet meer over. Goed?' vroeg hij en startte de auto. 'Wacht maar tot je ziet wat ik voor je gemaakt heb.'

'Maar ik wilde alleen maar…'

'Marika.' Zijn stem was donker. Afkeurend. Zijn blik bleef star op de weg gericht.

'Waar gaan we heen?' vroeg ze zacht.

'Aha,' zei hij een stuk lichter. 'Dat is nog eens een vraag. Vandaag, mijn liefste, breng ik je naar mijn huis. In de tuin staat voor je gedekt.'

Had ze ooit een leuker en attenter vriendje gehad? Was hij haar vriendje? Hij nam haar in ieder geval mee naar zijn huis! 'Waar woon je eigenlijk?'

'Hier vlakbij. Zo'n vijf minuten bij jou vandaan.'

Hij draaide zijn auto naar rechts en ze keek op. Dit was een van de industrieterreinen. Daar stonden toch geen huizen?

'Kijk,' zijn hand wees recht naar voren. 'Helemaal aan het eind van deze straat, daar woon ik.'

Te midden van roestige hekken, half afgebroken gebouwen en braakliggend terrein dook opeens het huis op. Voor en rechts naast het huis lagen paden van kiezelsteen waarop grote terracotta potten vol kleurige bloemen stonden. Links naast het huis stond een rijkversierde houten schutting. Om het huis in te kunnen moest je drie treden op. Op elke trede van de trap stond een kleine, stenen pot met gele en blauwe bloemetjes. Aan weerskanten van de treden zag ze twee halvemaanvormige raampjes waarvoor houten luiken zaten. Boven aan de kleine trap was een breed bordes met links en rechts twee grote, hoge ramen waarvoor witte, doorzichtige vitrage hing die half opengeschoven waren. De twee etages erboven waren smaller, geen vier ramen, maar twee en op de bovenste etage stonden op de voorste hoeken twee torens verbonden door kantelen.

'Wat een enorm huis. Het lijkt wel een klein paleisje. Ik voel me net alsof ik binnenkom in een Amerikaanse soap,' riep ze opgetogen. 'En er zijn zelfs twee torens! Worden die nog gebruikt?'

Hij knikte en parkeerde voor de trap. 'Eén toren wordt nog gebruikt. Door mij.'

'En die andere dan?'

'Daar is brand geweest. Niemand komt er nog. Kom, de brunch wacht.'

Nieuwsgierig stapte ze uit en huppelde achter hem aan over het knerpende kiezelpad. Pas toen ze langs het huis wandelden, zag ze hoe diep het perceel was en dat de grond omhoog liep. 'Allemachtig, wat zullen jullie grote kamers hebben! En waarom loopt het hier omhoog?'

'Achter hebben we geen trap om het huis in te komen, het niveau van de tuin loopt gelijk met de entree,' zei Martijn en stak zijn hand naar haar uit. 'Mijn overgrootvader heeft dit huis laten bouwen en oorspronkelijk waren de eerste en de tweede verdieping net zo groot als de begane grond en de kelder, maar toen drie van zijn vijf kinderen overleden, heeft hij de eerste en tweede verdieping kleiner gemaakt door aan beide zijden een kamer weg te breken en op één hoog een terras te maken.'

'Wauw! Er zijn dus ook nog terrassen?'

Martijn lachte schamper. 'Wat je terrassen noemt. Mijn overgrootvader en na hem mijn opa hielden achteraf bezien niet van terrassen en hebben er nooit iets aan gedaan. Er liggen kiezelstenen die al honderd jaar bedekt zijn met mos. Niemand komt er ooit.'

Ze keek omhoog. 'Waarom doen jullie er dan niet wat aan?'

'Omdat we niet zeker weten of dit huis hier wel mag blijven staan. Dit hele terrein wordt platgegooid. Maar misschien valt ons huis onder monumentenzorg. Een commis-

sie van wijze mannen is daar al maanden over aan het on-
derhandelen. Tja, en als dit huis onder monumentenzorg
valt, dan mogen we er alleen nog iets aan doen met toe-
stemming van die wijze mannen. Helaas.'

'Helaas?'

Een boze trek vloog over zijn gezicht. Even maar. Hij zei
niets.

'Wat bedoel je met helaas?' vroeg ze en trok haar hand los.

'Ik houd niet van bemoeizuchtige mensen.'

'Maar…'

Hij pakte haar hand. 'Kom,' hij trok haar mee en begon
bijna te rennen. 'De brunch wacht.'

Ze renden langs het huis waar, naast een kiezelpad, ook
een betegeld pad liep dat weer uitkwam op een enorm grasveld. Rechts achterin, bijna tegen de bosschage aan die het
grasveld omzoomde, was een klein prieeltje gebouwd.
Onder de door rozen overgroeide bogen stond een kleine,
ronde, houten tafel met twee rieten stoelen. Op de tafel
stond een met plastic afgedekt rieten mandje waarin verschillende soorten broodjes lagen. De tegenover elkaar geplaatste ontbijtborden werden ieder geflankeerd door een
sierlijk glas, een theekopje en prachtig zilveren bestek. Naast
de houten tafel was een verrijdbaar bijtafeltje geplaatst waarop een kan sinaasappelsap en een theepot stonden.

'Martijn, wat een verwennerij!' Ze draaide zich naar hem
om en gaf hem een zoen op zijn wang. Ach, wat schattig, hij
bloosde. Allemachtig, nu was hij nog mooier. Ze kon haar
ogen niet van hem afhouden.

Hij wees op een stoel. 'Ga zitten. Wil je een kopje thee?'

Ze knikte en keek om zich heen. 'Wat een schattig prieeltje is dit. En de tuin! Hoe groot is het hier eigenlijk?'

'Zover als je kunt kijken. Achter deze struiken en
bomen,' zei hij en trok een struik iets opzij, 'is ook nog een
groot gedeelte tuin. Dat noem ik altijd ons natuurlijk woe-
kergedeelte. Niemand doet er meer iets aan. Het is veel te
veel werk. We hebben een tuinman die dit gedeelte bijhoudt

en dat is al heel arbeidsintensief. Vroeger deed mijn moeder dat. Dit prieeltje heeft zij ontworpen en het was haar grote trots. Ik heb hier heel wat tijd met haar doorgebracht.'

'Het doet me denken aan zo'n plaatje uit een tuintijdschrift. Overdag zie je een moeder met een kindje in het prieel spelen en 's avonds zie je de moeder er met de vader zitten. Jouw vader zal hier ook vaak met je moeder gezeten hebben. Misschien wel wanneer de zon net onderging. Hand in hand. Zo romantisch!'

Zijn gezicht vertrok en een donkere wolk nam er al het aantrekkelijke uit weg. Star keek hij voor zich uit en ze voelde zich hoe langer hoe ongemakkelijker. 'Heb ik iets verkeerds gezegd?'

Hij schudde zijn hoofd. 'Nee, dat kon je niet weten.'

'Wat?'

'Als mijn vader met zijn tengels van haar afgebleven was, dan had mijn moeder nog geleefd, dan had ik haar niet…'

'Verloren?' vulde ze voorzichtig vragend aan.

Hij pakte de theepot en tot haar verbazing zag ze zijn hand trillen. Het liefst wilde ze haar hand over de zijne leggen, maar op de een of andere manier durfde ze niet. 'Martijn, je hebt enorm verdriet van haar dood, maar ik denk dat je vader er net zoveel verdriet van heeft.'

Hij kwakte de theepot neer en had zichzelf blijkbaar weer onder controle. 'Je weet niets van mijn vader. Hij en ik gaan ieder onze eigen gang, hij woont op de eerste etage en ik op de tweede, soms zien we elkaar tijdens het diner, soms niet. Op het werk hoeven we elkaar niet te zien als we dat niet willen. Ik werk daar alleen maar omdat ik alles zal erven en omdat ik nergens anders kan werken zoals ik nu werk. Ik ga mijn eigen gang, mijn vader gaat zijn eigen gang. We tolereren elkaar. Dat wil ik graag zo houden.'

Abrupt stond hij op. 'Ik ga even verse thee maken, deze staat al een uur, en hoe wil je je eitje? Zacht, medium of hard?'

'Eh, nou, doe maar medi…'

Ze was nog niet eens uitgesproken of hij stond al op. Liep weg zonder iets te zeggen. Verbijsterd zag ze hem het grasveld over lopen naar een deur in het huis. Een deur precies in het midden van de achtergevel. Aan de voorkant zat op die plek de trap. Hier aan de achterkant zat alleen die deur met aan de linkerkant twee en aan de rechterkant drie enorme ramen.

Nieuwsgierig geworden stond ze op en liep voorzichtig naar die ramen, en ontdekte een enorme keuken die bijna de volledige breedte van het huis besloeg. Martijn stond aan het gasfornuis dat de linkermuur in beslag nam, met zijn rug naar haar toe. Stram rechtop. De muur recht tegenover de ramen werd in het midden onderbroken door een deur en wat meer naar rechts weer een deur. Deze laatste deur was dicht. De eerste stond open en bood uitzicht op een hal.

Martijn draaide zich half om. Snel deed ze een stap opzij en stond nu half achter het stukje muur dat de twee linkerramen van elkaar scheidden. Waarom had ze toch het gevoel iets te doen wat niet mocht? Ze kon maar beter geen risico nemen en teruggaan naar het prieeltje. Of zou ze...? Even nog bij de rechterramen kijken. Misschien ging op dat moment wel net de gesloten deur open. Nee, dat zou te mooi zijn. Zie je wel, die deur bleef gewoon dicht. Ach, nou ja, ze kon ook nog even aan de rechterkant van het huis kijken, daar was ze nog niet geweest.

Behoedzaam sloeg ze de hoek om en bleef meteen weer staan. Direct om de hoek was een raam waarvoor lange, witte vitrage hing. Aan het eind van het huis zag ze de achterkant van de schutting, die links vastzat aan het huis en rechts aansloot op manshoge coniferen. Voor de coniferen lag een smal grasveld en daarvoor een breed betegeld terras waarop houten tuinstoelen stonden. Via openslaande deuren golfde heel zacht klassieke muziek naar buiten. Eerst deed ze nog een stap naar voren, maar toen bedacht ze zich. Hier woonde iemand, dat was duidelijk. Ze kon toch niet zomaar doorlopen? Nee, ze zou netjes teruggaan naar het prieeltje.

Ze draaide zich om en hoorde achter zich een stem.

'Zeg, meisje, wat doe jij hier?'

Verschrikt keek ze over haar schouder en zag een oude dame in een rolstoel. Een bejaarde dame in een hooggesloten korenblauwe jurk die het blauw in haar ogen verlevendigde. Een door vele rimpels gebarsten lichtroze gezicht. Een hand rustend in haar schoot en een hand als een gekromd vogelpootje over een kastje gebogen dat op het blad bevestigd was dat bij de leuningen aansloot. Die vrouw zou niet snel uit haar stoel vallen, bedacht ze nog voor ze haar excuses aanbood. 'O, sorry, mevrouw, ik ben hier op visite. Ik wilde niet…'

De oude vrouw staarde haar met grote ogen aan. Het lieve, lichtroze gezicht was marmerwit geworden. 'God, kind,' murmelden haar bijna kleurloze lippen.

Hoofdstuk 7

Marika bleef doodstil staan. Had ze die arme vrouw laten schrikken door hier plotseling te verschijnen? 'Het spijt me, mevrouw. Ik…'

'Nee, nee,' onderbrak de oude dame haar. 'Sorry, kindje, je deed me even aan iemand anders denken, dat is alles. Is dat haar van jezelf? Ja, dat moet wel…' Ze schudde haar hoofd. 'Enfin. Wat zei je ook al weer, je bent op visite? Dan ben je vast bij Martijn. Ik ben zijn oma. Wat leuk dat hij eens een meisje meeneemt. Het is hier veel te stil in huis. Kom,' gebaarde ze naar de tuinstoelen. 'Kom even bij me zitten.'

'Eh, nou, eh, Martijn is even een eitje voor me koken, hij heeft me uitgenodigd voor een brunch.'

'O, dat is zo opgelost. Loop maar met me mee, dan gaan we die jongen eens even verrassen.' De oude dame draaide haar rolstoel en reed zacht snorrend naar binnen.

Dat hoefde geen twee keer gezegd te worden. Ze was veel te nieuwsgierig naar hoe het er binnen uit zou zien.

Ze liep door de openslaande deuren mee naar binnen en kwam in een lange kamer waar rechts achterin een bank, twee luie stoelen en een lage tafel stonden. Direct rechts naast de openslaande deuren tegen de muur stond een prachtig houten buffet waarop goudkleurige fotolijstjes in alle maten en soorten tentoongesteld werden. Aan de andere kant van de deuren zag ze vier kasten tot aan het plafond, vol boeken.

De oude dame reed naar een van de twee deuren in de muur haaks op de boekenmuur, en Marika glimlachte toen de deur openging en de keuken erachter bleek te liggen. Dat was dus de gesloten deur die ze vanuit de tuin gezien had. Ze aarzelde. De rolstoel rolde de keuken al in, maar zij besloot, na even snel haar hoofd om de deur te hebben gestoken, nog in de kamer te blijven staan. Martijns oma had gezegd dat ze hem wilde verrassen, dan kon zij dat toch niet bederven door meteen mee te lopen?

'Dag Martijn,' zei zijn oma. 'Kijk eens wie ik gevonden heb.'

Marika luisterde verbaasd. Wat had zijn oma opeens een andere stem. Het leek wel een kinderstemmetje.

'Waar heb je het over?'

Allemachtig, en wat had hij opeens een donkere stem! Ze deed een stap naar voren de keuken in en zag meteen dat niet alleen zijn stem donker was. Of vergiste ze zich? Zodra hij haar zag, keek hij immers niet donker meer.

'Had je genoeg van het wachten?'

Rustige stem, vriendelijke oogopslag. Zie je wel, niets aan de hand. 'Nee hoor, ik was gewoon nieuwsgierig. Ik weet wel dat jij niet zo van nieuwsgierige mensen houdt, maar wanneer ziet een mens een huis als dit? Ik ben gewoon een beetje gaan rondlopen en kwam je oma tegen.'

Hij knikte. 'Aha.'

Zijn oma rolde haar stoel een beetje achteruit en stond nu naast Marika. 'Leuk hè,' zei ze met weer dat rare stemmetje. 'Nu leek het mij gezellig om misschien samen wat te eten. Je weet dat mijn hulp vandaag niet komt en alleen eten is ook niet alles. Lijkt het jou wat, Marika?' vroeg ze opeens rechtstreeks.

Tja, wat nu? Ze kon toch moeilijk nee zeggen. 'Eh, ja hoor, als Martijn het ook goed vindt?'

Martijn had zich omgedraaid en zette twee eieren in eierdopjes. 'Wellicht een andere keer oma, ik heb nu op twee personen gerekend.'

'O, natuurlijk, jongen, natuurlijk. Komen jullie na de brunch dan thee bij me drinken. Ja, dat is een veel beter idee. Ach, kind,' ze draaide zich om naar Marika voor ze met fladderende handgebaartjes verderging. 'Je moet het me maar niet kwalijk nemen, zo'n oud mens als ik kan zich wel eens opdringen, dat is niet netjes van me. Nee,' zei ze en hief haar hand op toen ze zag dat Marika iets wilde zeggen. 'Ga jij maar lekker met Martijn brunchen, ik zie je straks wel. Dag jongen,' zei ze terwijl ze even snel over haar schouder keek en vervolgens de keuken uitreed. De deur deed ze zachtjes dicht.

'Als je nu klaar bent met de *social talk*, kunnen we misschien gaan eten.'

Ze draaide zich om en keek hem aan. Hoe vaak was ze het woord ondoorgrondelijk al tegengekomen? Het stond in kranten en boeken en ze hoorde het soms op de televisie. Nu wist ze pas wat dat woord betekende.

'Wat heb jij een schat van een oma! Ik wou dat ik nog een oma had.'

Zijn blik werd vriendelijker. 'Dat kan ik me voorstellen. Misschien deed ik wel een beetje kortaf, maar dat komt omdat ik mijn oma natuurlijk dagelijks zie en ze vraagt nogal wat aandacht.'

'Logisch als je in een rolstoel zit en afhankelijk bent van anderen.'

Hij draaide zich om en pakte de gekookte eieren. 'Ja.'

'Wat heeft ze eigenlijk?'

'Zullen we eindelijk eens wat gaan eten?' Zonder op haar te wachten liep hij de tuin in.

Ze zuchtte. Oei, zeker ook verboden om over te praten. Ze rende bijna achter hem aan en liet zich op de rieten stoel vallen.

Zwijgend schonk hij haar en zichzelf een glas sinaasappelsap in, stak haar het broodmandje toe en nam zelf ook een broodje.

Na tien minuten had hij nog niets gezegd en zat ze zelf ook heftig te denken aan een prachtige zin om de stilte te verbreken. Na weer vijf minuten begreep ze dat het zinloos en idioot was om haar hersenen op deze manier te pijnigen. Ze ging gewoon naar huis.

'Nou, eh, Martijn, het was erg lekker, maar ik ga…'

'Als we straks thee gaan drinken bij mijn oma, moet je wel voorbereid zijn op oeverloze verhalen over vroeger. Volgens mij is dat het enige wat haar nog interesseert. Het is in ieder geval het enige waar ze over praat, hoewel ze ook veel televisie kijkt. Dan zou je toch verwachten dat er van al die documentaires die ze zegt interessant te vinden, wel iets blijft hangen. Maar ze praat er nooit over en als ik ernaar vraag dan zegt ze dat ze het niet meer weet. Hetzelfde geldt voor haar boeken. Je hebt vast de boekenkasten gezien. Al die boeken heeft ze in de afgelopen paar jaar gelezen, maar als ik haar naar een bepaald boek vraag, weet ze het niet meer. En vroeger was ze lerares Nederlands, dus je zou denken dat ze juist heel goed kan vertellen wat ze gezien of gelezen heeft.'

Onbegrijpelijk. Zou ze deze jongen ooit begrijpen?

'Komt dat misschien door haar leeftijd?'

'Ik zou het niet weten. Misschien komt het wel door mij. Wij ergeren ons nogal aan elkaar.'

'Hoezo?'

'Geen idee.'

Ze schudde haar hoofd. 'Ben jij nou een volwassen vent? Als je ermee zit, dan vraag je het gewoon eens aan haar.'

'Dat heeft niets met volwassen of niet te maken. Ze lijkt soms wel een kapotte cd, ze blijft gewoon zeggen dat ze het niet weet.'

'O.'

'Maar ze is echt wel aardig hoor.'

Ze knikte. 'Daar ziet ze ook wel naar uit. Mag ik vragen waarom ze in een rolstoel zit?'

'Reuma. Ze was vroeger een erg mooie vrouw.' Hij stak zijn hand uit en streelde haar haren. 'Maar lang niet zo mooi als jij.'

Zelfs zijn stem kon strelen, als hij maar wilde. Als hij wilde, zoals nu, dan werd zijn gezicht zacht, zijn ogen glansden en zijn stem gaf haar het gevoel dat ze kon zweven. Zelfs de lichtste aanraking van zijn eeuwig gehandschoende vingers maakte haar verlangen naar hem nog groter. Een verlangen dat ze nu pas herkende. Omdat het nieuw was. Omdat ze nog nooit iemand zo gewild had als hem. Hij was het, dat wist ze nu. Zoals ze ook opeens zeker wist dat er nooit meer iemand zou komen zoals hij.

Het raasde in haar borst. Het liefst wilde ze hem aanraken, woest woelen door zijn haar, kriebelen in zijn nek en zoenen. Eindeloos zoenen.

Hij schoof zijn stoel naast de hare en legde zijn arm om haar schouders.

Verrukt vlijde ze zich tegen zijn harde schouder, legde haar gezicht bijna in zijn nek en snoof zijn bosgeur op. Hij moest gedachten kunnen lezen. Voelde hij haar verlangen?

Met een vinger tilde hij haar kin op, keek met smeulend groene ogen in de hare en drukte vlinderzacht een kus op haar lippen.

Hij wist het! Hij moest het aanvoelen. Zie je wel, hij leek zo'n harde bonk aan de buitenkant, maar hij was heel gevoelig. Ze zou niet als een blok voor hem vallen wanneer hij niet gevoelig was. De schat.

Ze lachte naar hem. Hij lachte niet terug, zijn gezicht was even uitdrukkingsloos als altijd. Het kon haar niet schelen. Het hoorde bij hem. Een enorm, niet te omschrijven warm gevoel had bezit van haar genomen. Deze man, deze prachtige man had haar gekust. Eindelijk. Gingen ze nu met elkaar? Ja toch? Je ging toch niet zomaar met iedereen zoenen? En natuurlijk had hij aangevoeld dat ze, langzaam maar zeker, verliefd op hem was geworden, dat ze hem wilde. Welk meisje zou hem niet willen? Dat sterke, gespierde lijf, de zwarte kleren, de handschoenen, de zwarte auto, het zwijgen, de donkere stem, zijn stemmingen, wie was er mysterieuzer? Mysterieus en gevoelig. Een mooiere combinatie kon ze niet bedenken.

Met een wijsvinger volgde ze de contouren van zijn bovenlip, daarna streelde ze zijn vierkante kaken die hij wel eens mocht scheren en ze betrapte zich erop dat ze alweer glimlachend naar hem keek. Hij keek nog net zo strak als ervoor en even raakte ze in de war. De woorden lagen al op haar lippen toen plotseling zijn glimlach doorbrak. De warmte in haar lichaam kwam in volle hevigheid terug. Was er op deze hele wereld iemand die mooier kon glimlachen dan hij? Overrompelender? Onverwachter? Alsof de hemel openbrak? God, wat was hij adembenemend. Ze móést hem aanraken.

Ze schoof nog dichter naar hem toe, legde haar hoofd op zijn borst en hoorde zijn hart net zo wild tekeergaan als dat van haarzelf. Rook heel vaag zijn transpiratiegeur, vermengd met aftershave, en zag zijn adamsappel op en neer gaan. Hij moest net zo nerveus zijn als zij. Zie je wel, hij voelde precies hetzelfde. Hoe had ze eraan kunnen twijfelen? Dit heftige gevoel dat al die tijd sluimerend aanwezig was geweest en nu zo plotseling naar voren was gekomen, moest toch wel van twee kanten komen?

Ze streelde zijn hals, richtte zich op om hem te zoenen,

maar hij schudde nee en aaide met een vinger over haar wang voordat hij haar weer recht in haar stoel duwde.

Ze begreep het niet, bleef hem aankijken. En hij? Hij zei natuurlijk weer eens helemaal niets. 'Wat is er, Martijn? Zeg eens wat!'

Eerst bleef hij zwijgen en leunde achterover in zijn stoel, terwijl hij elke centimeter van haar gezicht onafgebroken bleef bekijken. Het voelde alsof ze minutieus gekeurd werd en zenuwachtig begon ze te giechelen. Voldeed ze?

Hij schudde zijn hoofd en keek wat vriendelijker. 'Ik zit te bedenken dat ik geen enkel meisje ken dat ook maar een beetje aan jouw schoonheid tippen kan.'

Daar moest ze weer om giechelen en zijn gezicht werd harder. 'Ik maak geen grapje.'

'Sorry hoor, maar volgens mij bekijk jij mij door een veel te roze bril. Ik zie er aardig uit, meer niet.'

'Je bent mooier dan jezelf weet.'

'Ga toch heen!'

'Je kent je eigen schoonheid niet. Dat maakt je nog mooier.'

'Sprak de verliefde man.'

'Ik ben níét verliefd op je!' zei hij bijna sissend.

'Nee hoor, tuurlijk niet. We hadden toch niets te doen, dus daarom hebben we maar even zitten zoenen.'

'Ik heb je lippen gekust. Dat was niet omdat ik verliefd op je ben. Dat was een uiting van intense emotie, van pure liefde.'

'Hè, hè! Dat is toch hetzelfde.'

'Nee!' schoot zijn stem uit en zijn ogen bliksemden van het ene op het andere moment. 'Mijn liefde is puur. Mijn bewondering voor jouw schoonheid heeft niets met verliefdheid of lustgevoelens te maken.'

'Daar leek het anders wel veel op.'

'Probeer het te begrijpen,' zei hij dringend en pakte haar beide handen vast. 'Jij bent bijzonder. Je hebt zelfs na deze korte tijd al een plaats in mijn hart verworven. Dat gebeurt niet zo vaak bij mij. En erover praten doe ik al helemaal met niemand sinds mijn moeder is overleden. Alleen zij had een plekje in mijn hart. Haar gaf ik ook wel eens een kus op de wang of, tijdens heel bijzondere momenten, op de mond. Daar kwam geen verliefdheid aan te pas. Dat kwam omdat we dan iets moois meemaakten, of een goed gesprek hadden waar ik haar dankbaar voor was. Zoiets als ik nu met jou af en toe meemaak. Alleen met jou. Sinds mijn moeder er niet meer is… Met haar was het net zo. En dan gebeuren dit soort dingen. Dat heet het uiten van je liefdevolle gevoelens.'

Hij zag haar dus als zijn moeder! Daar was ze mooi klaar mee. Had ze te veel achter zijn kus gezocht? Het was, goed beschouwd, inderdaad een onschuldig kusje geweest. Maar het zou meer kunnen worden. Dat had ze toch gevoeld? Hij wilde dat toch ook? Of was haar verlangen zo groot geweest dat ze dácht dat hij het wilde? Had ze te veel gewild?

De gedachte aan de aanraking van zijn handen, het gevoel van zijn lippen op haar mond en dan ook nog eens zijn stralend groene ogen. Zelfs wanneer hij haar alleen maar strak zat aan te kijken. Zelfs wanneer hij zweeg. Ja, misschien wilde ze te veel.

Hij schoof zijn stoel terug en stond op. 'Zullen we maar even naar mijn oma gaan?'

Het warme, bijna zonnige gevoel in haar lichaam koelde binnen twee seconden af naar net boven het vriespunt.

'Marika?'

'Ik eh, ik geloof dat ik liever naar huis ga.'

Zijn hand omsloot haar pols. Hard. Ze voelde de gaatjes in zijn handschoen. Hij kneep nog harder en ze gaf een gil. 'Hé, je doet me pijn.'

Hij liet tergend langzaam los en een rode afdruk van zijn vingers verscheen op haar pols. Hij bukte zich voorover en drukte er een kus op. 'Wanneer je iets belooft, verwacht ik van je dat je je eraan houdt. Wanneer jij je bij het niet nakomen van een belofte als een nukkig kind gaat gedragen, zal ik je als een nukkig kind moeten behandelen. Dat kan wel eens pijn doen, maar het is voor je eigen bestwil. Het is de enige manier om te blijven wie je bent. Dat had ik je al eens eerder uitgelegd. Kom.'

Hij trok haar aan haar arm overeind en ze maakte een afwerende beweging. 'Ik heb niets beloofd,' protesteerde ze.

Hij bleef haar arm vasthouden. 'Maar je hebt ook niet gezegd dat je niet kwam. Wie zwijgt stemt toe.'

Was dat zo? Had ze door niets te zeggen toegestemd? Naar huis, naar huis, brulde het in haar, en ze wist niet of ze moest huilen of lachen. Of boos zijn. Of verontwaardigd. Ze wist niets, alleen dat ze bang was om nee te zeggen. 'Oké,' zei ze zacht.

Hij sloeg zijn arm om haar schouders en langzaam duwde hij haar in de richting van het huis. 'Zo ken ik je weer.'

Ze was opeens heel moe en besefte dat zijn arm om haar schouders haar nu niet zo veel deed als vijf minuten geleden. Daarnet zou ze nog extatisch geweest zijn, nu moest ze zelfs de neiging onderdrukken zich van hem los te maken. Wat had ze toch?

'Kijk eens, oma, daar zijn we dan.'

Hoofdstuk 8

'Kom binnen, kom binnen,' gebaarde de oude dame en wees uitnodigend naar de bank. 'Ga zitten, dan schenk ik een kopje thee in.'

Haar rolstoel zoefde naar een verdekt opgesteld theetafeltje tussen de bank en een stoel in. Verrassend handig schonk ze met één hand de theeglazen vol. 'Gebruik je suiker, liefje?'

Marika schudde haar hoofd. Praten kon ze nog niet. Haar keel zat dicht en in haar hoofd was het vreemd leeg.

'Nee, oma, dit meisje let op haar lijn. Ze ziet er niet voor niets zo mooi uit,' zei Martijn rustig.

Zijn oma zette een voor een de glazen op het blad voor haar en reed naar de salontafel. 'Nee, dat zal wel niet,' zei ze net zo rustig als Martijn en wierp een onderzoekende blik op Marika.

'Voel je je wel goed, kindje? Je ziet zo bleek.'

Voordat ze een antwoord kon bedenken, hoorde ze Martijn zeggen dat ze veel te hard geleerd had voor haar examens en dat die vermoeidheid er nu uitkwam.

'Is dat zo, liefje? En waar heb je dan voor geleerd, welke school doe je?'

Dit was veilig terrein, daar kon ze wel iets over vertellen. 'Ik doe MBO, secretarieel toerisme, mevrouw.'

'Ach, kind, zeg alsjeblieft oma tegen me. Mevrouw vind ik een vreselijk woord. Zeg maar oma Roos,' zei de oude dame. 'Zeg luister eens, dan ga je zeker naar het MTRO?'

Verbaasd keek Marika op. Een oma die het Middelbaar Toeristisch en Recreatief Onderwijs kende? 'Onze school is gefuseerd met het MTRO, dus wij volgen inderdaad hetzelfde programma.'

Oma Roos knikte. 'Ik heb nog steeds contact met mijn oud-collega's en een dochter van een van hen is lerares hostesspraktijk aan het MTRO. Misschien heb je wel eens van haar gehoord. Ze heet Barbara Noordeloos.'

Marika knikte enthousiast en ging automatisch op het puntje van de bank zitten. 'Wat grappig. Zij is dit jaar overgestapt naar onze vestiging.'

Oma Roos lachte. 'Die toeristische wereld is zo klein. Zeg, vertel eens, hoe doet ze het?'

Zonder aandacht aan Martijn te schenken stak ze van wal en oma Roos bleef maar vragen. Ze bespraken de ene leraar na de andere, onderwijsprogramma's, modules en tentamens. Na een kwartier had Martijn er blijkbaar genoeg van, zei dat hij nog even een programma moest nakijken en verdween.

'En ga je nu lekker op vakantie, kind?'

'Nee, niet echt. Ik ga misschien in augustus met een vriendin een weekje naar Texel, maar het is de bedoeling dat ik in de vakantie ga werken. Ik heb mijn moeder eindelijk zover gekregen dat ik een vakantiebaantje mag zoeken. Als het tenminste een nuttig baantje is. Ik mag niet in de supermarkt, maar wel in een bejaardenhuis of een ziekenhuis.'

Oma Roos zat haar, opeens stralend, aan te kijken. 'Ik wist het, zodra ik je zag. Martijn moet dat ook gezien hebben. Jij bent een geschenk uit de hemel.'

'Hoe bedoelt u?'

'Ik ben dringend op zoek naar een meisje dat mij een paar weken gezelschap kan houden en mij een beetje kan helpen. Zoals je ziet ben ik best handig, maar er zijn toch zaken die ik niet alleen kan doen. Normaal heb ik elke dag hulp, een soort gezelschapsdame, maar vandaag ben ik alleen omdat mijn hulp familieproblemen had en na volgende week gaat ze vier weken op vakantie. Zou jij er iets voor voelen om mij dan gezelschap te houden?'

Marika staarde voor zich uit. Dit was een baantje dat ma wel goed zou vinden. Een oude dame verzorgen viel in de categorie 'nuttig'. Maar wilde ze dit baantje zelf wel? Het zou kunnen betekenen dat ze Martijn bijna dagelijks zou zien. En hem zien en weten dat hij niets met haar wilde, kon ze dat wel?

'Ik betaal je natuurlijk hetzelfde als mijn hulp en je hoeft geen enge dingen te doen,' haastte oma Roos zich te zeggen. 'Ik kan bijvoorbeeld zelf naar het toilet. En mocht er daar iets gebeuren, dan heb ik overal in huis een intercom zodat ik altijd te horen ben. Nee, kind, het gaat echt om zaken zoals mijn boterhammen maken, boodschappen doen en licht huishoudelijk werk. Zwaar huishoudelijk werk, zoals stofzuigen, ramen lappen of dweilen wordt twee keer per week door de werkster gedaan. Het zou fijn zijn wanneer je op die twee dagen, op dinsdag en donderdag, een hapje eten kon koken, dan blijf je gezellig eten. Dan begin je die dagen later, natuurlijk. Meestal bakt de werkster een eitje voor me, maar ik eet natuurlijk liever warm. En tussen de middag slaap ik altijd een poosje, dan heb je een uur of twee vrij.'

'Daar gaat het niet om,' mompelde ze zacht. Kon ze hier werken en hem zien zonder verlangen? Want ze verlangde nog steeds naar hem. Heftig. Het vastpakken van haar pols was natuurlijk per ongeluk gegaan, dat had ze hem alweer vergeven. En diep in haar hart voelde ze dat ze hem heel veel zou kunnen vergeven, zelfs dat hij blijkbaar niet hetzelfde voor haar voelde als zij voor hem. Hoewel dat onzin was, natuurlijk. Had ze niet zelf zijn op hol geslagen hartslag gevoeld? Hij wilde het gewoon niet toegeven, dat was alles.

'Je ouders mogen me bellen, uiteraard,' ging oma Roos verder, voordat ze uit de boekenkast een blocnote te voorschijn haalde dat ze op het blad voor zich neerlegde. 'Ik schrijf mijn telefoonnummer even voor je op. Ze mogen natuurlijk ook langskomen.'

'Wie mogen er langskomen?' klonk opeens de stem van Martijn.

Marika draaide zich om en zag het onderwerp van haar gedachten in de deuropening staan. 'Mijn ouders,' zei ze rustig. 'Je oma heeft gevraagd of ik haar verzorgster wil vervangen in de vakantie.'

Hij glimlachte, liep naar zijn oma toe en aaide haar zacht over haar witte haren. 'Wat een goed idee, oma. Als er iemand goed voor je zou kunnen zorgen, is het uiteraard Marika.'

Het gezicht van oma Roos lichtte op. 'Dat dacht ik ook, jongen. Nu moet ze het natuurlijk met haar ouders overleggen en daarom zei ik dat ze rustig konden bellen of langskomen.'

'Het zal voor je ouders een prettig idee zijn dat je in ieder geval veilig onder dak bent gedurende hun afwezigheid. Mijn oma en ik zullen goed op je passen.'

Oma Roos lachte een beetje. 'Nou, nou, Martijn. Je doet net alsof Marika een klein meisje is. Ze zal echt wel weten wat ze doet.'

Zijn hand, die nog op oma's haren lag, stokte, gleed naar achteren en kwam tot rust in oma's fragiele nek. 'Natuurlijk is ze zelfstandig, omaatje. Maar ze is wel alleen in de vakantie. Ze moet iemand hebben in geval van nood.'

'Au, jongen, laat mijn nek eens los, jij kent je eigen kracht niet.' Ze rolde haar rolstoel iets naar voren en de rechterhand van Martijn viel slap naast zijn lichaam.

'Sorry, oma,' zei hij toonloos.

Oma Roos reed nog iets verder naar voren en keek Marika aan. 'Wat denk je ervan? Zouden je ouders het goedvinden?'

Ze knikte. 'Ik denk het wel. En wat die zelfstandigheid betreft, ik zorg al tijden voor mezelf. Mijn moeder heeft een drukke baan en is vaak pas laat thuis. Mijn vader werkt in het buitenland en komt alleen in het weekend thuis. En bij problemen heb ik altijd nog mijn vriendin Karin en haar ouders.'

'Zie je wel, Martijn,' knikte oma Roos. 'Dit meisje kan heel goed voor zichzelf zorgen, ze heeft jou of mij echt niet nodig.'

Zijn gezicht was inmiddels uitdrukkingsloos geworden. 'We zullen zien,' zei hij zacht.

'Ik wil nu graag naar huis,' zei Marika en keek recht voor zich uit.

'Oké, dan gaan we. Dag oma,' zei hij en liep vast naar de deur.

Ze stond op, gaf oma Roos een hand en pakte het velletje papier met het telefoonnummer van haar aan. 'Ik bel u vandaag nog,' zei ze zacht. Daarna liep ze, zwaar als een natte zak zand, achter hem aan.

Onderweg zei hij geen woord. Zij ook niet. Hij stopte op de hoek van de straat en zonder iets te zeggen stapte ze uit. Ze keek niet om.

'Hé!' hoorde ze opeens zijn stem.

Ze bleef staan. Opgeheven hoofd. Keek niet om.

'Je bent de allerliefste.'

Ze knikte zwijgend en voelde haar ogen branden.

'Ik zou het heel fijn vinden wanneer jij voor mijn oma ging zorgen. Dan weet ik zeker dat ze goed verzorgd is. En als er problemen zijn, gebruik je de intercom. Zelfs bij mij op de bovenste etage is er een gemonteerd. En ik kom natuurlijk meteen.'

Even een opflikkering in haar hart.

'En terwijl je mijn oma verzorgt, weet ik dan ook zeker dat niemand jou pijn kan doen. Ik zou het niet toelaten.'

De opflikkering werd een heel klein vlammetje en langzaam draaide ze haar hoofd in zijn richting.

Hij deed de deur van zijn auto open en stond in drie stappen voor haar. 'Je bent zo oneindig lief, Marika.'

De warmte verspreidde zich in haar lichaam en haar spieren ontspanden zich een beetje.

'Zeg alsjeblieft dat je voor mijn oma gaat zorgen. Alsjeblieft.'

Ze knikte. Nog steeds geluidloos.

'Dank je.' Met zijn wijsvinger tilde hij haar kin op, keek haar vriendelijk aan en kuste haar voorhoofd.

Met een zucht liet ze zich tegen zijn borst aan vallen en zijn armen sloten veilig om haar heen. Zijn handen streelden haar haren en zijn mond fluisterde in haar oor dat ze alles voor hem betekende.

Voorzichtig maakte ze zich los uit zijn armen. 'Ik hou van je, Martijn,' zei ze toonloos en keek hem strak aan.

Hij knikte. 'Dat weet ik en daar dank ik je voor.' Opeens keek hij achter haar. 'Daar komen je ouders aan. Ik ga. Ik bel je.'

Voordat ze iets had kunnen zeggen, zat hij al in zijn auto en reed weg.

'En hoe heb je die mensen dan leren kennen?'

'Dat zei ik net, mam. Martijn kwam ik in de stad tegen en zijn oma heb ik vandaag ontmoet.'

'Je hebt vandaag dus al gesolliciteerd?'

'Eh, ja, eigenlijk wel. Wat is er nou, mam? Dit is precies het soort baantje dat jij voor me zou zoeken.'

Papa lachte. 'Je kunt niet zeggen dat het geen nuttig baantje is.'

Ma friemelde aan haar vingers. 'Maar we kennen die mensen helemaal niet.'

'Maham! Ik heb je toch het nummer van die mevrouw gegeven? Bel haar dan op.'

Papa stond op. 'Ga jij je maar eens even omkleden, Marika, we gaan zo uit eten. Laat mama en mij hier even rustig over praten.'

'Dus je hebt een baan?' vroeg Karin de volgende dag en liet zich achterover op haar bed vallen. 'En je ouders vonden het goed?'

'Mijn moeder stond eerst nog wat te pruttelen, maar toen we 's avonds uit eten gingen, had mijn vader met haar gesproken en werd ze zelfs enthousiast.'

'Niet te geloven,' verzuchtte Karin. 'Wat een geluk heb jij toch altijd. Maar ga je me nog eens wat over die Martijn vertellen of moet ik het met mijn eigen fantasie doen? Je bent anders nooit zo gesloten.'

Ze staarde voor zich uit. Ze had beloofd niets te zeggen. Maar Karin dan? Had ze niet altijd alles met Karin gedeeld? En haar belofte dan?

'Joehoe!' wuifde Karin haar toe. 'Bent u nog van deze wereld? Allemachtig, het moet wel een heel bijzonder kereltje zijn.'

'Kereltje?' giechelde ze. 'Als er iemand géén kereltje is, is Martijn het wel.'

'Kijk, dat is al iets. Je hoort nog eens wat als je niet dood bent.'

'Karin! Wat is dat nou weer voor opmerking?' lachte ze. 'Jij zegt altijd precies de juiste dingen om mij aan het lachen te krijgen.'

'Meid, ik ben helemaal geweldig,' beaamde Karin minzaam. 'En nog bescheiden bovendien, waarom moet ik dat toch steeds herhalen? Kom op, laat me niet smeken, vertel van Martijn.'

'Je moet wel beloven dat je het aan niemand...'

'Hè, ja, zie ik zo bleek?'

Ze proestte. 'Ik wilde het gewoon even zeker weten, gek kind.'

'Vertel!'

'Eh, hij heet dus Martijn, hij is drieëntwintig jaar, hij woont nog thuis en hij werkt op de zaak van zijn vader. Iets met computers. Hij ziet er geweldig uit, altijd in het zwart gekleed, zwarte sporthandschoentjes en hij rijdt in een zwarte Golf GTI. Hij is goddelijk wanneer hij lacht. Dat doet hij helaas maar weinig; hij is heel zwijgzaam en kijkt altijd heel donker. Maar áls hij lacht, Karin...'

'Je bent verliefd,' constateerde Karin droog. 'Hij ook op jou?'

Ze schudde haar hoofd. 'Hij zegt van niet.'

'Maar...'

Ze voelde dat ze een kleur kreeg. 'We hebben gezoend. Nou ja, niet echt,' haastte ze zich herstellend. 'Hij kuste me op mijn lippen. Verder dan dat is het niet gekomen, dat wilde hij niet. Deze kus gaf hij me omdat het een bijzondere situatie was, om zijn gevoel te uiten. Hij zei dat het niet echt zoenen was. Ja, ik weet het,' ging ze snel verder toen ze zag dat Karin iets wilde zeggen. 'Maar zijn gevoel is dat hij me heel bijzonder vindt, dat hij op een gezonde manier van me houdt, zonder verliefd te zijn. Iets anders vindt hij pervers.'

Karin ging rechtop zitten. 'Pervers? Dat is een woord uit het jaar kruik. En wat is op een gezonde manier van iemand houden?'

Marika knikte. 'Dat soort woorden gebruikt hij nu eenmaal. Ik ben er al aan gewend. Het past bij hem. Hij is heel principieel. Maar daarnaast is hij erg zorgzaam voor me en hij zegt altijd dat hij niet wil dat iemand mij iets doet, want dan gaat hij erop af. Wanneer ik me omdraai, is hij er; wanneer ik hem bel, staat hij binnen twee minuten op de hoek van de straat.'

'Op de hoek van de straat? Waarom niet voor je deur? O, wacht. Niemand mag het weten. Waarom eigenlijk niet?'

'Omdat hij bang is iets verkeerds te doen. Een meisje van zestien met een jongen van drieëntwintig dat kan niet, dat vindt hij pervers.'

'Belachelijk! Nou, Marika, als hij echt zo principieel is, moet hij je ook niet zoenen. Hoelang moet je het geheim houden?'

'Ik weet het niet. Het kan me ook niet schelen. Als ik hem maar zie. Maar nog even over dat zoenen...'

'Ja, ja,' onderbrak Karin haar ongeduldig. 'Ik weet het, hij kuste je op je lippen, dus het was niet echt zoenen volgens hem. Was het dat voor jou wel?'

Even was ze weer terug bij dat moment. Zijn hart tegen het hare, zijn warmte vermengd met de hare, het alles overrompelende gevoel.

'Ja,' zei ze zacht.

Karin ging recht tegenover haar zitten en pakte haar handen vast. Haar blik was verrassend zacht en ernstig. 'Kijk je wel uit, Marika?'

'Wat bedoel je?' Was die nauwelijks hoorbare stem van haar?

'Mariek! Je hebt het tegen mij hoor. Je weet best wat ik bedoel. Je loopt met je hoofd in de wolken, dan zie je alles niet meer zo scherp. Maar ik zie...' Karin hield abrupt op en staarde naar beneden.

De afdrukken van zijn knijpende hand om haar pols waren wel wat minder geworden, maar toch nog duidelijk aanwezig.

'Wat is er gebeurd?' vroeg Karin ernstig.

'O, niets bijzonders. Ik gleed uit op het kiezelpad bij zijn huis en Martijn kon me nog net op tijd vastpakken. Ik zei toch dat hij heel zorgzaam was?'

Moeiteloos kwam de leugen eruit. Alsof ze nooit anders had gedaan.

Karin zei niets en staarde haar aan, maar ze staarde vriendelijk en zelfverzekerd terug. Karin wachtte nog even en knikte toen bedachtzaam. 'Oké, dan. Hij krijgt het voordeel van de twijfel. Ga verder met je verhaal. Je was bij zijn huis? Hoe was zijn oma?'

's Avonds in bed begon ze te trillen. Van haar kruin tot aan haar tenen.

Hoofdstuk 9

De laatste schoolweek was voorbijgevlogen. Haar boeken had ze ingeleverd, haar hertentamen gehaald en eindelijk was ze vrij. Oma Roos had ze nog twee keer aan de telefoon gehad. Een keer, omdat oma Roos papa had gesproken en daarna de zaken definitief met haar wilde afronden. En de tweede keer om haar te zeggen dat ze zo blij was dat Marika haar wilde komen helpen. Of ze soms tijd had om een kopje thee te komen drinken. Dat had ze gedaan en het was een verbazend gezellige middag geworden. Oma Roos bleek goed op de hoogte te zijn van het nieuws, van films, van boeken en van televisieprogramma's. Na dat bezoekje leek het alsof ze de oude dame al veel langer kende. Toch durfde ze niet naar Martijn te vragen. Het was niet alleen niet durven, maar ook niet willen. Martijn zat toch wel elke dag op zijn vaste plekje in haar hoofd.

Denken aan hem deed pijn. Dromen over hem nog meer, omdat het wakker worden zo erg was. Alleen de gedachte aan afstand nemen, was al genoeg om gillend gek te worden, maar als ze het nu niet deed, kon ze het straks in dat huis helemaal niet. Ze moest niet meer aan die zaterdag denken, niet aan de brunch, niet aan zijn hand om haar pols, niet aan zijn dwingende blik en al helemaal niet aan zijn gefluisterde woorden toen hij haar naar huis bracht.

Nadat ze zondagavond thuis was gekomen van haar bezoekje aan Karin, had ze niet meer kunnen denken of praten en was naar bed gegaan. Uiteindelijk was ze trillend en wel in slaap gevallen, tot ze wakker was geworden van haar mobieltje. Gehypnotiseerd had ze naar het verlichte beeldschermpje gekeken en met een uiterste krachtsinspanning had ze het telefoontje in een schoenendoos in haar kast gelegd. De volgende dag belde hij weer, maar ook toen had ze het bellende onding verstopt in haar kast. Daarna kwamen de berichtjes. Ze had maar één berichtje teruggestuurd. Dat ze het druk had en geen tijd. Nadat ze dat berichtje had verstuurd, had ze een halfuur boven de toiletpot gehangen en daarna had ze zich in haar bed verscholen tot ma uit haar werk kwam. Op woensdag moest ze voor de laatste keer naar school en ze was bang geweest dat Martijn op de hoek van de straat zou staan. Toen hij er niet stond, had ze een vreemd gevoel van teleurstelling en opluchting tegelijk ervaren. Ook na school was hij in geen velden of wegen te bekennen. Blijkbaar had hij haar berichtje begrepen. Het enige wat ze nu nog deed, was in haar bed liggen en huilen. Maar zodra ze haar moeder hoorde thuiskomen, hield ze op en sprong onder de douche. Ook toen papa vrijdag weer thuiskwam, had ze zich sterk gehouden, keurig meegedaan met de borrel en gisteren was ze meegegaan met boodschappen doen. Het aanbod om gezellig met z'n drietjes naar de film te gaan, had ze echter afgeslagen met het excuus dat ze hoofdpijn had en liever naar bed ging.

Soms had ze het gevoel dat ze wilde gillen. Alles werkte op haar zenuwen. Vooral vandaag en dan vooral ma. Daar werd ze compleet idioot van, woedend, witheet. Ma zou het waarschijnlijk nooit afleren haar als een klein kind te behandelen. 'Vergeet de plantjes niet, en denk eraan dat de post niet op de mat blijft liggen. Inbrekers letten daarop. En vergeet niet 's avonds alle deuren op het nachtslot te doen. En aankomende woensdag moet de groene bak naar buiten, de week erop de grijze. Zul je ervoor zorgen dat je goed eet?' Alsof ze dat al niet honderd keer gehoord had! Ma had zelfs overal in huis briefjes opgeplakt met opmerkingen gevolgd door een uitroepteken, soms drie. Stapel kon die vrouw haar krijgen!

Zelfs papa schoot vandaag tijdens het diner uit zijn slof en riep dat ma nu eindelijk eens op moest houden, dat ze iedereen over de rooie joeg. Daarna liep hij met harde stappen de trap op en begon aan het inpakken van de koffers. Waarna ma hem natuurlijk weer achterna ging, want koffers pakken kon niemand zo goed als zij. Waar ze in dit geval toevallig gelijk in had. Als ma koffers inpakte, kon er altijd veel meer in en het bleef nog netjes ook.

Gelukkig gingen ze vanavond om een uur of tien weg. Daar was haar moeder niet blij mee, maar ook ma hoorde te weten dat papa liever 's nachts reed, dan overdag. Hij had een enorme hekel aan files en aan vrachtauto's.

'Dág, veel plezier.'

'Sluit je de deur goed af, lieverdje. En als er iets is, bellen hoor, beloof je dat? Kom hier, nog even een zoen.'

Gewillig boog ze zich voorover naar het open raampje en liet zich voor de derde keer omhelzen. 'Maak je geen zorgen ma, alles komt goed. Zeg pap, rij voorzichtig hè?'

Hij knipoogde. 'Dit is een uitstekende auto. Op de tolwegen kunnen we makkelijk honderdzestig rijden.'

Ma draaide zich om en gaf hem een tik op zijn been. 'Maar dat doen we niet.'

Papa grinnikte en startte de auto. 'Met je moeder naast me zal ik altijd voorzichtig zijn, kind. Oké, we gaan. We bellen zodra we zijn aangekomen. Dag meid.' Hij zwaaide nog even en reed in slakkentempo weg.

Langzaam liep ze terug naar de deur, sloot deze achter zich en liet zich er vermoeid tegenaan vallen. Eindelijk rust in huis. Ze moest zich voorbereiden op morgen. Morgen zou ze hem weer zien. Hij zou er vast zijn. Hij kwam ongetwijfeld op de meest vreemde tijden bij zijn oma binnenvallen. Dat zou niet raar zijn. Hij woonde in hetzelfde huis.

Even zweefde zijn strakke gezicht voor haar ogen, maar ze verdrong zijn dwingende blik. Ze mocht niet aan hem denken. Niet zijn gehandschoende hand zien die haar haren streelde. Niet denken aan het warme gevoel dat hij bij haar kon oproepen, alleen al door vriendelijk naar haar te kijken. Het alles overweldigende gevoel wanneer hij eindelijk eens echt lachte. Nee! Over en uit!

Ze moest koel zijn. En efficiënt. En ook vriendelijk. Dat hoorde bij haar baantje. Ze zou ervoor zorgen…

Haar mobiel piepte. Een berichtje. *Veel succes morgen! Liefs, M.*

'Wat ben je lekker op tijd,' riep oma Roos verheugd toen ze om kwart voor tien de tuindeuren binnenstapte. 'De thuiszorg was ook al zo vroeg vanochtend. Heb je trek in koffie? Ja? Kom, dan gaan we naar de keuken.' Oma Roos draaide haar rolstoel en reed verrassend snel richting de deur. 'Hoe ben je hier gekomen? Lopend?'

'Met de fiets. Die staat hier buiten tegen de muur. Is dat goed?'

'Ja hoor, daar komt niemand. Wil jij de thermoskan meenemen, dan neem ik de kopjes mee. Het is zulk heerlijk weer, we gaan lekker buiten zitten.'

Marika hobbelde achter de oude dame aan. Een oude dame die buitengewoon handig met haar rolstoel bleek om te kunnen gaan en haar voorging naar het terras aan de zijkant van het huis.

'Zo kind, kom lekker aan de tafel zitten,' zei oma Roos en rolde haar rolstoel naar het hoofd van de tafel, waar geen stoel stond. 'Vertel eens, zijn je ouders op tijd vertrokken?'

Marika knikte en vertelde hoe nerveus haar moeder was geweest en dat ze eigenlijk wel blij was van alle aanwijzingen, hoe goed bedoeld ook, verlost te zijn.

Oma knikte. 'Ja, moeders kunnen soms op je zenuwen werken, puur uit bezorgdheid. Martijns moeder was ook zo. Niet dat hij daar last van had, maar het werkte mij wel eens op mijn zenuwen als ik haar zo hoorde.'

Ze veerde op. 'Martijns moeder? Zij is toch overleden toen Martijn nog klein was?'

'Hij was twaalf. Een vreselijke leeftijd om je moeder te verliezen.'

Twaalf! Dan was je eigenlijk nog maar een klein jongetje. 'En hij was dol op zijn moeder, toch?'

Oma knikte. 'Stapeldol. Zijn hele wereld bestond uit zijn moeder. En de wereld van zijn moeder bestond uit haar kind en haar man. Ze hield zielsveel van allebei.'

'Dus hij is eigenlijk een beetje verwend. Ook door zijn vader?'

'Minder. Hij is helaas niet zo dol op z'n vader. Sinds de dood van zijn moeder is de verstandhouding tussen die twee wel iets verbeterd, maar dat ligt meer aan mijn zoon dan aan mijn kleinzoon.'

Oma Roos schudde haar hoofd. 'Wat een zwaar gesprek zo vroeg op de ochtend! Daar houden we nu meteen mee op. Martijn zou ons eens moeten horen! Luister eens,' ging ze in een moeite door, 'binnen op de salontafel ligt de krant, wil je me daar een stukje uit voorlezen? Er mankeert me niets aan mijn ogen hoor, maar de krant met één hand vasthouden is reuze vermoeiend.'

Marika liep naar binnen en zag ineens dat alle fotolijstjes op het kastje naast de openslaande deuren verdwenen waren.

'Oma Roos, waar zijn alle fotolijstjes gebleven?' vroeg ze toen ze met de krant weer naar buiten kwam lopen.

'Eh, die eh,' oma Roos boog zich iets voorover om een

stofje op haar blad van dichtbij te kunnen bestuderen. 'Die zijn bij de werkster om gepoetst te worden. Heb je de krant?'

Marika knikte aarzelend en ging aan de tafel zitten. Had ze een rare vraag gesteld? Nee, blijkbaar niet. Oma Roos keek haar verwachtingsvol aan en leek te smachten naar het nieuws.

De ochtend ging voorbij met het spellen van de artikelen. Bijna letterlijk. Oma Roos bleek van alle maatschappelijke problemen goed op de hoogte en kon haar op een begrijpelijke manier zelfs wat politieke zaken uitleggen.

'Dus eigenlijk verschillen politieke partijen onderling niet eens zo veel. Eigenlijk willen ze allemaal hetzelfde.'

De oude dame lachte. 'Was het maar zo simpel. De ene partij gaat uit van een christelijke achtergrond, de andere partij was vroeger echt een arbeiderspartij en weer een andere partij komt meer op voor de betere, rijkere klasse. Dus wanneer we het bijvoorbeeld over een belastingvoordeel hebben, een voordeel dat alle partijen wel aanspreekt, zie je dat daar toch grote meningsverschillen over ontstaan. Zeker wanneer je kijkt naar de arbeiderspartij en de partij voor de rijkere klasse. Je kunt je wel voorstellen dat alle partijen er zo veel mogelijk voor hun kiezers willen uithalen. En dan heb ik het nu alleen nog over materiële zaken. Pas maar op bij een vraagstuk als abortus of euthanasie.'

'Maar wij hebben hier in Nederland toch het recht op vrije meningsuiting? Als het dan bijvoorbeeld jouw mening is dat je op een gegeven moment euthanasie wil plegen, dan mag dat toch?'

'Dat heeft niets met vrije meningsuiting te maken. Dat heeft te maken met iets willen dat alleen onder zeer bepaalde omstandigheden wordt toegestaan. Dat ligt allemaal heel gevoelig, want nog steeds durven sommige artsen niet aan te geven dat ze hebben meegeholpen aan euthanasie.'

Ergens rinkelde een telefoon en oma Roos rolde naar binnen. 'Sorry, kind, ik moet even opnemen.'

Marika knikte en leunde achterover in haar stoel. Het was leuk hier. Oma Roos was een schat en Martijn was in geen velden of wegen te bekennen. Toch was hij sluimerend op de achtergrond aanwezig. Bij elk onbekend geluid had ze verwacht dat hij binnen zou stappen. Ze schudde haar hoofd. Dom, dom, dom. Hij moest natuurlijk werken. En wat wilde ze nu eigenlijk? Het was toch veel beter zo?

'Zo, kind, dat is ook weer geregeld,' zei oma Roos en bleef met haar rolstoel in de deuropening staan. 'Dat was de stichting Tafel Gedekt. Drie keer per week bezorgen ze mijn diner. En dat is heel goed te eten hoor, altijd lekker warm en nooit twee keer achterelkaar hetzelfde.'

'En wat doet u dan op de andere dagen? O, wacht, dan komt de werkster.'

'Inderdaad, twee keer per week komt Jopie, mijn werkster, en zij is meestal zo lief om een eitje voor me te bakken of ik eet gewoon een boterham. Op zaterdag en zondag eet ik samen met mijn zoon en kleinzoon. Nou ja,' onderbrak oma Roos zichzelf, 'in ieder geval met mijn zoon. Martijn is natuurlijk vaak weg, die hoeft echt niet elk weekend met zijn oma te eten.' Oma Roos rolde haar stoel naar achteren. 'Maar in deze vier weken eet ik geen gebakken eitjes of een boterham meer op dinsdag en donderdag. Ik verheug me erop gezellig met jou te eten. Kun je eigenlijk een beetje koken?'

'Eh, nou, dat is te zeggen… spaghetti en rijst kan ik nog wel aan.'

'Heerlijk,' knikte oma Roos. 'Maar nu moeten we toch echt eens iets gaan doen. Wil je me helpen om mijn bed te verschonen?'

Meteen sprong Marika overeind. Het werd inderdaad eens tijd dat ze ging werken voor haar geld. Tot op heden had ze het gevoel gehad op visite te zijn. 'Natuurlijk, het spijt me dat…'

Oma schudde haar hoofd. 'Ben je mal, kind. Ik vond het enorm gezellig, praten hoort er ook bij.'

Oma reed naar de deur naast de keukendeur waarachter de slaapkamer en de badkamer bleken te liggen. 'Kijk,' zei de oude dame, wijzend naar een prachtig glimmende houten kast, 'daarin liggen mijn schone lakens.'

Nadat Marika het bed had verschoond, stopte ze de vuile lakens in de wasmachine die in de badkamer stond en pakte meteen de zachte veger om de vloer van de slaapkamer schoon te vegen. Daarna vond oma het wel weer genoeg, zei dat het tijd werd voor een boterham en dat Marika daarna twee uur vrij was omdat oude dames nu eenmaal graag een middagdutje doen en daarbij geen gezelschap nodig hadden.

Ze zou toch wel mogen rondkijken in het huis? Wat moest ze anders doen met haar twee uur vrije tijd? Oma Roos vond het vast niet erg. Waarom voelde het dan alsof ze iets stiekems deed?

Ze duwde de deur aan de overkant van de hal voorzichtig open. Wauw! Dat was nog eens een huiskamer! Wat een prachtige mosgroene wanden! En die rieten meubelen met enorme kussens konden zo uit een tijdschrift komen, om over de luie leren stoelen nog maar te zwijgen. De boekenkasten met indrukwekkende leren banden en de prachtige schilderijen aan de muur moesten een vermogen gekost hebben en de kleden die op de glimmend gepoetste houten vloer lagen, kwamen vast niet van de markt. Hé, wat was dat nou? Een open haard! Een echte open haard met een crèmekleurige schouw.

Diep onder de indruk deed ze de deur weer dicht en ging aarzelend naar de trap. Aan de zijkant liep ter hoogte van de leuning een rails waar een liftstoeltje aan bevestigd was. De eerste verdieping was van zijn vader, had Martijn gezegd. De deur tegenover de trap bleek een grote, kale badkamer te bevatten. Links stond een wit ligbad, aansluitend een douchecabine, rechts een witte wastafel, daarnaast een toilet. Tussen het toilet en de wastafel was een handdoekhouder, met twee witte handdoeken, aan de muur gemonteerd. Ook de wanden en de tegels op de grond waren wit. Alles glom en straalde een kille schoonheid uit. Ze trok de deur dicht en liep naar de deur links van de trap. Vlug wierp ze een blik in de Spartaans ingerichte slaapkamer. Wat een strakke, witte muren en dat onberispelijk opgemaakte eenpersoonsbed! Kil en koud, bah. Er stond nog wel een klein, hoog houten tafeltje naast waarop een digitale wekker stond, maar gezellig was anders. Tegen over het bed was een simpele houten kast geplaatst en meer stond er niet. De man hield zeker niet van gezelligheid.

De kamer aan de andere kant van de trap was blijkbaar een werkkamer. Een kolossaal bureau vol papieren, dossiers en tijdschriften, domineerde de kamer. Naast het bureau stond een computertafel met erop een computer en eronder een printer. Ook deze deur trok ze snel weer dicht.

Nu dan, dacht ze terwijl ze de trap naar de tweede etage opliep, waar weer een liftstoeltje bevestigd was. Zou ze dan eindelijk iets persoonlijks van Martijn kunnen zien? Vlug wierp ze een blik over haar schouder. Nee, er kwam niemand aan.

Voor de gesloten deur tegen over de trap bleef ze staan. Dit was vast ook weer een badkamer. Ze deed de deur open en bleef verbaasd staan. Een zwart bad! Daarachter zag ze een douchecabine van glanzend staal en glas, ertegenover een zwart toilet en uiteraard was de wastafel ook zwart. De tegels op de grond waren zwartwit geblokt. Ook deze badkamer glom haar tegemoet. Nergens een wasmand of slingerende vuile sokken.

Voor de linkerdeur op de tweede etage bleef ze staan. Ze kon nog terug. Ze hoefde natuurlijk niet te gaan kijken. Ze was er bijna zeker van dat oma Roos het niet erg zou vinden, maar ze was er niet zo zeker van dat Martijn het op prijs zou stellen. Hoe vaak had hij niet gezegd dat hij een hekel had aan nieuwsgierige mensen?

Haar hand duwde zacht de klink naar beneden, de deur ging open en met een groot gevoel van teleurstelling bekeek ze zijn slaapkamer. Het leek bijna een kopie van zijn vaders slaapkamer, alleen begon in de rechterhoek van deze kamer de trap naar een van de torens die uitkwamen op het dak, en stond in de linkerhoek een klein keukentje opgesteld.

Ze liep de kamer in en keek langs de vrij van de muur geplaatste, gedraaide trap omhoog. De trap was afgesloten met een luik. Ze liep de trap op, duwde tegen het luik, maar er was geen beweging in te krijgen. Ontgoocheld ging ze de treden weer af. Wat had ze eigenlijk verwacht? Ze wist toch hoe hij was? Koel, afstandelijk, mysterieus, donker. Deze kamer paste daar toch precies bij? Nergens iets persoonlijks. Niet eens een foto van zijn moeder, geen tastbare herinneringen aan zijn schooltijd, sterker nog, er hing niets aan de witte muren.

Misschien was zijn werkkamer anders. Ze stak de overloop over en opende de volgende deur. Ongelooflijk, weer bijna een kopie van zijn vader. Behalve de computers dan, er stonden er wel vier en… hé, dat was raar. De wenteltrap die in deze kamer in de linkerhoek begon, was dichtgemaakt en zag eruit als een enorme cilinder. Een cilinder die was ingemetseld in grof grijswit metselwerk. Voorzichtig liep ze eromheen en zag aan de zijkant een deur in het metselwerk. Een deur waar niet alleen een sleutel uit het sleutelgat stak, maar waar ook nog eens een groot kettingslot aanhing. Wat raar dat hij ook nog een kettingslot op de deur had zitten! Vooral omdat het slot openhing.

Ze keek nog eens goed. Ja, het slot hing echt open, de stalen pin zat echt niet door de stalen oogjes. Zou ze...? Nee… Dit moest zijn privé-domein zijn. Daar kon ze toch niet zomaar naar binnengaan? Er zat niet voor niets een slot op. Ze aarzelde en beet op haar nagels. Aan de andere kant, het slot hing open. Dit was natuurlijk wel een kans. Ze wilde toch zo graag iets persoonlijks van hem weten? En hij was niet thuis. Hij hoefde het niet eens te weten. Ze deed er toch niemand kwaad mee?

Haar hart bonkte in haar keel terwijl ze haar hand op het

slot legde en het vervolgens weer losliet. Nee, hier kon ze niet mee doorgaan. Of wel? Ach, wat kon het voor kwaad, wat maakte het uit dat het zweet in haar handen stond. Ze ging alleen maar even kijken, meer niet.

Resoluut pakte ze het slot vast en trok eraan. Er gebeurde niets. Nee, ze moest natuurlijk ook de klink gebruiken! Ze duwde de klink naar beneden en trok. De deur klemde. Ze trok nog een keer maar nu met alle kracht. De deur sprong open en op hetzelfde moment donderde er keiharde muziek door de kamer. Bonkend, brullend en allesoverheersend.

...*and she's buying a stairway to heaven*...Wezenloos. Sprakeloos. Muziek overspoelde haar lichaam. Verdronk haar lichaam. Een lichaam bewegingloos als een mummie.

Opeens leek ze wakker te worden en gaf de deur een harde zet zodat deze weer dichtviel en de muziek direct ophield. Trillend rende ze terug naar de overloop en liet zich op haar knieën zakken.

'Wat doe jij hier?' klonk opeens zijn stem.

Hoofdstuk 10

Ze kon geen woord uitbrengen. Op de een of andere manier kwamen de woorden gewoon niet. Ze kon hem alleen maar aankijken. Kijken naar dat verschrikkelijk donkere gezicht.

'Nou?'

Luisteren naar die verschrikkelijk donkere stem. En luisteren naar een zacht zoemend geluid, gevolgd door de stem van oma Roos.

'Marika? Marika, waar ben je? Ben je al helemaal boven?'

Oma's stem klonk schril en tegelijkertijd zo geruststellend. 'Ik ben vergeten te zeggen dat je beter niet helemaal naar boven kunt gaan. Daar zijn de kamers van Martijn en hij is erg op zijn privacy gesteld.'

Het zoemende geluid hield op en oma's gebogen gestalte, leunend op een wandelstok, kwam onder aan de trap op de eerste verdieping de hoek om schuifelen. 'Aha, daar ben je kindje en je hebt Martijn ook al gezien. Sorry, Martijn, ik had moeten zeggen dat jij liever niet zomaar iemand op je kamers hebt. Enfin,' ging ze verder met een vreemd stemmetje, 'gelukkig is ze niet verder dan de hal gekomen. Kom je, Marika?'

'Eh, ja, natuurlijk. Ik kom eraan.' Zonder Martijn aan te kijken, schoot ze langs hem de trap af.

'Zo, kindje, dan kun je me mooi even het liftstoeltje in helpen. Wat een uitvinding is dat toch. Degene die dat heeft uitgevonden, moest een prijs krijgen. Het is natuurlijk wel een hele aanpassing in huis, maar het werkt fantastisch. Ik ben daardoor niet zo gebonden aan mijn eigen etage op de begane grond. Geweldig, vind je niet?'

Ze gaf oma Roos een arm, hielp haar het stoeltje in en hoorde de hele weg naar beneden de doorbabbelende stem terwijl ze zijn adem in haar nek voelde.

'Kun je meteen je jasje aandoen, liefje?' vroeg oma Roos zodra ze beneden waren en zij weer in haar rolstoel zat. 'Ik wil graag even naar buiten.'

Marika knikte, trok haar spijkerjackje van de kapstok en wilde naar de voordeur lopen.

'Nee, we moeten er aan de achterkant uit,' zei oma Roos en draaide haar rolstoel vast in de goede richting. 'Aan de voorkant zit het bordes met de treden, weet je nog? Doe jij de tuindeuren in de huiskamer even open?'

'O, ja, eh, natuurlijk.' Met nog steeds zwabberende benen liep ze de huiskamer in, opende de tuindeuren en wachtte tot oma Roos erdoorheen was, om ze vervolgens achter haar te sluiten.

Oma Roos reed zacht zoemend over het pad langs de hele

achter- en zijkant van het huis, en even later kwamen ze aan de voorkant waar ze door het hek reed. 'Kom, meisje, je bent toe aan een wandeling en een kopje thee. Ik weet een leuke plek.'

Zwijgend bleef ze naast de oude dame lopen en probeerde de chaos in haar hoofd te ordenen. Hoe had oma Roos geweten dat zij door het huis aan het dwalen was? Hoe wist oma Roos dat zij helemaal boven was? Waarom had ze voor haar, een meisje dat ze nog maar zo kort kende, gelogen? En waarom had ze zo'n vreemd, breekbaar stemmetje gehad? En Martijn! Wat deed die opeens daar? Waarom was hij zo kwaad geweest? Kwaad? Was dat wel het goede woord? Hij had zo raar uit zijn ogen gekeken. En zijn stem! Alsof hij sprak vanuit de donkerste en diepste spelonken van een niet te vinden, ijskoude grot.

'We zijn er,' zei oma Roos een halfuurtje later en reed haar rolstoel een grand café binnen.

Zodra ze zaten pakte oma Roos haar hand en zei dat ze niet meer aan vanmiddag moest denken, maar nu moest genieten van een lekker kopje thee en of ze een gebakje wilde.

'Maar oma,' begon ze bijna verontwaardigd, 'ik kan toch niet zomaar…'

'Ja, dat kun je wel,' zei oma Roos gedecideerd. 'Ik vind het ook niet prettig als ik merk dat Martijn heel boos is, ik schrik daar nog altijd van en probeer zo zacht mogelijk tegen hem te praten en hem niet uit zijn tent te lokken. Boosheid is nooit goed. Maar genoeg daarover. Op een ander moment zal ik je het een en ander uitleggen, maar daar is het nu de tijd nog niet voor. Geloof me, het komt allemaal weer goed. Zeg het eens, welk gebakje wil je?'

Ze wilde helemaal geen gebak! Ze wilde weten wat er aan de hand was. Ze wilde antwoord op al die vragen in haar hoofd. Maar ze zag wel dat de oude vrouw onverbiddelijk was en gelaten liet ze zich een kopje thee inschenken. Intussen babbelde oma een halfuur lang over het weer, de televisie en wat er in de krant had gestaan, voordat ze zei dat het tijd werd om weer naar huis te gaan.

'En als we bij mijn huis zijn, Marika, zit jouw eerste werkdag erop. Zo'n eerste dag is altijd heel intensief, dus mag je best wat eerder naar huis. Ga maar lekker uitwaaien op je fiets en dan zie ik je morgenochtend weer, goed?'

Ze knikte en probeerde een glimlachje.

Oma Roos klopte even op haar hand. 'Je bent een lieve meid.'

Ze draaide de straat in en zag hem direct. Hij stond niet op de hoek. Hij stond voor de deur. Meteen draaide ze haar fiets en haar voeten trapten in versneld tempo. Weg. Ze wilde hem absoluut niet zien. Die ogen van hem! Nu had ze persoonlijk ondervonden wat de uitdrukking 'als blikken konden doden' betekende. Oma Roos noemde dat 'heel boos', maar dat was het niet. Martijn was woedend geweest, vreselijk woedend.

Als vanzelf reed ze de richting op van Karins huis. Waar moest ze anders heen? Karin was vast wel thuis. Karin zou iets leuks zeggen, vijf kwartier in een uur kletsen en alle donkere onweerswolken zouden lichter worden en dan zou zijn gezicht vervagen. Dat woedende gezicht.

Ze slikte. Natuurlijk was hij boos geweest. Ze zou zelf ook kwaad zijn wanneer iemand zomaar haar kamer binnen zou gaan. Ze werd zelfs boos op ma wanneer die zonder kloppen binnenkwam. Maar hij? Was dat normaal?

Ze kwakte haar fiets tegen de muur en belde aan.

'Hé, Marika,' lachte Liesbeth. 'Kwam je op de geur af?'

'Eh, nou…'

'Doe maar niet zo verlegen, zo ben je anders ook niet. Tuurlijk kun je hier mee-eten. Nog een half uurtje je knorrende maag in bedwang houden, dan gaan we aanvallen.'

'Nou, graag dan.' Opgelucht gooide ze haar jas over een haak aan de muur. 'Is Karin boven?'

'Waar zou ze anders zijn? Geef haar eens ongelijk met dat stelletje mormels hier beneden. Kom hier jij,' riep ze en greep de kleine Eva in het voorbijgaan bij de arm. 'Wat heb je voor moois in je haar gesmeerd?'

'Verf,' gilde het meisje en deed verwoede pogingen om los te komen uit haar moeders greep.

'Ja, ja,' knikte Liesbeth ernstig. 'Verf met de geur van aardbeienjam, dat lijkt mij ook wel wat. Laat jij mij die verf maar eens even zien.'

Marika lachte en liep in vier grote stappen de trap op.

'Zo, zo, harde werker,' zei Karin die net haar kamer uitkwam. 'Hoe kom jij hier zo verzeild?'

Marika duwde haar terug de kamer in. 'Ga zitten, ik heb je wat te vertellen.'

Karin liet zich achterover op haar rommelige bed vallen, duwde wat kussens en kleding weg zodat Marika ook kon zitten en probeerde ernstig te kijken.

'Heeft de gezelschapsdame het oude vrouwtje laten vallen?' proestte ze achter haar hand. Maar toen Marika geen antwoord gaf, bond ze in.

'Nee hè, er is echt iets gebeurd, vertel.'

Ze had er wel een kwartier voor nodig en al die tijd hield Karin zich stil, zat haar alleen maar met open mond aan te kijken.

'Nou, dat was het.'

Karin schudde haar hoofd. 'Die jongen is niet goed. Je privacy beschermen is één ding, maar je kunt ook te ver gaan.'

Marika knikte heftig. 'Hij is zo vreselijk op zichzelf. Volgens mij komt dat door het overlijden van zijn moeder. Zijn oma vertelde me dat ze stapeldol op hem was en hij op haar. Weet je…' opeens hield ze op en staarde voor zich uit. Dat was het natuurlijk! Stom, dat ze daar niet eerder op gekomen was.

'Wat?' vroeg Karin.

'Ik denk,' zei Marika bedachtzaam. 'Ik denk dat zijn torenkamer misschien wel vol staat met foto's en andere dingen van zijn moeder. Het is toch raar dat iemand die zo gek was op zijn moeder niet eens een foto van haar in zijn slaap-kamer heeft?'

Karin knikte. 'Dat is helemaal niet zo gek bedacht van jou. Als het echt zo'n stilzwijgend type is, dan wil hij dat natuurlijk voor iedereen verborgen houden. Hij schaamt zich er misschien wel voor. Ach, eigenlijk wel zielig.'

'Hij heeft ook niemand om mee te praten,' ging Marika verder. 'Met zijn vader kan hij het niet zo goed vinden, met zijn oma praat hij ook niet…'

'En daarom praat hij af en toe met jou,' vulde Karin aan. 'En daarom vindt hij het natuurlijk zo verschrikkelijk dat je, zonder het te vragen, naar zijn kamer bent gegaan.'

Marika ging rechtop zitten. 'Zou dat het zijn? Het klinkt wel logisch.'

Karin stond op, liep naar haar bureau en pakte verstrooid de haarborstel die er lag. 'Logica, mijn lieve vriendin, is *my middle name*. Maar luister, je moet er natuurlijk ook niet een compleet drama van maken. Je had het beter niet kunnen doen en daarmee uit. Je hebt geen doodzonde begaan.'

'Ik ben zo blij dat ik er even met je over kon praten,' zuchtte Marika opgelucht. 'Op de een of andere manier helpt dat altijd.'

Karin gooide de borstel terug op het bureau en lachte. 'Tuurlijk helpt dat. Ik ben immers geweldig, een en al oor, ik heb goede adviezen en daarnaast ben ik uiteraard erg aardig.' Ze ratelde maar door en eindigde met een uitgestreken snoet: 'Ja, ja, ik ben heel bijzonder, zonder dat ik het zelf weet.'

Marika staarde haar even sprakeloos aan, begon dan te giechelen. 'Bescheiden meisje.'

Karin knikte en keek bijzonder onschuldig, voor ze zelf ook begon te giechelen.

Snelle voeten kwamen met veel lawaai de trap oprennen. Kleine Stijn smeet de deur open. 'Eten!'

'En als hij nu nog steeds voor de deur staat, praat het dan meteen uit,' zei Karin terwijl ze de buitendeur opendeed.

'En dan hoef je je heus niet door het stof te wentelen, zo erg was het nu ook weer niet. Gewoon zeggen dat het stom van je was, dat je er spijt van hebt en dat je het nooit meer doet, klaar!'

Marika liep naar buiten en haalde het slot van haar fiets. 'Doe ik. En als hij er niet meer staat, stuur ik wel een sms'je.'

'Heel goed,' knikte Karin. 'En ga nu maar eens een stukje fietsen, hup, bewegen die benen! Al dat vet dat je net naar binnen hebt zitten werken, moet er weer af.'

Marika stapte op haar fiets, zwaaide nog even en reed weg. Hij stond er vast niet meer. Welke jongen zou uren op haar blijven wachten? Het zou idioot zijn om te denken dat hij er nog stond, en toch hoopte ze stiekem dat het wel zo was. Dan kon ze in ieder geval meteen haar excuses aanbieden en uitleggen waarom ze zijn kamer had willen zien. Maar dat ze er echt spijt van had. Dat ze het nooit had mogen doen.

Ze draaide haar straat in en zag meteen dat hij er niet was. Ze knalde haar fiets in de schuur en liep door de achtertuin naar de keukendeur. Verbaasd zag ze dat de bloempot naast de keukendeur gebarsten was. Tussen de scherven zag ze de reservesleutel liggen.

De katten uit de buurt hadden vast weer in hun tuin gevochten en daarvan was deze keer de bloempot de dupe geworden.

Ze haalde haar schouders op en nam de sleutel mee naar binnen. Daar moest ze morgen maar een ander plekje voor vinden. Eerst Martijn een berichtje sturen.

Een uur later had ze nog steeds geen berichtje terugontvangen en de bekende bal in haar maag had zijn kop weer opgestoken. Ze raakte er meer en meer van overtuigd dat Martijn nog steeds woedend was. Misschien kon hij haar wel nooit vergeven! En dat had ze helemaal aan zichzelf te danken. Die arme jongen was vast en zeker tot in het diepst van zijn ziel gekwetst door haar tactloze gedrag. Hoe had ze zijn vertrouwen zo kunnen beschamen? Waarom drong het nu pas tot haar door hoe bijzonder het was geweest dat hij haar blijkbaar voldoende vertrouwde om te vertellen wat hem bezighield. Hij praatte met niemand! En dan ging uitgerekend zij achter zijn rug om lopen snuffelen in zijn spullen! O, ze kon zichzelf wel voor haar kop slaan! Zou ze nog een berichtje sturen? Zeggen dat het haar echt heel, heel, heel erg speet? Of hij haar alsjeblieft wilde vergeven? Of was dat te dramatisch? Het voelde niet als te dramatisch. Ze had er écht spijt van. Maar misschien wilde hij gewoon even alleen zijn, er even niet over praten of sms'en. Dat kon toch ook? Zoals Karin had gezegd, ze moest er geen drama van maken. Het was gebeurd, ze had haar excuses aangeboden en meer kon ze niet doen. Waarom voelde ze zich dan zo beroerd?

Ze schudde haar hoofd. Ze moest er mee ophouden. Ze zou gaan douchen en dan slapen. Morgen weer een dag.

Ze liep naar boven, gooide haar kleren in de wasmand en stapte onder de douche. Natuurlijk ging toen de telefoon en vloekend kwam ze onder de douche vandaan.

'Dag schat, we zijn veilig aangekomen hoor! Hoe gaat het met jou?'

'Hartstikke goed hoor, ma, maar ik stond net onder de douche en sta nu naakt en nat bij de telefoon.'

'O. Nou, ik zal het kort houden. De reis ging heel goed, we hebben een leuke plek en het weer is fantastisch. Denk jij deze week nog aan de groene bak?'

'Jeetje, ma, ik ben geen klein kind meer. Nou, ik krijg het koud, doe je papa de groeten? Dág, nog veel plezier.'

Bibberend en nog nadruppend liep ze mopperend haar kamer in en zocht haar badjas, die onder haar bed bleek te liggen. Ze had meteen geen zin meer om nog een keer onder de douche te stappen. Leuk dat ma even belde, maar waarom net als ze onder die lekkere, warme stralen stond en waarom altijd die vragen alsof ze een kleuter was?

Ze haalde haar schouders op en besloot zich er niets van

aan te trekken. Ze moest eens even haar kledingkast inspecteren, dat was veel belangrijker. Wat trok ze morgen aan? Hé, waar was haar lila bloesje gebleven? Ma had dat speciaal voor haar nog even snel gewassen en gestreken. Ze had zelf gezien dat ma het bloesje in de kast hing.

Ze draaide zich om en wierp een blik door haar kamer. Misschien had ze het bloesje zelf ergens anders neergelegd. Nee, niet op haar stoel, niet op haar bureau, niet op haar bed... Ze draaide haar hoofd terug naar haar bureau en staarde naar een leeg fotolijstje. Wel verdorie! Waar was haar laatste schoolfoto gebleven?

Midden in de nacht werd ze wakker. Trillend. Van haar kruin tot aan haar tenen.

Hoofdstuk 11

'En? Heb je nog je excuses kunnen maken?' vroeg Karin de volgende ochtend om halfacht aan de telefoon.

Marika draaide zich nog eens om, propte het kussen wat beter onder haar nek en vertelde dat ze een berichtje had gestuurd waarop geen antwoord was gekomen. Dat ze getwijfeld had over nóg een berichtje, maar dat ze aan Karins woorden had moeten denken en er geen drama van had willen maken.

'Zo is het! Ik ben trots op je. En nu?'

'Ik mag vandaag wat later beginnen, omdat ik vanavond voor oma Roos ga koken, dus ik denk dat hij al weg is wanneer ik kom. Misschien komt hij tussen de middag nog naar huis en anders stuur ik wel weer een berichtje.'

'Hou me op de hoogte, meid. Ik ga je hangen hoor!'

'Oké, dág!' Ze hing op en glimlachte. Karin was een schatje.

Ze gooide resoluut haar benen buiten het bed en trok haar schouders recht. Afgelopen nu, ze moest niet zielig doen. Ze ging gewoon naar haar werk en als Martijn er was zou ze het direct met hem uitpraten en anders stuurde ze nog een berichtje en daarmee uit!

Een uur later verveelde ze zich te pletter en besloot vast naar oma Roos te gaan. Ze pakte haar fiets uit de schuur, legde de reservesleutel onder een losse steen naast de schuurdeur en liep het gangetje tussen de tuinen door naar de voorkant.

Ze bleef stokstijf staan. De zwarte GTI stond zacht ronkend voor de deur. Het portier ging open en Martijn stapte uit. Hij liep om en deed het portier aan de andere kant open. Hij zei niets, keek haar alleen maar aan.

Ze zette haar fiets tegen de voorkant van het huis, dacht er nog aan om hem op slot te zetten en liep toen schoorvoetend naar de auto. Stil stapte ze in, waarna hij het portier dichtdeed en zelf ook instapte. Zwijgend trok hij op.

'Martijn, het spijt…'

Zonder zijn ogen van het wegdek af te halen, legde hij zijn gehandschoende rechterhand op haar mond en meteen zweeg ze. Hij wilde zeker niet praten terwijl hij reed. Misschien maar beter ook. Ze moest eerst haar hart maar eens tot bedaren zien te brengen. Zou hij kunnen horen hoe het tekeerging in haar borst?

Ze gluurde van onder haar wimpers naar zijn gezicht. Ondoorgrondelijk. Had ze iets anders verwacht?

Hij stopte midden in de stad op een van de grachten. Hij gooide wat geld in de parkeermeter, legde het kaartje op het dashboard en deed haar portier open.

Nog steeds zwijgend stapte ze uit en volgde hem naar een espressobar. Hij bestelde koffie verkeerd voor haar, voor zichzelf een espresso en duwde haar naar het achterste tafeltje. Daarna legde hij zijn arm half om haar heen, zijn hand omsloot haar nek. 'En vertel me nu maar eens wat je in mijn kamers te zoeken had.'

'Martijn, het spijt me zo, het spijt me heel erg en...'

Zijn hand kneep niet echt zacht in haar nek, schudde haar een beetje heen en weer. 'Natuurlijk spijt het je. Het zou wat zijn als het je niet speet. Maar dat vroeg ik niet. Ik wil antwoord op mijn vraag en wel nu!'

Zijn fluisterende stem klonk afstandelijker dan ooit en ze wist nu zeker dat hij nog steeds woedend was.

'Ik was gewoon nieuwsgierig,' bekende ze kleintjes.

Zijn hand liet haar nek los en begon eerst wat te kriebelen voordat diezelfde hand in haar haren verdween. Zonder waarschuwing trok hij opeens haar hoofd met een ruk naar achteren zodat ze geschrokken een kreet slaakte. Meteen boog hij zich over haar heen en drukte zijn mond op de hare. Keihard. Net zo hard als hij aan haar haren trok.

Na wat een eeuwigheid leek liet hij haar los en voelde ze hoe de tranen over haar wangen rolden.

'En daar heb je spijt van?'

Ze kon alleen maar knikken.

Zijn hand kwam naar haar gezicht en ze kromp ineen, maar het enige wat hij deed was met zijn wijsvinger haar kin omhoog duwen. Ze moest hem wel aankijken. En hij keek een stuk vriendelijker dan even daarvoor. 'Je hebt me heel erg teleurgesteld, Marika.'

'Dat weet ik,' snikte ze en probeerde tevergeefs haar tranen weg te vegen. 'Het spijt me, Martijn. Echt!'

Hij trok een papieren zakdoekje te voorschijn en o zo zacht depte hij de tranen van haar wangen. 'Dat zie ik en hoe jammer ik het ook vind dat je moet huilen, in dit geval ben ik er blij om. Nu weet ik tenminste zeker dat je de waarheid spreekt. Nu wil ik er alleen nog zeker van zijn dat je een volgende keer respect voor mijn privacy zult hebben. Ik wil zeker weten dat je nooit meer zomaar mijn kamer zult betreden. Zeg me dat je het nooit meer zult doen.'

Meteen greep ze zijn handen en keek hem recht aan. 'Geloof me, Martijn, ik zal het echt nooit, maar dan ook nooit meer doen.'

Even was zijn gezicht weer donker, maar toen trok hij haar in zijn armen en kuste haar voorhoofd. 'Vooruit dan maar. Ieder mens mag een fout maken, dus jij ook. Ik had alleen nooit gedacht dat het zo'n grote fout zou zijn. Enfin, het is gebeurd, zand erover. Kom nooit zomaar aan mijn spullen, Marika. Ga nooit zomaar mijn kamers in. Wacht tot ik je vraag. En die dag komt. Echt. Wanneer ik zeker weet dat je eraantoe bent, vraag ik je mijn trap te betreden. Heb tot die tijd geduld.'

Zijn trap te betreden. Wachten tot hij het vroeg. God, wat kon hij het mooi zeggen. En wat kon hij toveren met zijn stem. En zijn ogen waren weer de ogen waarin ze kon verdrinken.

Ze slikte. Hij klonk in ieder geval niet meer boos. Betekende dit dat hij haar vergaf? Ja toch? 'Vergeef je me?'

Zijn mond kwam dichterbij. Raakte fluweelzacht haar lippen. 'Wat dacht je?'

Zingend liep ze een uurtje later het pad op naar oma Roos. Martijn had haar gebracht en zou haar vanavond ook weer naar huis brengen. Logisch dat hij boos geweest was, maar hij had haar toch maar mooi vergeven.

'Zo, zo, jij hebt een goede bui,' lachte oma Roos zodra ze binnenkwam.

'Dat komt door uw kleinzoon,' zei Marika en gooide haar jas over de armleuning van de bank.

'Mijn kleinzoon?' vroeg oma Roos toonloos.

Marika draaide zich om en keek de oude dame eens goed aan. 'Wat klinkt uw stem gek.'

'Ach, kind,' zei oma en reed naar de andere hoek van de kamer. 'Ik heb af en toe wat last van mijn keel, meer niet. Maar vertel eens waarom je zo vrolijk bent.'

Marika ging op de bank zitten en vertelde dat Martijn

haar vanochtend stond op te wachten. Dat ze eerst wel een beetje bang was geweest omdat ze gisteren gezien had hoe boos hij was, maar dat hij haar had meegenomen naar een koffiebar waar ze gepraat hadden en dat hij haar toch vergeven had.

Oma Roos knikte. 'En hoe ging dat in die koffiebar? Zat hij naast je?'

'Eh, ja, hoezo?'

'Zijn arm strak om je heen?'

Ze keek oma Roos verbijsterd aan en knikte.

'En zijn hand in je nek? Knijpend?'

Ze sprong op. 'Ja, maar dat was zoals u ook al zei, hij kent zijn eigen kracht niet en zeker niet als hij boos is, dat bedoelt hij helemaal niet zo want daarna...'

'Marika!' Oma's stem klonk bijna boos en geschrokken hield ze op. 'O, o, meisje, wat lijk je toch veel op...' zei oma zacht voordat ze stopte, haar hoofd schudde en weer verderging. 'Luister eens, lieverdje. Ik ken mijn kleinzoon en het is heus een fijne jongen, maar zorg dat je hem niet meer boos maakt. Zullen we dat afspreken?'

'Eh, ja, eh, natuurlijk. Dat heb ik ook al met hem afgesproken. Ik ga echt niet zomaar meer naar zijn kamer. Ik wacht gewoon tot hij me vraagt.'

Oma Roos staarde voor zich uit. 'Ga alleen als er geen muziek is,' zei ze met weer die vreemde stem. Daarna draaide ze zich om, reed naar de tuindeuren en gooide die open. 'Zo, nu is het tijd voor koffie. Wil jij Jopie even roepen, ze is de grote huiskamer aan het doen, dan kunnen jullie meteen kennismaken.'

'Eh, goed.' Twijfelend bleef ze nog even staan, maar oma bleef naar buiten kijken. Toen liep ze toch maar oma's kamer uit, stak de hal over en deed de deur naar de huiskamer open. Een klein, tanig vrouwtje met een enorme grijze krullenbol schoof net een grote leren stoel opzij.

'Bent u mevrouw Jopie?' vroeg ze aarzelend.

De vrouw keek op en glimlachte van oor tot oor. 'En jij mot Marika wezen! D'r is zeker koffie?'

Marika knikte.

'Gut, kind, je lijkt inderdaad sprekend. O,' ze sloeg een hand voor haar mond. 'Ik staan weer te kletsen in plaats van te werken, ik maak het goed, zeg maar tegen mevrouw dat ik d'r zo aankom, even deze stoel nog in de was zetten.'

Giechelend liep Marika terug naar de kamer van oma Roos. 'Ze komt er zo aan, ze moest nog even een stoel in de was zetten.'

Oma knikte glimlachend. 'Typisch, Jopie, altijd eerst iets afmaken voordat ze aan haar koffie toekomt.'

Even later zwaaide de deur open en stapte de altijd iets afmakende vrouw binnen.

'Zo, dat ruikt lekker zeg, heb jij die koffie gezet, kind?'

Marika schudde haar hoofd en wees naar oma Roos.

'Tuurlijk, had ik kunnen weten, zo as mevrouw koffiezet, zo ken niemand het.'

'En zoals jij dit huis weet te onderhouden, kan ook niemand anders, Jopie.'

'As ik dat nou nog niet zou kennen, mevrouw! Na vijfenveertig jaar! Ja, ja, kind,' vervolgde de vrouw grinnikend toen ze Marika's verbaasde blik zag, 'we kennen niet genoeg van mekaar krijgen, mevrouw en ik.'

'Pak jij even de koffie uit de keuken, Marika? Dan gaan wij vast in de tuin zitten,' zei oma Roos, en Marika sprong al op, liep haastig naar de keuken terwijl oma en Jopie naar buiten gingen. Heel zacht hoorde ze Jopies stem.

'Nou, het is één gezicht, u heb helemaal gelijk. Weet ze...'

'Stil Jopie, daar praten we niet over.'

Waar niet over? Marika zette de koffiekan en de kopjes op het blad, liep de keuken uit en bleef halverwege de kamer even staan, maar oma Roos had het over de tuin.

'Ja, ik ben echt heel blij dat die oude man af en toe komt, want anders wordt dat gras nooit gemaaid. Zo kind, ben je daar?' ging ze in een moeite door toen Marika het terras kwam oplopen.

Na nog een tweede kopje koffie ging Jopie weer aan het werk en vertelde oma Roos dat ze Jopie vijfenveertig jaar geleden gevraagd had om bij haar te komen werken.

'Ik was toen zwanger van Martijns vader en moest veel rust houden. Een werkster leek een uitstekend alternatief. Jopie was toen net getrouwd en woonde met haar man op een oude etagewoning in de Jordaan. Ze hadden niet veel geld om het huisje op te knappen en zij werkte al twee dagen per week bij ons op de zaak. Ze was dolblij toen ik haar vroeg om ook twee dagen in de week bij mij thuis te komen schoonmaken. En ik was dolblij met haar. Wat een lot uit de loterij is die vrouw! Inmiddels is ze vierenzestig, maar ze denkt er nog niet over om te stoppen. Gelukkig maar.'

Marika stond op en bracht de kopjes naar de keuken. 'Wat kan ik voor u doen, oma Roos?'

'Kun je met krulspelden overweg?'

'Eh, tja, dat weet ik niet. Ik kan wel goed föhnen, maar dan moet ik uw haar eerst wassen.'

Oma Roos reed naar de slaapkamer. 'Gistermorgen heeft de thuiszorg mijn haar al gewassen. Je hoeft het alleen maar nat te maken. Kijk,' zei ze en wees op haar ouderwetse kaptafel. 'In die lade ligt mijn föhn.'

Een uur later keek oma Roos tevreden in de spiegel. 'Je bent je roeping misgelopen, kindje. Het heeft volgens mij nog nooit zo goed gezeten,' zei ze blij en klopte nog eens zachtjes op haar glanzende haar.

Marika glimlachte, borg de föhn weer op en liep met oma mee naar het terras. 'Ik zal eens een boodschappenlijst-je gaan maken.'

Terwijl oma Roos haar dutje deed, ging Marika naar de supermarkt. Martijn had tussen de middag nog gebeld en gevraagd of hij mee mocht eten en oma was blij verrast geweest. Jopie had geknikt en gezegd dat ze 'aan d'r water kon voelen, dat die jongen een zeker meissie wel aardig vond' en oma had niets meer gezegd, maar zijzelf had zenuwachtig gelachen.

De vlinders dwarrelden in haar buik zodra ze aan hem dacht. Ze had nog gevraagd of hij wel van spaghetti hield en hij had gezegd dat als zij het maakte hij verwachtte alles te lusten.

Zingend liep ze met de zware boodschappen terug naar huis, ging meteen aan de slag met groente wassen en snijden en bakte vast het gehakt rul in de pan zoals haar moeder haar geleerd had.

'Zo, kind, dat ruikt lekker.' Jopie kwam de keuken in met in elke hand een emmer water. 'Tja, ik mot effe die ramen lappen. Dat ken toch wel?'

'Ja, natuurlijk, sta ik in de weg?'

Jopie lachte. 'Nee, hoor schat, jij niet. Hé, luister eens,' fluisterde ze samenzweerderig. 'Je vindt 'm leuk hè?'

Het trok op vanuit haar nek, ze voelde het en haar keel zat meteen dicht.

Jopie grinnikte. 'Daar hoef je niet om te blozen, kind. Ik ben d'r hartstikke blij mee. Ik heb altijd gezegd, zorg dat die jongen een meissie krijgt en dan zit ie wel weer lekker in z'n vel. Sinds z'n moeder dood is, is die jongen niet meer dezelfde. Dag en nacht waren ze samen, die twee. Vind je het gek dat die jongen helemaal van slag is geraakt? Die jongen heb in z'n eentje zoveel verdriet gehad, echt verschrikkelijk, ik moest d'r zelf steeds van janken. Alles deed ie voor z'n moeder. Nou, daar kennen die jongens van mijn nog wat van leren. Ik ben al blij as ze één keer in de maand een koppie koffie komme doen. Nee,' zei ze en zette een drijfnatte spons op het raam, 'die jongen ken bij mijn geen kwaad doen. En ik ben blij dat jij d'r bent, meid.'

Marika staarde voor zich uit. Dit was het moment. Nu kon ze van alles vragen. Durfde ze? 'En z'n vader dan?' vroeg ze voorzichtig.

Jopie trok de spons met grote halen over het raam. 'Ach, die man ken zich niet uite. Heb ie nooit gekend. Begrijp me goed, het is een beste kerel hoor, maar niet voor die jongen. Ze hebben het nooit samen kennen vinden. Zelfs mevrouw, het is een schat, echt waar, maar ook zij begreep dat jochie niet. Uren zat ie in het prieeltje te huilen en hij liet niemand bij zich. Alleen ik mocht af en toe komme, as ik maar niks zei. En ja, as ie boven z'n muziek aan het draaien was, moest je ook wegblijven. Daar begrepen ze niks van, vonden ze eng. Ik heb wel eens tegen mevrouw gezegd dat het die jongen z'n uitlaatklep was. Die muziek, daar ging ie helemaal in op. Nou én? Laat hem lekker.'

Marika voegde de groenten bij het gehakt, luisterde scherp of ze niemand hoorde en besloot verder te vragen. 'Soms lijkt het alsof oma Roos een beetje bang voor Martijn is.'

Jopie, die net gebogen over de emmer stond om haar spons uit te spoelen, kwam met een ruk omhoog. 'Nou, kijk, dat bedoel ik. Ze begrijpt dat jong gewoon niet en dat vindt ze eng. Maar d'r is niks engs aan die jongen. Het is gewoon een jochie met veel verdriet van vroeger. Ik heb altijd gezegd dat het goed zou zijn as ie een meissie zou krijgen, dan kan ie d'r overheen groeien, kan ie z'n zinnen verzetten. Daarom ben ik blij dat jij d'r bent. Ik zien dat jij hem leuk vindt en ik merk dat hij jou ook leuk vindt. Waarom denk je dat ie komt eten? Dat doet ie anders nooit. Nee, meid, jij bent een zegen. Maar nou mot ik even verder hoor kind, anders komme die ramen nooit af.'

Zou het echt zo zijn? Was hij dan toch verliefd op haar? Maar waarom zei hij het dan niet, waarom vond hij het pervers? Het kon toch niet zo zijn dat het alleen de leeftijd was?

De deur van de keuken klapte open en oma reed de keuken binnen. 'Hemeltjelief, wat ruikt het hier zalig.'

'Ja mevrouw,' knikte Jopie en pakte haar emmers op. 'Dat kind ken wel koken. Nou, ik gaan effe naar buiten, ik doen de ramen daar ook meteen.'

Oma Roos reed naar het aanrecht en probeerde in de pan te kijken, wat natuurlijk niet lukte. 'Ik ben zo nieuwsgierig, mag ik even kijken?' vroeg ze met een smekend stemmetje.

'Oma toch,' klonk opeens de stem die steeds door haar

hoofd speelde. 'Je mag toch nooit bij de kok in de pannen kijken. U zult toch echt tot vanavond moeten wachten om te proeven of het net zo lekker smaakt als het ruikt.'

Met een ruk draaide Marika zich om en veegde het zweet van haar voorhoofd. 'Martijn! O, ik eh, ik had je nog niet verwacht. Het is nog hartstikke vroeg, ja, niet dat het erg is hoor, maar we gaan nog lang niet eten.'

'Dat weet ik toch, lieve dames. Maar volgende week moet ik een paar dagen naar Engeland, dus ik vond dat ik vanmiddag wel mocht spijbelen. Ik dacht dat het misschien gezellig was wanneer we vanmiddag eens een spelletje Monopoly gaan spelen. Wat denkt u ervan, oma?'

Oma Roos kreeg hoogrode koontjes en haar ogen straalden. 'Wat een leuk idee, jongen. Kom Marika, zet dat gas uit en neem de thee mee naar binnen, dan gaan we er een gezellige middag van maken.'

'Je hebt heerlijk gekookt vanavond, Marika,' zei hij en legde zijn hoofd in haar nek.

Ze leunde met haar kin op zijn kruin en genoot van zijn aanraking.

'Dank je.'

Hij streelde haar hand die werkeloos in haar schoot lag. 'Maar diep in mijn hart wist ik dat natuurlijk wel, je hebt me niet teleurgesteld. Ook niet wat mijn oma betreft. Ik zie dat ze opleeft met jou om zich heen. Je bent lief en zorgzaam met haar. Ik dank je daarvoor.'

Wat kon hij het toch weer plechtig zeggen! 'Gewoon "bedankt" is ook goed hoor,' mompelde ze en rook nog even aan zijn haren.

Rustig trok hij zijn hoofd terug en keek haar aan. 'Wat bedoel je?'

Onrustig wriemelde ze aan haar vingers. 'O, nou, niks bijzonders eigenlijk. Het is gewoon... Nou kijk... Eh, jij zegt het altijd zo statig. Alsof het iets heel bijzonders is waar je me uitgebreid voor moet bedanken. En het enige wat ik doe is je oma gezelschap houden.'

Hij lachte geluidloos.

Hij lachte! Het liefst wilde ze hem vasthouden, omarmen, zich helemaal in hem verliezen en automatisch strekte ze haar hand, streelde heel zacht zijn wang. Meteen had ze spijt, hij hield abrupt op met lachen.

'Je bent lief,' fluisterde hij en staarde voor zich uit. 'On-eindig lief, maar,' hij boog zich voor haar langs en opende het portier aan haar kant, 'nu moet je gaan. Tot morgen.'

Verbaasd keek ze hem aan. 'Is er iets?'

Hij schudde zijn hoofd. 'Nee. Ga nu maar. Slaap lekker.'

Ze stapte uit en hij trok meteen op. Snel sprong ze op de stoep. Wat was er nu weer met hem? Ze draaide zich om en haalde het slot van haar fiets. Die kon ze maar beter in de schuur zetten.

Hoofdstuk 12

De rest van de week zag ze hem weinig. Soms kwam hij vijf minuten binnen terwijl ze net met oma Roos de krant aan het lezen was of wanneer ze voor oma stond te strijken, maar altijd bleef hij maar even. Zelfs toen ze vrijdagavond naar huis fietste, had ze hem niet gezien. En diep in haar hart had ze wel verwacht dat hij zou vragen of ze iets te doen had in het weekend. Maar de hele vrijdagavond was telefoonloos verlopen. Ze had lui op de bank gelegen, een beetje liggen zappen en zich eigenlijk rotverveeld. Gelukkig belde Karin zaterdagochtend.

'Goedemorgen, hardwerkende vriendin van me! Ga je mee zwemmen vanmiddag?'

Opeens leek zwemmen heerlijk. De afgelopen week had

ze wel regelmatig op het terras van oma Roos gezeten, maar ze had er eigenlijk geen idee van dat het zomer was.

'Moet jij niet werken dan?'

'Nee, ik heb geruild met een meisje op het werk. Ik werk donderdagavond voor haar en zij vandaag voor mij. Het verschil in uren delen we, goed hè? Nou, ga je mee zwemmen?'

'Ja! Geweldig idee!'

Karin lachte. 'Heb ik wel eens een idee dat niet goed is, maar dit terzijde uiteraard. Luister, lieve schat, dit idee gaat nog verder, hoewel ik er direct aan moet toevoegen dat het tweede gedeelte van het idee niet van mij is, maar van mijn innig geliefde moeder, logisch uiteraard, dat soort talenten wordt immers in de eerste lijn doorgegeven, van moeder op dochter, van wie zou ik het anders hebben, van mijn uiterst saaie, maar toch zeer dierbare vader is echt finaal onmogelijk en…'

'Kárin!' brulde Marika ertussendoor.

'Oké, oké, ik kap alweer. Kort en goed, of je na het zwemmen komt barbecuen.'

'O, daar heb ik echt zin in. Toch een beetje vakantiegevoel. Hoe laat spreken we af?'

'Eén uur in het zwembad?'

'Oké, tot dan!' Meteen sprong ze enthousiast haar bed uit. Ze zou een stofzuiger door het huis halen, de plantjes water geven en eindelijk de tuin eens sproeien.

Een uur later zat ze tevreden over haar goede werken aan de keukentafel een boterham te eten toen ze zag dat ze een berichtje had.

Kunnen we voor zondagmiddag iets afspreken. Maandag moet ik naar Engeland. M

Gelukkig! Hij was haar niet vergeten. Misschien had hij niet eerder durven sms'en. Misschien was hij wel bang dat zij erachter zou komen dat hij haar stiekem toch erg leuk vond. Want dat vond hij natuurlijk. Zelfs Jopie had het gezien. En Jopie kende hem al vanaf zijn geboorte, dus als iemand het kon weten was het Jopie wel.

Maar ze moest wel gewoon blijven doen, niet laten merken dat ze het wist. En al helemaal niet laten merken dat ze met Jopie gesproken had.

Ja, prima. Hoe laat spreken we af en waar? Groetjes, Marika.

Jopie was een geweldig mens, wel een enorme kwebbel, maar ze hield van Martijn. Ze was ook gek op oma Roos, maar Martijn had duidelijk haar hart gestolen. Toch was het maar goed dat hun eigen werkster anders was. Ma zou een rolberoerte krijgen.

Ik kom je om twee uur halen, 's avonds eet je niet thuis. Tot dan. M

Ze gingen uit eten! Wauw! Wat moest ze aan?

'Ik vraag me af wat er dan vroeger allemaal gebeurd is,' zei Karin en likte nog eens verlekkerd aan haar ijsje.

Marika draaide zich op haar rug en trok de handdoek wat verder onder haar hoofd. 'Zijn moeder is toch overleden?'

'Ja, dat weet ik wel, maar zoals die Jopie het vertelde aan jou! Oma Roos lijkt in dat verhaal heel wat minder aardig dan ze uit jouw verhalen naar voren komt. Elke oma zou het verdriet van haar kleinkind toch vreselijk vinden en hem dan inderdaad die muziek laten draaien?'

'Dagenlang dezelfde muziek? Daar zou ik ook gek van worden.'

'Mm,' mompelde Karin en ging ook liggen. 'En hoe is het daarna verdergegaan?'

'Geen idee, dat durfde ik nog niet te vragen, ik ken die vrouw net.'

'Nou, volgens mij hoort ze zichzelf wel graag praten, als oma Roos er tenminste niet bij is. Ik zou gewoon doorvragen.'

'Ja, daar moet je Karin voor heten. Stel je voor dat oma Roos of Martijn ons gehoord had. Hij zou woedend geweest zijn.'

'Die zou je nek omgedraaid hebben, dat is waar.' Karin

ging toch maar weer zitten. 'Hé, maar wel leuk zeg, ik ken niemand die uit de Jordaan komt en dan is het ook nog zo'n gezellige roddeltante. Praat ze echt zo plat?'

Marika schoot in de lach. 'Kind, dat sal je nog welles meemaken, as je toevallig es langs ken komme! En kom nou maar es van je luie krent af, dan kenne we een baantje swemme. 't Sweet druipt van me lijf!'

Karin giechelde. 'Onverwachte talenten, die vriendin van mij, altijd al gedacht.' Ze duwde hun tassen onder haar kleren die ze weer onder haar handdoek verstopte, trok Marika overeind en samen renden ze naar de rand van het zwembad. Alsof het afgesproken was doken ze er gelijktijdig in. Proestend kwamen ze boven en zwommen wat baantjes.

'Goed voor onze conditie, Mariekje,' hijgde Karin. 'Ik heb al maanden niets gedaan en nu het vakantie is, doet niemand iets natuurlijk.'

'Zeg, praat jij even lekker voor jezelf. Ik ben een werkend meisje!'

'Oké, oké, je hebt reeds een week geroken aan een arbeidzaam leven. Maar wat denk je dat ik de hele dag doe? Ik dien me steeds bezig te houden met mijn geliefde broertjes en zusje. En vanaf vrijdag is het helemaal feest.'

'Hoezo?'

'Dan gaan we toch een week in zo'n vakantiehuisje?'

Marika ging aan de rand van het zwembad hangen. 'Ach, ja, dat is ook zo. Is er wel een zwembad bij?'

Karin hield de rand vast, stak haar benen tussen haar armen door over de rand en liet zich toen voorzichtig achterover op haar rug vallen. 'Wat dacht je? Het is zo'n heerlijk tropisch geval met glijbanen en golfslag. Daarnaast hebben ze nog een zwembad dat binnen begint en buiten eindigt, lijkt me ook wel geweldig.'

'Heerlijk dat je toch nog een week weggaat. Maar,' Marika trok een droevig snoetje, 'wel zielig voor mij, dan ben ik echt helemaal alleen.'

'Daar wordt je groot en sterk van. En trouwens, gaan wij in augustus nog naar Texel?'

'Ik denk het wel, hoezo?'

'Dan heb je in ieder geval iets om naar uit te kijken.'

'Ja, maar daar heb ik niets aan in de week dat jij weg bent. Ik zal dan best heel eenzaam zijn,' besloot ze met haar meest dramatische blik.

Karin knikte ernstig. 'Ik zal veel aan je denken en mezelf troosten met de gedachte dat je altijd Martijn nog hebt.'

Martijn! Morgen zou ze hem zien. Morgen zou…

'Meid, kijk niet zo zwijmelend!' giechelde Karin. 'Je lijkt wel een amechtig hondje.'

'Wat?' lachte Marika. 'Wat voor een hondje?'

Karin trok haar benen van de rand en verdween even onder water voordat ze proestend weer bovenkwam. 'Zo'n hondje dat staat te happen naar adem. Echt! Zo kijk jij wanneer de naam Martijn valt, meteen die troebele blik in je ogen. Rusteloos en verlangend.' Karin sloeg een arm om haar heen. 'Mooi gezegd van mij hè? Zou ik literair onderlegd zijn?'

'Allemachtig, hoe kom je erop?'

Karin hees zich uit het zwembad. 'Hoe kom ik eraf? Niet dat ik er zelf last van heb, maar ik merk gewoon dat mensen in mijn omgeving niet altijd met mijn talent om kunnen gaan. Bescheiden, creatief en nog literair onderlegd ook. En dat alles zonder dat ik naast mijn schoenen ga lopen, ik blijf gewoon mijn eigen lieve…'

Marika klom ook op de rand en gaf Karin een duw. 'Zo kan ie wel weer! Loop nu maar met dat reuzegetalenteerde lijf van je terug naar de handdoeken, dan kunnen we tenminste nog even een kleurtje opdoen voordat we bij je moeder verwacht worden.'

Wat had Karin toch leuke ouders, bedacht Marika terwijl ze de laatste hand legde aan haar kunstig tot een knot gevormde haar. Karin mocht haar vader dan saai vinden, hij was er tenminste wel altijd en hij had er zo schattig uitgezien tijdens de barbecue!

Ze schoot in de lach. Het schort dat hij droeg! Welke man zou een schort dragen tijdens het barbecuen en dan helemaal een waarop te lezen stond dat hij gebraden het lekkerst was! Maar Karins vader kon er de humor wel van inzien en trots had hij de hele avond in het schort rondgelopen, zich niets aantrekkend van de op- en aanmerkingen van zijn kinderen.

Ze draaide wat weg van de spiegel en bekeek haar zachtgele haltertopje en hardgele korte broek, toen de bel ging. Meteen vlamde het binnen in haar. Daar was hij!

'Hallo mooi kind,' klonk zijn donkere stem zodra ze de deur opendeed. 'Ben je klaar?'

Stom knikte ze, greep haar sleutels en telefoon van de haltafel en huppelde achter hem aan. Hij hield het portier voor haar open, waarschuwde dat ze haar handen binnen moest houden en liet de deur bescheiden dichtvallen. Daarna liep hij rustig om de auto naar de andere kant en liet zich soepel in zijn stoel zakken. Even later brulde de motor en reden ze weg.

Steels wierp ze een blik op hem. Zoals gewoonlijk was hij weer helemaal in het zwart gekleed, had hij zijn handschoentjes aan en was zijn gezicht uitdrukkingsloos.

'Waar gaan we heen?' vroeg ze zacht.

Een vleugje glimlach vloog over zijn gezicht. 'Verrassing,' zei hij en draaide even zijn hoofd haar kant op. 'Je ziet er zonnig uit, vandaag.'

'Het wordt weer warm zeiden ze op de radio, dus een lange broek leek me geen goed idee. Heb jij het niet warm in die zwarte kleren?'

'Nee.'

'Gek eigenlijk. Alhoewel,' zei ze bedachtzaam, 'mensen in de woestijn dragen ook altijd lange kleding tegen de hitte, geen zwart geloof ik en al helemaal geen handschoenen. Waarom draag je die toch altijd?' vroeg ze zo terloops mogelijk.

Ze zag zijn gezicht betrekken, net een grote onweerswolk

die voor de zon schoof. 'Daar wil ik het niet over hebben, oké?'

'Waarom niet?'

Hij trapte het gaspedaal in en ze schoten vooruit. 'Daarom niet.'

Geschrokken hield ze zich vast aan de zijkanten van haar stoel. Blijkbaar had ze weer eens een gevoelige snaar geraakt. Wat kon die jongen toch snel op zijn teentjes getrapt zijn, ze bedoelde er toch niets mee? Maar dat kon ze nu niet meer zeggen. Ze kon nu beter even helemaal niets meer zeggen.

'Houd je niet van hardrijden?' klonk het naast haar weer heel normaal.

'Nee.'

Hij minderde vaart en ze reden weer keurig honderd kilometer per uur. 'Zo beter?' vroeg hij vriendelijk.

Ze knikte.

'Nog een halfuurtje en dan zijn we er,' zei hij met een schuine blik naar haar.

'Oké.'

Na twintig minuten rijden over voor haar onbekende wegen, draaide hij een groen gebied in en reed bijna stapvoets verder tot hij bij een parkeerplaats kwam, waar hij parkeerde, uitstapte en haar portier opendeed.

'Komt u maar, dame.'

Ze stapte uit en keek om zich heen. 'Jij kent geloof ik heel wat natuurgebieden.'

'Ik ben gek op de natuur en dan vooral op plaatsen waar niemand komt, zodat ik kan nadenken. Ik ben hier al vaker geweest, altijd in mijn eentje. Het is een lievelingsplek van me en die wilde ik jou graag laten zien.'

'Wat lief van je.'

Hij keek haar even aan en liep toen naar de kofferbak van de auto, waar hij een koelbox en een plaid uithaalde. 'Ga je mee?' vroeg hij met een knipoog.

Ze smolt. Dat had hij nog nooit gedaan. Wat een guitig

koppie had hij als hij knipoogde! 'Natuurlijk,' zei ze schor.

Na een wandeling van enkele minuten waarin ze allebei geen woord spraken, kwamen ze aan bij een veld vol madeliefjes.

'Wacht je hier even?' Hij zette de koelbox neer en legde de plaid eroverheen. Daarna deed hij zijn schoenen uit en liep op zijn sokken naar het midden van het veld. Ze zag hoe hij zich vooroverboog en… Wat deed hij nou? Als ze dit aan Karin vertelde, zou ze niet eens geloofd worden.

Ze keek nog eens goed, maar hij was echt madeliefjes aan het plukken. Niet tien, niet twintig maar wel honderd. Hij plukte ze niet zomaar, hij plukte ze op patroon. Na tien minuten heel zorgvuldig plukken was er een groot vierkant ontstaan zonder madeliefjes. De geplukte bloemen legde hij in een hoek van het vierkant voordat hij weer terug kwam lopen, de koelbox en de plaid oppakte en haar vragend aankeek. 'Kom je? Doe wel even je gympjes uit.'

Bij het vierkant aangekomen legde hij de plaid precies op de plek waar geen bloemetje meer stond. Daarna klopte hij met zijn hand naast zich ten teken dat ze kon gaan zitten.

Verbouwereerd liet ze zich op haar knieën zakken en staarde hem aan.

'Wat is er?' vroeg hij niet onvriendelijk.

'Ik begrijp soms helemaal niets van jou. Het ene moment kun je heel koel en afstandelijk doen en het andere moment doe je zoiets liefs als dit.'

Hij ging naast haar zitten, trok haar mee naar achteren en manoeuvreerde haar hoofd zo dat het op zijn schouder terechtkwam. 'Uiteindelijk zul je me leren kennen,' zei hij bijna fluisterend terwijl zijn hand over haar knot gleed. 'Geef het de tijd. Sommige vragen van jou komen te dichtbij. Daar ben ik nog niet aan toe. Maar het komt wel. Mits jij niet ongeduldig wordt en gaat snuffelen.'

Er rolde een klein balletje in haar maag. Was hij dat nu nog niet vergeten? 'Daar hebben we het al over gehad,' zei ze korzelig terwijl ze zich probeerde los te maken uit zijn omarming.

Hij ging rechtop zitten en trok haar tegen zich aan. Heel rustig begon hij de afgeplukte bloemetjes in haar knot te steken. 'Niet boos worden, Marika. Ik wil het je gewoon nog even in herinnering brengen, dat is alles. Gun mij de tijd en je zult alles over mij te weten komen. Van mij. Via mij. Ik houd er niet van wanneer je via anderen…' Hij zuchtte, leunde achterover om het resultaat te bekijken en ging weer verder. 'Ik houd er gewoon niet van dat je over me praat. Niet met mijn oma en niet met Karin. Want ik weet dat je dat doet.'

Zijn handen stopten en ze draaide haar hoofd iets opzij, zodat zij vanuit haar ooghoek kon zien dat hij voor zich uit zat te staren. Toonloos ging zijn stem weer verder.

'Ik wil dat niet. Jij bent de eerste met wie ik praat. Na mijn moeder was er niemand meer die het waard was. Dat ik jou nu vraag, is voor mij al een overwinning.'

Ze draaide zich nu helemaal om en drukte een voorzichtige kus op zijn wang. 'En je oma dan? Of je vader?'

'Mijn oma is lief, maar ik heb niks aan haar. En mijn vader… daar wil ik het niet eens over hebben. Hij is mijn aandacht niet waard. Hij is een smeerlap. Alleen aan mensen die zuiver en rein van hart zijn, schenk ik mijn aandacht. Ik wil geen enkele gedachte aan die man wijden. Als hij niet…'

Klonk er nu een snik in zijn stem? Bijna analytisch bekeek ze zijn bleke gezicht dat zoals altijd zonder uitdrukking was. Als er niet een klein spiertje bij zijn mond had getrild, zou ze ervan overtuigd zijn geweest dat het hem allemaal niet zo veel deed. Schijnbaar emotieloos ging zijn stem verder. 'Jij bent de enige aan wie ik dit vraag. Relaties met mij, in welke vorm dan ook, lopen meestal slecht af. Omdat ik het gevoel heb bedrogen te worden.'

Haar adem stokte. Wat bedoelde hij met bedriegen?

Hij draaide haar hoofd in zijn richting en keek haar strak aan. 'Ik zou er niet tegen kunnen als je niet eerlijk tegen me was. Als ik het gevoel kreeg dat je me bedroog.'

Ze kreeg het er benauwd van, opeens was er zo'n broeie-rige sfeer. 'Zullen we erover ophouden?' fluisterde ze.

Hij keek haar recht aan en met bonzend hart keek ze terug. Hoe konden ogen zo leeg zijn? Zo ontzettend leeg? Had ze het zich verbeeld? Voelde hij ooit wel wat? 'Zeg eens wat,' fluisterde ze.

Hij duwde haar van zich af en staarde voor zich uit.

Ze bleef doodstil naast hem zitten. Hij zou vanzelf wel weer iets zeggen. Hij had net gezegd dat zij de enige was met wie hij sprak. De enige aan wie hij zoiets belangrijks had gevraagd. Ze moest gewoon niet zo zeuren. Het was toch duidelijk dat hij haar leuk vond? Haar vertrouwde? Of haar in ieder geval interessant genoeg vond. Hoe vaak had hij haar al niet meegenomen? En nu wilde hij dat ze geduld had. Hij had het haar persoonlijk gevraagd! Dat zei toch al voldoende?

Opeens boog zijn hoofd opzij en kuste hij haar voor-hoofd. 'En nu, mijn lieve meisje, is het tijd voor een feeste-lijk drankje.'

Zijn ogen leefden weer. Keken vriendelijk. Ze was er niet eens verbaasd over.

Hij gaf haar een speels zetje en pakte de koelbox waar hij lange, sierlijke glazen en een fles uit te voorschijn toverde.

'O,' riep ze verrast. 'Champagne!'

'Alcoholvrij.' Hij liet de kurk knallen en schonk twee schuimende glazen vol. 'Op eerlijkheid en vertrouwen,' zei hij en keek haar doordringend aan.

'Oké,' zei ze snel en nam direct een slok.

Hij sprong overeind, trok haar mee omhoog en sloeg zijn armen om haar heen. 'Ik geloof dat ik steeds meer om je ga geven.'

Hij had haar zo dicht tegen zich aangetrokken dat ze bang was dat hij haar razende hart zou horen. Ze wilde hem. Ze wilde hem niet. Hij was geweldig. Hij was idioot. En daar moest ze nog de rest van de dag mee doorbrengen!

Hoofdstuk 13

'… en daarna heeft hij me meegenomen naar een Italiaans restaurant waar zingende obers en serveersters je bedienen en hebben we echt super-de-luxe gegeten. En stom joh, toen we naar buiten liepen, kocht hij een roos voor me en van de zenuwen liet ik mijn telefoontje uit mijn handen kletteren. Helemaal uit elkaar. Maar als je dan uit bent met zo'n technische jongen is er niets aan de hand.'

'Hoezo?'

'Karin! Je weet toch dat hij met computers werkt en pro-gramma's ontwikkelt en zo? Nou, dan is zo'n telefoontje maken natuurlijk een klusje van niks. We zijn even naar zijn huis gegaan, waar alles natuurlijk al donker was en op zijn werkkamer heeft hij dat hele ding weer in elkaar gezet. Nu zitten er aan de voor- en achterkant wel kleine magneetjes, maar Martijn zei dat dat geen storing zou geven op het net-werk.'

'Waarom magneetjes?'

'Omdat dat stomme ding zo hard was gevallen dat het niet goed meer sloot. Maar Martijn zei dat de aantrekkings-kracht van de magneetjes ervoor zou zorgen dat de voor- en de achterkant aan elkaar bleven zitten. Knap toch?'

'Nou, eerlijk gezegd vind ik het maar een raar verhaal.'

'Hoezo?'

'Ik weet het niet. Ik krijg er gewoon een raar gevoel bij. Er klopt iets niet.'

'Hè, Karin hou op! Je verpest mijn hele dag. Ik heb het zo leuk gehad en dan kom jij met zo'n opmerking.'

'Ach, ik zal wel moe zijn om één uur 's nachts. Ik ga op-hangen. Welterusten.'

Onthutst hing ze op. Zou Karin jaloers zijn? Nee, dat was niks voor haar. Waarom deed ze nou zo lullig. Nu had ze niet eens kunnen vertellen dat zelfs het afscheid in stijl was geweest vanavond. Hoe Martijn haar hand had gekust voor de deur. Ze had zich een actrice in een oude film gevoeld. Dat hij daarna haar pols een beetje te hard had vastgehouden, zou ze natuurlijk niet vertellen. En ook niet wat hij fluisterde in haar oor. Ze deed juist haar best om dat te vergeten. Want dat had hij natuurlijk niet zo bedoeld. Dat kon helemaal niet na zo'n perfecte dag. Het was gewoon zijn onzekerheid geweest. *Geef me geen reden om je te wantrouwen de komende week. Daar krijg je spijt van.*

Morgen zou ze hem nog zien voordat hij vertrok. Kon ze hem mooi nog even zeggen dat ze heus te vertrouwen was.

'Bel je wanneer je bent aangekomen?' vroeg oma Roos.

Martijn boog zich voorover en kuste haar op haar wang. 'Uiteraard.'

Hij draaide zich om en keek Marika aan. 'Loop je mee naar de deur?'

Ze knikte en voelde iets kriebelen in haar keel terwijl ze achter hem aan liep, de hal door, naar de buitendeur die hij meteen opende.

'Dag Marika,' zei hij stijfjes.

Wat deed hij nou stom. Ze wist meteen niet meer wat ze moest zeggen. En ze had nog iets willen zeggen. 'Dag.'

Hij liep het bordes en de drie treden af rechtstreeks naar zijn auto zonder één keer om te kijken.

'Kom maar naar binnen, meisje,' hoorde ze opeens de stem van oma Roos achter zich. 'Hij kijkt niet om. Dat doet hij nooit.'

Zwijgend duwde ze de deur dicht. Stom dat ze verwacht had dat hij zou zwaaien of misschien zelfs even zou glimlachen.

'Ga je mee, Marika? Laten we gaan koffiedrinken op het terras.'

Sloffend liep ze achter de rolstoel aan, pakte de koffiekan uit de keuken en nam meteen twee bekers mee.

'Leg dat telefoontje eens neer, Marika, ik word er nerveus van,' zei oma Roos nadat ze tien minuten zwijgend bij elkaar hadden gezeten. Tien minuten waarin ze alleen maar had zitten friemelen aan het mobieltje.

'Waarom ben je zo verdrietig?' vroeg oma Roos toen ze, nog steeds zwijgend, aan haar tweede kopje koffie begon.

'Ik had nog iets tegen Martijn willen zeggen, maar ik…' Ja, wat was er nu eigenlijk geweest? Waarom deed hij zo afstandelijk en koeltjes? Na alles wat ze gisteren hadden meegemaakt!

'Je bent toch niet verliefd op hem, mag ik hopen?'

Verschrikt keek ze op en zag hoe oma Roos haar bezorgd aankeek.

'Het is mijn eigen kleinzoon, maar hij is verschrikkelijk moeilijk. Echt, Marika, laat het uit je hoofd,' besloot ze dringend.

'Hij zit al in mijn hoofd.'

'O, kind toch!' verzuchtte oma Roos en staarde even voor zich uit voordat ze verder ging. 'Dan wordt het tijd dat ik je wat vertel.'

'Iets over Martijn?' vroeg ze verschrikt.

'Ja.'

'Nee!' Was dat haar eigen stem die zo uithaalde dat oma Roos onthutst opkeek? 'Sorry, ik wilde niet… Maar ziet u, ik heb Martijn beloofd dat ik niet over hem zou praten. Daar heeft hij een hekel aan.'

Oma Roos knikte. 'Tja, dat verbaast me niets. Maar jij hoeft ook niet te praten, ik wil iets zeggen. Ik moét iets zeggen.'

'Ik geloof niet dat ik het wil horen,' zei ze aarzelend.

'Het is belangrijk, Marika. Kom eens mee.' Oma Roos reed naar binnen en ging zacht zoemend naar het prachtige houten buffet dat rechts naast de openslaande deuren stond. Ze opende een van de laden en haalde er wat fotolijstjes uit die ze met de beeltenis naar beneden op haar blad legde.

'Die waren toch bij Jopie om gepoetst te worden?' vroeg Marika verbaasd.

Oma Roos schudde haar hoofd. 'Nee, dat had ik gelogen. Ik had ze weggehaald omdat ik niet wilde dat jij net zo geschokt zou zijn als ik, toen ik je voor het eerst zag.'

'Hoezo?' vroeg ze nog steeds verbaasd.

'Ik denk dat ik wel weet waarom Martijn zoveel tijd aan jou besteedt. Sterker nog, ik weet wel zeker waarom hij dat doet. Kijk hier maar eens naar.'

De oude dame pakte het bovenste fotolijstje en draaide de beeltenis naar Marika.

'Wat... Hoe... Wie is dat?' vroeg Marika verbijsterd terwijl ze naar de foto staarde. Dit was zijzelf over een paar jaar! Zo zou zij er in de toekomst uitzien!

'Dat is de moeder van Martijn,' zei oma Roos zacht. 'Begrijp je nu zijn interesse in jou? Dat heeft helemaal niets met jou te maken, maar alles met zijn moeder.'

'Nee,' fluisterde Marika. 'Daar geloof ik niks van. Het was puur toeval dat wij elkaar hebben ontmoet.'

'Dat denk je maar,' zei oma Roos gelaten. 'Maanden, nee, jarenlang is hij al op zoek naar het evenbeeld van zijn moeder. Hij heeft eens een vriendinnetje gehad toen hij achttien was. Puur vriendschappelijk volgens zijn eigen woorden. Na drie maanden zag ik het kind huilend door de tuin wegrennen. Even daarvoor had ik gezien dat hij haar bij haar bovenarmen had vastgepakt en boos had gekeken. Natuurlijk vertelde hij me niet wat er aan de hand was. Maar dat meisje leek een beetje op zijn moeder, niet zo veel als jij, maar genoeg om je hoofd voor om te draaien. Qua karakter was dat kind natuurlijk heel anders en daar zal het wel op stukgelopen zijn. Maar Martijn gaf niet op. Hij was er altijd van overtuigd dat hij de juiste vervangster zou vinden. En uiteindelijk heeft hij gelijk gehad. Toen je opeens mijn tuin binnen kwam lopen, dacht ik dat mijn hart zou blijven stilstaan. God, allemachtig wat heeft die jongen gelijk gehad. Je lijkt sprekend op Lily.'

Marika staarde haar aan en stak zwijgend haar hand uit naar de andere foto's. Kleine Martijn met zijn moeder op de schommel. Kleine Martijn met hondje en moeder op het gras. Elke foto veroorzaakte een doffe dreun in haar hoofd. De gelijkenis was te treffend. Als ze er nu nog maar een klein beetje op geleken had! Maar Lily had dezelfde kaaklijn, dezelfde boog in haar wenkbrauwen, dezelfde vorm en kleur van de ogen, ze hadden zelfs precies hetzelfde haar!

'Hoe kan dit?' vroeg ze bijna smekend aan de oude dame.

'Ik weet het niet, kind,' zuchtte oma Roos. 'Volgens Martijn heeft ieder mens een dubbelganger en eerlijk gezegd ben ik, nu ik jou heb leren kennen, geneigd hem te geloven. Je lijkt niet alleen qua uiterlijk op Lily, maar ook je karakter vertoont grote gelijkenis.'

'Misschien een beetje, maar ik weet zeker dat mijn karakter anders is. Nu begrijp ik opeens...' ze stokte en hoorde hem weer zeggen dat ze niet moest vloeken en dat ze geen make-up moest dragen. Ze keek nog eens naar de foto's. Precies wat ze dacht. Die vrouw was zoals Martijn haar het liefst zag. Puur natuur.

'Hij wil wel graag dat ik me hetzelfde gedraag als zijn moeder, maar ik ben anders.'

'Natuurlijk ben je anders. Jij bent Marika, hoe graag Martijn ook wil dat hij door jou een tweede kans bij zijn moeder krijgt.'

'Hoe bedoelt u?'

Oma Roos reed weer naar buiten, schonk nog een kopje koffie in en keek haar ernstig aan. 'Een paar maanden voor haar dood heeft Martijn grote ruzie met zijn moeder gehad. Waar het over ging, wilden beiden niet zeggen. Ze hebben geen kans meer gehad de ruzie bij te leggen, allebei te koppig om toe te geven en Martijn heeft zich nog maanden na haar dood schuldig gevoeld. Tenminste, dat is wat ik eruit opmaakte wanneer hij zich weer opsloot in zijn kamer. En dan niet voor een paar dagen hoor. Hij bleef wekenlang boven, draaide die afschuwelijke muziek en de enige die af en toe op zijn kamer kon komen zonder iets naar haar hoofd gegooid te krijgen, was Jopie. Zij bracht hem soms iets te eten en vertelde dat hij heen en weer wiegend op zijn bed zat almaar het woordje 'vertrouwen' mompelend en daarna iets van 'eigen schuld'. Uiteindelijk hebben we er professionele hulp bijgehaald en is hij een paar weken opgenomen in een psychiatrisch ziekenhuis. Daarna is hij nooit meer dezelfde geweest. Hij heeft net zolang gezeurd tot zijn vader een keukentje in zijn slaapkamer liet installeren en daarna at hij bijna nooit meer beneden.'

'En dat vond u goed?'

'Ja. De psychiater had gezegd dat we hem maar even moesten laten begaan. Dat deden we. Ook toen hij een paar jaar daarna zijn torenkamer wilde verbouwen zonder dat wij mochten zien wat er ging gebeuren. Een paar dagen lang was er werkvolk in huis en op elke deur op zijn etage werden sloten gemaakt. Ook dat hebben we goed gevonden. Zowel zijn vader als ik zijn nooit meer boven geweest. Hij wilde niemand op zijn etage. Hij zei altijd dat de enige die het waard was geweest om daar te komen, er niet meer was en dat hij aan anderen geen behoefte had.'

Marika staarde naar het kleine jongetje op de schoot van zijn moeder. 'Wat zal hij eenzaam zijn geweest. En wat zal hij zich schuldig hebben gevoeld. Misschien wel nog steeds. Hij hield zo verschrikkelijk veel van zijn moeder. Hij maakt een heilige van haar.'

De oude dame knikte. 'Dat is ook een van de redenen waarom ik je dit vertel. Hij heeft een bepaald ideaalbeeld waaraan zijn moeder voldeed in zijn ogen. Dat zal hij altijd nastreven. Hij ziet niet jou, het meisje Marika, maar hij ziet zijn moeder in haar jonge jaren. Zodra jij iets zegt of doet wat niet bij dat beeld past, zal hij daar verandering in willen brengen. En als jij dat niet goedschiks toestaat, dan vrees ik dat kwaadschiks niet uitgesloten is.' Een geluidloze traan rolde over de gebarsten marmeren wang.

'Het is verschrikkelijk om te moeten zeggen, maar soms

ben ik bang voor mijn eigen kleinzoon. Hij is onvoorspelbaar. Het ene moment wil ik hem aan mijn borst drukken, zo lief kan hij zijn, en het andere moment is hij zo wreed dat ik me afvraag hoe ik aan zo'n kleinkind kom. Is het niet vreselijk?' snikte de oude vrouw opeens voluit.

Marika schoot uit haar stoel en sloeg haar armen om de trillende schouders. 'Ik begrijp het wel, oma Roos. Dat heb ik zelf soms ook.'

'Ja, maar ik ben zijn oma. Ik hoor onvoorwaardelijk van die jongen te houden'

'Maar u houdt ook van hem. Dat zie ik echt wel,' zei Marika troostend en aaide over het zachte grijze haar.

Oma Roos haalde een zakdoek uit haar mouw te voorschijn en snoot bescheiden haar neus. 'Laten we er maar over ophouden, kind. Het belangrijkste weet je nu. Martijn zocht het evenbeeld van zijn moeder en heeft het in jou gevonden. Hij is niet verliefd op je, dat weet je toch wel?'

'Eh, ja, eh, hij zegt dat hij niet verliefd op me is, want dat zou pervers zijn, ik ben te jong, zegt hij.'

Oma knikte zwijgend en een vleugje opluchting vloog over haar gezicht. 'Gelukkig.'

'Maar hij gedraagt zich wel alsof hij verliefd op me is. Niet dat we zoenen of zo,' ging Marika haastig verder na oma's verschrikte blik. 'Hij geeft me wel eens een zoen op mijn voorhoofd en gisteravond kreeg ik een handkus en dat is alles. Maar hij is lief en attent voor me. Hij heeft er blijkbaar een hobby van gemaakt om alles van me te weten. Hij weet wat ik graag drink, hij weet wat mijn lievelingseten is, hij kent mijn muzieksmaak en elke keer weet hij me weer te verrassen. Staat hij opeens weer voor mijn deur wanneer ik net weg wil gaan, maar nog niet weet wat ik zal gaan doen en… '

'Ja, ja,' zei oma Roos zacht. 'Ik hoor het al, jij bent echt verliefd. Kijk uit, kind, kijk alsjeblieft uit.'

De rest van de dag spraken ze er niet meer over, voelden zich vreemd opgelaten met elkaar. Zelfs 's avonds in haar bed voelde Marika zich nog verward en raar. Toen 's morgens de wekker afliep voelde ze zich nog niet veel beter. Ook het fietstochtje naar het huis van oma Roos bracht geen verfrissing.

'Goeiemorgen, m'n kind,' brulde Jopie zodra ze de keukendeur opendeed.

Dit was wat ze nodig had. Eindelijk week het opgelaten gevoel. Het was dinsdag! Jopie was er! 'Goedemorgen, mevrouw Jopie,' zei ze een stuk vrolijker dan ze zich de afgelopen uren had gevoeld.

'Kind, je gaat geen mevrouw tegen me zeggen hoor, ik heet Jopie en niks anders. Ik heb geen kapsones hoor!'

Marika lachte. 'Oké dan,' en liep de keuken uit. In de huiskamer was oma Roos aan het worstelen met de terrasdeuren.

'Zal ik u even helpen?' Ze gooide de deuren met een theatraal gebaar open en pakte de krant van de salontafel terwijl ze oma Roos uitnodigend aankeek. De oude dame zag wat bleek, maar was blijkbaar net zo opgelucht als zij, want ze glimlachte en knikte.

Na een uur nieuwtje voor nieuwtje te hebben behandeld, kwam Jopie binnen.

'Is het al koffietijd? Ik heb trek.'

Oma Roos keek op haar horloge en lachte. 'Je hebt helemaal gelijk, we zijn de tijd vergeten. Wil jij even koffiezetten, Marika?'

'Natuurlijk,' zei ze en sprong overeind. 'Vier schepjes en acht water hè?'

Binnen tien minuten stonden er drie kopjes dampende koffie op tafel.

'Nou, kind, het ruikt goed,' zei Jopie met haar neus boven een kopje. 'Zeg, vertel es, wat ga je koken vanavond?'

'Geen idee, waar heeft u trek in, oma Roos?' schoof Marika de vraag door.

'Ik geloof niet dat ik vandaag veel trek heb. Het is vandaag niet mijn dag. Misschien een maaltijdsalade?' vroeg ze aarzelend.

Voordat Marika iets kon zeggen, schoot Jopie al uit haar stoel. 'Ben u niet lekker, mevrouw? Ken ik wat voor u doen?'

Oma Roos glimlachte flauwtjes. 'Nee hoor, Jopie, dank je wel. Ik heb immers Marika. Misschien wil jij me zo naar bed helpen, meisje. Ik ga maar even een uurtje liggen.'

Marika stond direct op. 'Natuurlijk. Wilt u nu meteen?'

De oude dame knikte mat en Marika liep direct naar de slaapkamer waar ze de gordijnen dichtschoof en het bed openlegde. Daarna haalde ze het blad van de rolstoel, trok oma's sloffen uit en liet het opeens fragiele oude dametje op haar arm steunen terwijl ze uit de rolstoel kwam en in bed ging liggen.

Zorgzaam dekte ze haar toe. 'Is het zo niet te warm, oma Roos?'

Het zilvergrijze hoofd schudde van links naar rechts. 'Oude mensen hebben het altijd koud, mijn kind. Zul je je wel vermaken?'

'Maakt u zich over mij geen zorgen, het is mooi weer, dus ik ga lekker in de zon liggen.' Zacht sloot ze de slaapkamer- deur en liep terug naar het terras waar Jopie zat te wachten.

'Is er gisteren soms wat gebeurd?' vroeg de anders zo vro- lijke vrouw met een sombere uitdrukking op haar gezicht.

Marika knikte en vertelde van het gesprek en de foto's. 'Ik was me rot geschrokken van die foto's en nu begrijp ik ook wel waarom oma Roos zo vreemd reageerde toen ze mij voor het eerst zag. Zij schrok natuurlijk nog veel erger.'

'Kind, ik dacht dat ik van me graat zou gaan toen ik je voor het eerst zag. Niet normaal, zoas jij op Lily lijkt. En mevrouw heb je de hele geschiedenis verteld?'

Marika knikte en herhaalde wat oma Roos had verteld. 'Aan het eind moest ze huilen.'

Jopie knikte heftig. 'Tuurlijk moest ze huilen. Niemand vindt het leuk om zo over een eigen kleinkind te praten. En ik geloof d'r helemaal niks van dat die jongen het evenbeeld van z'n moeder aan het zoeken is geweest. Maar voor de rest heb mevrouw voor een groot deel gelijk. Die jongen is nooit meer dezelfde geworden.'

'Het is toch logisch dat zo'n jongen verandert na de dood van zijn moeder?'

'Nou, tja, kijk, sinds de dood van z'n moeder heb ie wel iets met vuur.'

'Wat heeft dat met de dood van zijn moeder te maken?'

Jopie keek haar stomverbaasd aan. 'Weet je dat dan niet? Z'n moeder is in de vlammen omgekomen. Levend verbrand. En die arme jongen heb het zien gebeuren.'

'Levend verbrand?' fluisterde Marika verbijsterd. 'Maar hoe... wat is er dan...'

Jopie schudde geïrriteerd haar hoofd. 'Dat doet er nou effe niet toe. Het gaat nou om dat arme jong. Hij heb nog geprobeerd z'n moeder te redden, maar haar hele torenkamer stond in lichterlaaie. En Martijn maar gillen. Stond met z'n handen as een waanzinnige aan die deur te trekken, waarom denk je dat ie altijd die handschoentjes draagt? Hij heb z'n handen verbrand.'

Geen wonder dat hij er nooit over sprak. O, had ze maar nooit naar die handschoentjes gevraagd. Z'n moeder levend verbrand! Maar hoe dan? Omgekomen in de vlammen. En hij was erbij! En hij kon niets doen! Hij had haar vast horen gillen. Misschien hoorde hij dat nog steeds. Geen wonder dat hij nooit meer dezelfde was geweest.

Opeens lag er een arm om haar schouders en hoorde ze weer Jopies stem.

'Ach, kindje toch, daar mot je niet om huilen. Het is allemaal al zo lang geleden. Kom hier, moppie, laat mijn eens effe die traantjes wegvegen.'

'Sorry,' snifte Marika en slikte hevig een nieuwe huilbui weg. 'Maar erbij zijn wanneer je moeder levend verbrand? Hoe kwam dat dan?'

'Daar is nooit een woord over gezegd. Z'n oma weet er meer van dan ik, maar die zegt niks.'

'Maar, Jopie, dat is toch verschrikkelijk? En dan vooral als je nog maar een klein jongetje bent en er is niemand om erover te praten.'

Jopie knikte. 'Maar hij is er wel een grote, sterke kerel van geworden. En het gekke is,' ging ze mijmerend verder, 'hij heb d'r dus een fassinasie voor vuur aan overgehouden. Je zou denken dat ie d'r bang van was, maar nee hoor, hij vindt het prachtig. Ja, dat vindt z'n oma niet leuk, die is er as de dood voor. Vuur is gevaarlijk, zeg ze altijd tegen hem. En helemaal sinds het ongelukje met de hond.'

'Met de hond?'

'Ja, die kleine opsodemieter liep weer eens in de weg tijdens een barbecue en toen kreeg ie per ongeluk wat gloeiende kooltjes op ze rug. Echt per ongeluk. En as Martijn zegt dat het per ongeluk was, dan geloof ik hem onmiddellijk. Z'n oma was woedend. Een paar dagen later was het rooster van de barbecue verdwenen. Niemand wist waar dat ding gebleven was, maar ik verdenk mevrouw d'r van, ook al heb ze die arme jongen doorgezaagd met vragen over dat verdwenen rooster. Tactiek natuurlijk. Een paar weken later was opeens die hond verdwenen. Martijn was ontroostbaar, sloot zich op in z'n kamer en draaide dagenlang die vreselijk treurige muziek. Treurig en hard tegelijk. Z'n vader en z'n oma werden d'r knettergek van, want 't was dezelfde muziek die hij draaide toen een paar jaar daarvoor z'n moeder overleed. Ik heb nog tegen mevrouw gezegd dat het wel over zou gaan, dat hij het op deze manier aan het verwerken was, maar na drie dagen trok mevrouw de stoppen eruit en hield die muziek eindelijk op. Maar wat denk je?'

Haar gezicht stond half treurig, half triomfantelijk en Marika begon zich schuldig te voelen. Wat had ze Martijn nou beloofd? Als hij dit zou weten… hij zou woedend zijn, diep teleurgesteld.

'Nou, Mariek, wat denk je? Ach, laat maar. Dit ken je toch nooit raden. Toen die muziek eindelijk ophield kwam Martijn naar beneden met een schoenendoos onder z'n arm. Hij zei dat hij zeker wist dat die hond niet meer terugkwam en dat ie toch op de een of andere manier afscheid van het beessie wou nemen. Nou deed ie maar alsof die schoenendoos het doodskissie was. Hoe verzon ie het hè? Gut, o, gut,' zuchtte Jopie opeens en veegde met haar mouw over haar voorhoofd.

'Wat had ik met dat jong te doen. En z'n vader ook. Het verdriet straalde van die man z'n gezicht. En hij kon niet in de buurt van dat jong komme, of die begon al weer te schreeuwen. Hij wou niks van z'n vader weten. En mevrouw zei niks, liet ook niks merken, zelfs niet aan mij. Ze keek dat jong alleen maar strak aan en dan draaide dat kind maar gauw z'n koppie om. De ziel. Ja, ja, ik heb hier heel wat verdriet gezien, m'n kind. Het is goed dat jij d'r nou bent. Kijk maar eens wat het voor mevrouw doet. Ze heb nog nooit wat aan een ander verteld over die jongen. Het zijn gesloten mensen. Jij bent een apart meissie, goed voor deze familie. Afijn, meid,' zei Jopie terwijl ze opstond, 'ik mot weer eens aan het werk en jij mot je boodschappenbriefje nog maken.'

Hoofdstuk 14

De zon brandde behoorlijk op haar rug. Zou ze Jopie vragen even haar rug in te smeren? Nee, dat kon ze natuurlijk niet maken. Zij had dan wel pauze omdat oma op bed lag, maar Jopie ging gewoon door.

Ze draaide zich om en liet de zonnestralen haar voorkant verwarmen. Wat zou Martijn aan het doen zijn? Ze hoopte dat hij niet alleen maar aan het werk was. Dat hij ook wat leuks zou doen. Even afleiding. Martijn, lieve, lieve Martijn. Wat vreselijk om op zo'n manier je moeder te verliezen. Het was natuurlijk altijd erg wanneer je moeder doodging, maar levend verbranden? Ze moest er niet aan denken! Dat was erger dan erg. Stel je voor dat ma…

Haar hand graaide onder het zonnebed en vond de mobiele telefoon.

'Met Josie.'

'Hoi mam, met mij.'

'Dag lieverd, wat leuk dat je belt. Jij wilt zeker je vader spreken?'

'Eh, nee. Ik bedoel, nu niet. Ik bel nu voor jou.'

'O. Nou, eh, wat lief. Gaat het goed met je?'

'Ja hoor.'

'En kun je het goed vinden met oma Roos?'

'O, ja, dat is een schat.'

'Hoe is het weer bij jou?'

'Prachtig, eigenlijk te warm. Morgen verwachten ze onweer. Hoe is het bij jullie?'

'Heerlijk, meisje, maar we missen je wel. Morgen gaan we naar de kleine baai, weet je nog? Jij vond het daar ook altijd zo fijn.'

Visioenen van een kleine inham aan zee. Een inham in de vorm van een U. Prachtig fijnkorrelig zand. Water van een ideale temperatuur, helder als blauw glas. Twee restaurants met terras.

'Ik wou dat ik er ook was,' verzuchtte ze jaloers.

'Jij wilde werken, schatje.'

'Ja, dat weet ik, ma. Ik zat gewoon even te dagdromen. Gaan jullie verder nog iets leuks doen?'

'Ja, donderdag vertrekken we voor een weekje cruisen op de Middellandse Zee met vrienden die een prachtige boot hebben. Dan kunnen we je niet bellen, op zee hebben we geen bereik, maar we bellen je morgenavond nog. Goed?'

'Oké. Doe papa de groetjes. Dag mam.'

'Dag lieverd.'

'O, mam?'

'Ja?'

'Ik mis jou ook. Dag.'

Snel hing ze op en knipperde met haar ogen. Dat kwam gewoon van de zon, natuurlijk. Die brandde op haar gezicht en ze zat de hele tijd tegen het licht in te kijken. Logisch dat je ogen gingen tranen.

Ze slikte heftig. Ze moest niet zo'n huilebalk zijn. Zij had haar moeder tenminste nog. En dan te bedenken dat ze altijd zo veel te mopperen had over ma. Martijn had niet eens een moeder om op te mopperen. Alleen zijn vader en zijn oma. En foto's. Hoewel, die had zijn oma. Had hij zelf wel foto's? Oma Roos had er een heleboel.

Ze zuchtte. Oma Roos. Als ze Jopie mocht geloven had oma Roos nooit over de dood van haar schoondochter gesproken. Waarom had ze haar dan wel een deel verteld? En waarom had ze dan niet verteld hoe het allemaal kon gebeuren? Hoe kon een vrouw levend verbranden? Als er ergens brand uitbrak, zou elk normaal mens toch vluchten? Waarom had oma Roos daar niets over verteld. Waarom had ze alleen over gelijkenissen gesproken. En zelfs dat verhaal kon toch niet waar zijn?

Woord voor woord, foto voor foto. En zij had geluisterd, had gekeken. Ondertussen denkend aan wat Martijn in haar oor had gefluisterd toen hij haar thuisbracht.

Als hij wist wat ze nu allemaal gehoord had, zou hij uit zijn vel springen. De gedachte aan zijn nietszeggende, versteende ogen maakte dat het kippenvel langs haar ruggengraat omhoog kroop.

Ze haalde diep adem en dwong zichzelf om rustig te blijven. Hij zou er heus niet achterkomen. Oma Roos zou niets zeggen en Jopie ook niet, al was ze nog zo'n kletskous. En zelf kon ze zwijgen als het graf, en dat zou ze doen en dan kwam alles weer goed. Hij hoefde er nooit achter te komen. Nooit.

Ineens stroomden de tranen over haar wangen. Wie nam ze in de maling? Natuurlijk zou hij er wel achterkomen. Hij had het griezelige vermogen dwars door haar heen te kijken.

Hij wist precies wanneer ze loog. En hij had een bloedhekel aan liegen. Bovendien had ze hem zowat beloofd niet over hem te praten. Hem niet het gevoel te geven dat hij bedrogen werd.

Met woeste gebaren wreef ze haar tranen weg. Ze moest hem de waarheid vertellen. Dan kwam alles goed. Dan kon hij zien dat ze te vertrouwen was. Eerlijk was. Dat was toch zo?

Ze schudde haar hoofd. De eerste de beste keer dat hij zijn hielen gelicht had, bleek ze zijn broze vertrouwen al niet waard te zijn. Zo zou hij het zien. Helemaal ongelijk had hij niet eens. Wat zou hij zeggen? Maar erger nog, wat zou hij dóén?

'Hé, zonaanbidster! Kenne we niet eens een broodje gaan eten?'

Ze schoot overeind en wierp een blik op haar horloge. Halféén! 'Ik kom eraan, Jopie.' Haastig trok ze haar blouse en korte broek over haar bikini aan en rende het grasveld over.

Jopie stond glimlachend in de deuropening van de keuken. 'Ik heb de tafel maar vast gedekt. Maak jij mevrouw effe wakker?'

'Ja, tuurlijk. Bedankt hoor, Jopie.'

Voorzichtig deed ze de slaapkamerdeur open en liep als op kousenvoeten naar het bed. Oma Roos zag nog steeds bleek. Nou, grijs eigenlijk. Nu zag ze pas hoe oud dat kleine dametje was. Een broos oud dametje met geheimen. 'Oma Roos? Komt u een boterhammetje eten?'

De oude dame opende haar ogen en glimlachte. 'Dat is goed, kind. Heb je lekker liggen zonnebaden?'

Ze voelde de warmte vanuit haar nek opkomen en begon een stotterend excuus, maar oma Roos legde zacht een hand op haar arm. 'Stil, meisje. Daar vroeg ik het niet voor. Het is toch fijn dat je even hebt kunnen genieten van het mooie weer? Kom.' Als in slowmotion ging ze rechtop zitten. 'Help me uit bed en die stoel in.'

Ze sloeg een arm om oma's middel en trok haar voorzichtig overeind, draaide haar een kwartslag en liet het opeens wel erg zware lichaam opgelucht in de rolstoel zakken.

'Gaat het wel met u?'

Oma Roos haalde haar schouders op. 'Ach, ik heb wel eens een betere dag gehad. Maar daarom niet getreurd, kind. Morgen gaat het vast beter. Kom, laten we wat gaan eten.'

'Aha, daar is de schone slaapster eindelijk,' riep Jopie toen ze het terras opkwamen. 'As het nog effe geduurd had, had ik naast m'n stoel gelegen. Kenoerte, wat heb ik een trek. O, sorry, mevrouw,' haastte ze zich te zeggen na een blik van oma Roos.

De oude dame lachte. 'Jij kunt de zaken altijd zo direct benoemen, Jopie.'

Jopie giechelde. 'Ik heb nou eenmaal m'n hart op m'n tong, mevrouw.'

'En daar is helemaal niets mis mee hoor,' zei oma Roos vriendelijk. 'Nu even iets anders. Is het gelukt om de open haard schoon te maken?'

'O, ja hoor. Meteen vanochtend al. En nou ben ik boven bezig in de kamers van Martijn. Is ie soms weer met een of ander project bezig?'

'Geen idee,' zei oma en smeerde wat boter op een bruin bolletje. 'Hoezo?'

'Nou,' zei Jopie en pakte nog een krentenbol. 'Toen ik op z'n kamer bezig was, ging opeens z'n computer aan. Zomaar! En dan gaan ik denken hè? Hoe ken z'n computer nou opeens aangaan terwijl d'r geeneens iemand is. Zo'n raar gezicht. Niet dat ik er aan geweest ben hoor, maar ik zag het toevallig.'

Oma Roos staarde voor zich uit en haar gezicht werd een tintje bleker. 'Waar is hij nu weer mee bezig,' mompelde ze, terwijl het bruine bolletje in haar hand bleef steken op weg naar haar mond.

Marika voelde de haartjes in haar nek overeind komen.

'Gaat het, oma Roos?'

Het bleke gezicht draaide zich naar haar toe en de ogen knipperden even. 'Ja hoor, kind, ja hoor. Moet jij zo niet naar de supermarkt om boodschappen te doen?'

Ze knikte en staarde de oude vrouw aan. Waarom wilde oma Roos haar opeens weg hebben? 'Wilt u dat ik nu meteen ga?'

Oma Roos knikte. 'Op de salontafel ligt mijn portemonnee.'

Verbouwereerd schoof Marika haar stoel naar achteren, liep de huiskamer in en pakte de portemonnee in het voorbijgaan van de salontafel. Uit de keukenkast haalde ze de boodschappentas, waar ze haar telefoontje en de portemonnee indeed, om vervolgens weer naar buiten te lopen. 'Eh, nou, eh, dan ga ik even.'

Jopie en oma Roos keken verschrikt op. 'Eh, ja, dat is goed,' zei oma Roos gehaast. 'Wil je ook meteen langs de stomerij gaan en mijn pakje ophalen? Het is wel een stukje verder fietsen, maar het is gelukkig mooi weer. Tot straks hoor.' Ze wuifde nog even en dat was het dan.

Marika liep schoorvoetend naar haar fiets. Wat was er aan de hand? Waarom deden ze zo geheimzinnig?

Aan het eind van de middag, toen ze de maaltijdsalade stond klaar te maken, reed oma Roos de keuken in.

'Het spijt me dat ik je tijdens de lunch zo abrupt om een boodschap stuurde, Marika. Dat had ik anders moeten doen.'

Ze draaide zich om en keek de oude vrouw aan. 'Het geeft niet, ik…'

Oma Roos knikte wild. 'Het geeft wél! Ik had kunnen wachten tot je uit jezelf boodschappen ging doen, maar op de een of andere manier kon ik dat niet. Ik wilde iets met Jopie bespreken en dat moest meteen.'

'Het zijn mijn zaken niet en…'

'Voor een deel zijn het jouw zaken wel geworden. Het

spijt me, ik had je er niet bij mogen betrekken. Misschien had ik beter mijn mond kunnen houden en…'

De telefoon rinkelde en oma Roos hield abrupt op. 'Kun jij…' vroeg ze aan Marika die al onderweg was.

'Met het huis van oma Roos.'

'Dag Marika, met Martijn.'

Juichend hart. 'Hoi Martijn.'

'Ik ben goed aangekomen en heb een prettig hotel, kun je dat tegen oma zeggen?'

'Ja, natuurlijk. Wil je haar zelf niet even spreken?'

'Nee, ik heb geen tijd. Denk je aan wat ik je gezegd heb?'

Bonzend hart. Rustig blijven. 'Natuurlijk.' Haar stem klonk heel normaal, daar was ze zeker van.

'Ik wil je kunnen vertrouwen, Marika. Ik móét je vertrouwen, anders gebeuren er vreselijke dingen. Dat weet je toch hè?'

'Natuurlijk. Maak je geen zorgen.' Het floepte er gewoon uit. Alsof ze nooit anders deed dan liegen.

'Doe oma de groeten en zeg dat ik nog wel bel. Dag.'

Voordat ze iets kon zeggen, had hij al opgehangen en stond ze werkeloos met de hoorn in haar handen.

'Al opgehangen zeker?' hoorde ze oma Roos vragen.

'Ja, hij zei dat hij goed was aangekomen en een prettig hotel had. Hij zou nog wel bellen, hij had nu geen tijd.'

Oma Roos haalde gelaten haar schouders op. 'Dat is Martijn. Enfin, hij heeft in ieder geval gebeld.'

Marika liep terug naar de keuken en hoorde de rolstoel achter haar aan komen.

'Om nog even terug te komen op ons gesprekje,' begon oma Roos.

Voor ze verder kon gaan, draaide Marika zich om naar de oude dame, boog zich voorover en drukte een kus op de gerimpelde wang. 'Zullen we er niet meer over praten? Het is goed zo, oma Roos. Waarom gaat u niet lekker op het terras zitten, het is nu niet meer zo heet.'

'O, dat is misschien wel een goed idee, dan kan ik nog

mooi het laatste hoofdstuk van mijn boek lezen.'

Wat maakte het ook uit dat ze haar weg hadden willen hebben? Ze moest zich niet zo aanstellen. Wat verbeeldde zij zich wel? Ze kende de oude vrouw pas anderhalve week, natuurlijk besprak ze dingen wel met Jopie en niet met haar. Ze zou er nog wel achter komen wat er nu precies met Martijns moeder gebeurd was. Ze kon toch niet verwachten dat oma Roos haar meteen álles zou vertellen? Het was toch al heel bijzonder dat de oude dame zo veel aan haar verteld had over de familie. Zeker wanneer ze bedacht dat er in dit huis zelden of nooit over vroeger werd gesproken en…

'Marika! Je mobieltje gaat af.'

Snel veegde ze haar handen af aan de handdoek en rende naar de huiskamer, waar haar telefoontje op tafel lag.

'Met Marika.'

'Hé, met Karin.'

'O. Hoi,' zei ze terwijl ze terugliep naar de keuken.

'Het spijt me dat ik zo raar deed aan de telefoon.'

'O. Ja, eh, nou, weet je, ik, eh, misschien had ik je ook niet moeten bellen om één uur 's nachts.'

'Alsof we dat nog nooit gedaan hebben,' giechelde Karin opeens. 'Weet je nog die keer dat we uit geweest waren en daarna nog tot vijf uur 's nachts aan de telefoon hebben gehangen?'

Marika lachte. 'Dat is waar. Weet je wat? We vergeten het gewoon. Wat ben je aan het doen?'

'Ik lag in de tuin, maar het is niet uit te houden zo heet en ik moest de hele tijd aan je denken, dus ik dacht ik bel je om te vragen hoe het nou is. En aangezien ik een bijzonder attente vriendin ben, wil ik uiteraard ook weten hoe het met je lover is en of hij goed is aangekomen en of je wel geslapen hebt van de zenuwen en…'

'Karin,' brulde ze gierend door de telefoon. 'Hou op! Ik kom vanavond wel even bij je langs en zal je alles in geuren en kleuren vertellen, goed?'

'Kijk dat zijn nou echte vriendinnen, hè? Wij dus, bedoel

ik. Hebben maar een half woord nodig en staan weer bij elkaar op de stoep. Dat is te zeggen, als we een stoep hebben. Maar dat doet er niet toe. Niet echt. Bij elkaar op de stoep staan. Daar houd ik van. Waar houd jij van?'

'Van mijn werk, dus ik ga nu weer ophangen, oké? Ik zie je vanavond.'

Hello darling,' riep Karin haar toe zodra ze de deur opentrok. 'Kom binnen in mijn eenvoudige huisje. In de tuin staat een heerlijke ligstoel voor je klaar. Hoop ik.'

Giechelend renden ze de gang en de keuken door naar de tuin, waar inderdaad een luie stoel stond die nog niet bezet was.

Karin ging erachter staan en spreidde theatraal haar armen. 'Uw troon, majesteit.'

Marika liet zich in de stoel zakken en schopte meteen haar gympjes uit. 'O, lekker zeg, wat is het hier heerlijk koel. Bij oma Roos staat de hele dag de zon op het terras. Ik heb nu maar even een bloes met lange mouwen aangedaan, ik moet even geen zon meer hebben. Alleen al op mijn armen heb ik minstens een paar miljoen sproeten, naast een prachtig verbrand velletje.'

'Overdrijven heb je altijd al gekund. Laat zien.'

Karin trok haar bijna uit haar stoel toen ze een arm pakte en de mouw van haar bloes omhoogschoof. 'Hoe kom je daaraan?' vroeg ze opeens zonder te lachen en wees op haar pols waar vier blauwe plekken van Martijns vingers zaten. 'Heeft hij je weer vastgehouden terwijl je uitgleed?'

Marika trok haar arm terug en boog haar hoofd om wat te klungelen met de sluiting van de mouw.

'Mariek, toe nou! Zeg wat!'

'Het ging per ongeluk. Echt,' voegde ze er snel aan toe na de sarcastische blik van Karin.

'Dat soort dingen gaat niet per ongeluk, Marika.'

'Het was helemaal niet zijn bedoeling, het kwam gewoon omdat hij overstuur was en…' Verschrikt hield ze op. Wat deed ze? Ze had toch beloofd om…?

'Waar was hij dan zo overstuur van?' vroeg Karin zacht.

Ze schudde zwijgend haar hoofd.

'Marika, toe nou. Je weet toch dat je me kunt vertrouwen? Ik maak me zorgen om je. Wat is er met die jongen? Vertel nou.'

'Ik heb beloofd er niet over te praten.'

'Maar tegen mij kun je het toch wel zeggen? Ik ken die jongen niet eens. En trouwens, jij moet toch ook een uitlaatklep hebben. En als je het tegen íémand kan zeggen, dan ben ik het wel. Ik zie hem toch nooit. Zeg het nou maar.'

Even aarzelde ze nog, maar toen liet ze zich overhalen en vertelde het hele verhaal. Van begin tot het eind. Ze liet niets weg. Verraad van de bovenste plank.

Hoofdstuk 15

Ze kon niet slapen en draaide van de ene op de andere zij, zonder dat ze kon ontspannen. Het gesprek met Karin dwarrelde door haar hoofd. Haar vriendin had het maar voor een deel begrepen. Had begrepen dat ze wilde weten wat er precies gebeurd was, maar had ook gezegd dat het haar zaken niet waren. Dat ze ermee moest kappen. Dat zou beter zijn. Dat het zielig was voor Martijn, maar dat het inmiddels jaren geleden was. Dat ze die jongen een beetje eng vond. Dat Marika moest weggaan nu het nog kon. Op de trein stappen naar Frankrijk, ver weg van Martijn.

Ze draaide zich op haar rug. Hoe kon ze Martijn in de steek laten? Dat kon toch niet. Hij had haar in vertrouwen genomen. Zijn oma had haar in vertrouwen genomen. Volgens Karin was ze verslaafd aan Martijn. Ziekelijk. En daarom moest ze weggaan. Maar dat kón ze gewoon niet! Ze had echt haar best gedaan om Karin daarvan te overtuigen, maar het was niet gelukt. Uiteindelijk waren ze er maar over opgehouden, hadden nog geprobeerd er een leuke avond van te maken, maar na een uur was ze opgestapt en naar huis gegaan.

Ze móést weten hoe de brand was ontstaan. Ze móést weten waarom die vrouw niet was gevlucht. Ze móést weten wat Martijn op dat moment deed, voelde en…

Ze stapte uit bed, liep naar de badkamer en opende het medicijnkastje. Als ze nu niet een slaappil van haar moeder pikte, zou ze nooit meer slapen. En morgen wachtte oma Roos. De vrouw die blijkbaar de ware toedracht kende. De vrouw die ze moest ompraten zodat ze antwoord op haar vragen zou krijgen. Want alleen met het antwoord op haar vragen zou ze in staat zijn Martijn beter te begrijpen. Als ze alle antwoorden kende, zou ze met hem praten en het hem eerlijk vertellen. Dan zou hij heus wel begrijpen dat ze dit had gedaan omdat ze om hem gaf. Want dat ze meer dan een beetje verliefd op hem was, zou hij dan wel weten. Welk meisje dat alleen maar een beetje verliefd was, zou zoveel moeite doen om een jongen te begrijpen? Dan lag het toch voor de hand dat ze van hem hield?

Zodra ze de volgende dag binnenstapte, wist ze echter meteen dat er van een ophelderend gesprek met oma Roos geen sprake kon zijn. De oude dame lag in bed en zag er beroerd uit.

'Zal ik een dokter bellen?' vroeg Marika bezorgd.

'Nee, ik heb gewoon mijn dag niet,' fluisterde oma Roos. 'Laat mij maar een beetje op bed liggen. Het zou wel fijn zijn als je in de buurt bleef.'

'Natuurlijk blijf ik bij u. Wie moet er anders voor u zorgen. Zal ik thee zetten?'

Oma Roos knikte mat en draaide zich voorzichtig op haar zij.

Marika liep zacht de slaapkamer uit en de keuken in. Juist toen ze de waterkoker had aangezet, ging haar mobieltje.

'Met Marika.'

'Hé, met Karin. Hoe is het nou?'

'Met mij goed, maar met oma Roos minder. Ze is ziek vandaag.'

'Wat heeft ze dan?'

Marika zuchtte. 'Geen idee. Ze voelt zich beroerd en zo ziet ze er ook uit. Maar ze heeft nergens pijn of zo. Volgens mij heeft ze er spijt van dat ze mij over Martijn en zijn moeder heeft verteld. Sinds ze dat gedaan heeft, is ze niet meer zichzelf.'

'Zie je wel,' barstte Karin los. 'Dat komt er van. Je moet het echt loslaten, Marika. Er komt alleen maar ellende van. Het zijn tenslotte toch ook jouw zaken niet?'

'Ja luister eens, ik heb nergens om gevraagd hoor! Ik zei nog dat ik het niet wilde horen, maar oma Roos zei dat het belangrijk was dat ik het wel hoorde.'

'Oké, maar nu heb je het gehoord en laat het daar dan ook bij.'

'Jij hebt makkelijk praten, Karin. Ik zou bijna willen dat oma Roos me niets verteld had, want nu zit ik met een heleboel onbeantwoorde vragen. Maar geloof mij wanneer ik je zeg dat die vragen niet onbeantwoord zullen blijven.'

'Wat ben je toch eigenwijs. Heb je dan helemaal niet geluisterd naar wat ik gisteravond zei? Ik voel gewoon dat het niet goed zit met die jongen. Laat het rusten, Marika.'

'Hoe kan ik dat nou? Die jongen zit in mijn hoofd, in mijn hart en in mijn hele lijf. Ik zou alles willen doen om hem te helpen.'

'Helpen?' lachte Karin schamper. 'Waarmee dan?'

'Met gelukkig zijn. Hij lacht zelden of nooit. Hij is altijd serieus, altijd aan het werk en altijd alleen.'

'Dat doet hij toch zelf?'

'Jeetje, Karin, wat ben jij hard! Natuurlijk doet hij dat

zelf, maar daarmee is hij niet gelukkig. Volgens mij kan hij op dit moment niet anders. Trouwens vind je dat gek? Die arme jongen heeft nogal wat meegemaakt!'

'Maar dan nog…'

'Hé, sorry, Karin. Maar het water kookt en oma Roos wacht op haar thee. Ik spreek je vanavond nog wel even. Dág.'

Snel hing ze op. Ze had het gevoel dat ze elk moment in huilen kon uitbarsten. Waarom begreep Karin het niet?

'Marika?'

'Ik kom er aan, oma,' riep ze geschrokken en goot meteen het hete water over het theezakje in de pot. Daarna pakte ze twee bekers, zette die samen met de theepot op een dienblad en liep voorzichtig naar de slaapkamer.

'Sorry dat het zo lang duurde, maar mijn vriendin Karin belde.'

De oude vrouw knikte. 'Dat is meestal het geval met vriendinnen, soms kun je dan uren aan de telefoon hangen. Ken je haar al lang?'

Marika knikte en vertelde hoe ze Karin op de lagere school had leren kennen, hoeveel ze in de loop der jaren voor elkaar waren gaan betekenen, echte vriendinnen waren geworden en hoe leuk het bij Karin thuis was.

'En hoe is het bij jou thuis?' vroeg oma Roos opeens.

'Eh, ja, nou eh, ook wel leuk.'

'Ook wel leuk?'

'Nou ja, anders. Mijn moeder is vaak tot laat aan het werk en mijn vader zit voortdurend in het buitenland. Hij komt alleen in het weekend naar huis.'

Oma Roos knikte bedachtzaam. 'Was dat altijd al zo?'

'Nee, vroeger was het leuker,' zei Marika en moest ineens aan de kleuterschool denken. 'Toen ik nog klein was, een jaar of vijf, werkte mijn moeder nog niet en mijn vader werkte nog gewoon in Nederland. Elke dag bracht ma mij naar school, haalde me weer op en we deden honderden leuke dingen.'

146

Visioenen van middagen lang vingerverven, koekjes bakken, voorlezen. Ma met haar eindeloze geduld. Ma die haar alle kleuren leerde. Ma die haar leerde schrijven. Ma die met haar naar de speeltuin ging. En 's avonds een vader die altijd thuis was.

'En je vader?'

'Papa las altijd een verhaaltje voor het slapen gaan. Dat heeft hij gedaan tot ik in groep zes zat. Daarna vond hij dat ik groot genoeg was om zelf te lezen en heeft hij nog een jaar lang op het randje van mijn bed gezeten en moest ík voorlezen,' grinnikte ze bij de herinnering. 'Ma ging in die tijd drie keer per week 's avonds naar de universiteit. Ze wilde dolgraag advocaat worden. En dat is haar gelukt ook. Zodra ik naar de middelbare school ging, is zij gaan werken.'

'En wat vond jij daarvan?' vroeg de oude dame zacht.

'Ik vond het niet zo leuk,' zei Marika even zacht. 'O, we hadden het er van tevoren wel over gehad hoor. Ma had het allemaal uitgelegd en ik begreep het ook nog. Logisch dat je wilt werken als je jarenlang 's avonds naar de universiteit bent geweest.'

'Maar als je een jaar of twaalf bent en je moeder is altijd thuis geweest, dan is het even wennen wanneer die situatie verandert,' vulde oma Roos aan.

'Ja,' knikte Marika. 'Vooral als ik dan zie hoe het bij Karin thuis gaat. En als ik Martijn over zijn moeder hoor. Een moeder die echt alleen maar tijdens de schooltijden werkte. Dat lijkt me ideaal.'

Oma Roos zuchtte en wreef over haar voorhoofd. 'De relatie tussen Martijn en zijn moeder mag dan ideaal lijken…' De oude dame stokte. 'Laten we het daar maar niet over hebben.'

'En zijn vader dan? Martijn heeft het nooit over zijn vader. Ik ben nu al bijna twee weken bij u in huis en ik heb hem nog nooit gezien.'

'Mijn zoon is altijd aan het werk.'

'Maar hij eet hier ook bijna nooit. Ik kook twee keer in de week voor u en zelfs dan zie ik hem niet. Hoe komt dat dan?' drong Marika aan.

'Ik ben moe, kindje,' kapte de vrouw het gesprek af.

'Maar…'

'Ik wil een uurtje slapen, roep je me voor de lunch?'

Machteloos keek Marika toe hoe de oude dame zich rustig omdraaide en blijkbaar niet van plan was nog iets te zeggen.

Zuchtend liep ze de slaapkamer uit. Even had het erop geleken dat ze iets wijzer zou worden. Maar voordat er echt iets belangrijks gezegd kon worden, had oma Roos er alweer een einde aan gemaakt.

Bijna boos liep ze de tuin in. Nu kon ze zich weer een uur gaan lopen vervelen. Makkelijk geld verdienen was tot daar aan toe, maar een uur niks doen? Een uur waarin ze heel wat vragen had willen stellen.

Gefrustreerd schopte ze een steentje weg en liep door naar het prieeltje waar ze zich onderuit liet zakken op een van de stoeltjes. Misschien kon ze een beetje onkruid wieden, dan had ze in ieder geval iets te doen, en lekker hard aan die sprieten trekken was misschien wel goed voor het boze gevoel in haar lijf. Waar werd het tuingereedschap bewaard? Nergens stond een schuurtje. Ineens herinnerde ze zich wat Martijn had gezegd. Achter de bosschages was nog een stuk tuin. Een stuk tuin dat niet door de tuinman werd gedaan, veel te veel werk.

Ze stond op, duwde wat bosjes opzij en zag de vage sporen van wat ooit een paadje moest zijn geweest. Nieuwsgierig stapte ze door de bosjes en volgde het vage pad, dat omgeven was door omhooggeschoten onkruid. Er stonden enorme brandnetels, die ze angstvallig vermeed. Zelfs nu het zomer was, rook het zompig en was de grond niet kurkdroog. Ze volgde het pad met de bocht mee naar rechts en stond opeens voor een halfvergaan houten tuinhuisje. Het dak was aan een kant ingestort en in het raam aan de zijkant zat een grote barst. De deur hing scheef in het onderste scharnier.

Voorzichtig duwde ze de deur open en stapte over een vermolmde drempel. Binnen was het donker en smerig en er hing een muffe lucht. Er stonden diverse kisten en dozen, bedekt onder stof en kleine, dode insecten. Toen ze een stap naar voren deed, bleef ze in een spinnenweb hangen en met verschrikte gebaren veegde ze de plakkerige draden uit haar haren.

Hier was in geen eeuwigheid iemand geweest. Dit was opslagruimte. Dat kon niet anders. Opgeslagen in aangevreten houten kisten lag het verleden. Misschien zouden er spullen staan die antwoord konden geven op de vragen die ze had. En hier had Martijn niets over gezegd. Hier had zij niets over beloofd. Ze had beloofd nooit meer zomaar op zijn kamer te komen. Maar over dit vieze, oude tuinhuisje was niets gezegd. Ze kon best even kijken. Ze móést gewoon even kijken.

Met een ruk trok ze het deksel van een kist omhoog en slaakte een kreetje. Zie je wel! Kleertjes van Martijn. Schoolwerkjes van Martijn. Ach, wat schattig, een eerste schriftje.

Heel voorzichtig haalde ze het een na het ander uit de kist, tot haar hand in de lucht bleef hangen. Een dagboek! Van Martijn? O, laat het van Martijn zijn!

Langzaam sloeg ze het open en haar hart bonsde drie keer zo snel toen ze zijn naam zag staan op de schutpagina. Nog langzamer sloeg ze het schutblad om.

Vandaag ben ik tien jaar geworden, daarom was het feest. Er kwamen vriendjes van school. Niet dat ik er veel heb. Ik vind school vreselijk. Niet het leren, dat is leuk. Maar de kinderen in mijn klas. Ze zijn zo dom. Ik heb ze niet nodig. Ik wil eigenlijk alleen maar met mammie zijn. Zij wil eigenlijk ook alleen met mij zijn. Zij zegt ook dat de kinderen in mijn klas dom zijn en dat ik ze niet nodig heb. Dat wij genoeg hebben aan elkaar. Maar vandaag móésten ze komen. Dat hoort op een verjaardag zei mam-

mie. Papa kwam vroeg thuis. Dat wilde mammie. Ik niet. Hij
hing de hele tijd om haar heen, zoende in haar nek. Bah.

Oma was er ook. Dat was wel oké. Zij zegt niet zo veel en
geeft goeie cadeaus. Meestal boeken. Vandaag gaf ze me dit dag-
boek. Van mammie heb ik een computer gekregen. Ze wist dat ik
dat heel graag wilde en heeft bij papa gezeurd tot ik mijn zin
kreeg. Mammie weet altijd wat ik wil. En meestal willen wij het-
zelfde. Maar vandaag niet. Vandaag zat ze de hele dag met pap-
pie in het prieel. Papa zoende haar. Steeds. Ik moest spelen met de
vriendjes. Maar ik wil die vriendjes niet. Ik wil papa niet. Ik wil
mijn mammie. Maar mammie heeft vandaag geen tijd. Juist van-
daag! Ik heb haar strak aangekeken. Maar ze lachte. Toen heb ik
heel boos naar papa gekeken. Dat vond hij niet leuk. Hij liet
mammie los en eindelijk kwam ze met me spelen. Toen was alles
weer goed.

Stil sloeg ze het dagboek dicht. Ze moest hier weg. Ze zou
het dagboek mee naar huis nemen. Even lenen. Dat kon
geen kwaad. Wanneer ze het uit had, zou ze het meteen
weer terugleggen. Niemand zou het merken. Niemand
kwam hier. Ze stond op en liep het muffe huisje uit, terug
naar oma Roos.

In het huis was alles nog stil en snel glipte ze de keuken
in, haalde een plastic tasje uit de kast en liet het dagboek
erin glijden. Daarna liep ze naar haar fiets die aan de zijkant
van het huis stond en legde het pakje onder haar snelbinders.

Na de lunch las ze oma Roos de krant voor en daarna
leerde de oude dame haar hoe je kippensoep maakte. Niet
veel later zei ze dat Marika maar naar huis moest gaan. Het
bleef vandaag een beetje kwakkelen, zei ze, maar morgen
zou het over zijn. Marika sputterde nog wat tegen, maar was
eigenlijk wel blij dat ze kon gaan.

Ze fietste zo snel mogelijk naar huis, knalde haar fiets in
de schuur, nam het dagboek mee naar binnen en nestelde
zich op de bank.

Vandaag ben ik blij. Papa is er weer eens niet en mammie kwam mij zoals altijd bij school ophalen. We zijn naar het strand geweest. We hebben heel lang gelopen. Met onze voeten in het water. En de hele tijd hield ze mijn hand vast. Mammie is mooi. Ze ruikt lekker. Naar perzik. Zelfs haar haren. Donkerrood haar. Het glimt altijd. Ze is zo schoon. Zo schoon wil ik ook zijn.

Mammie en ik hebben gedanst. Ze pakte me op en draaide me in het rond. Om en om en om, tot ik er duizelig van werd. We zeiden niets, we glimlachten.

Stil bladerde ze door en las op elke pagina hoe zijn verlangen altijd bij zijn moeder te willen zijn groeide en groeide. Zijn vader, zijn oma of willekeurig welke andere persoon zag hij als indringers.

Mammie zegt dat schoonheid het belangrijkste is. En dat schoonheid niet alleen betekent dat je schone kleren draagt. Schoonheid is ook schoon zijn van lichaam en geest. Van spraak en zwijgzaamheid. Soms is zwijgen schoner dan praten. Zwijgen vind ik prettig, dan zie ik meer en mensen worden er vaak nerveus van. Zoals mijn vader. Grappig.

Ze stelen mijn tijd. Papa en oma. Mijn kostbare tijd met mammie. Wat moeten ze van haar? Het moet ophouden. Zij hebben haar niet nodig. Ik wel. En ik weet zeker dat mammie mij ook nodig heeft. Ze kijkt altijd blij wanneer ze mij ziet. Dan houdt ze me heel stevig vast en kust mijn voorhoofd. Soms laat ze me wachten. Als oma thee komt drinken. Als papa 's avonds thuiskomt en haar zoent. Ze lacht dan heel verlegen en duwt hem weg. Ze wil dat natuurlijk niet en toch blijft hij doorgaan. Zijn vingers in haar nek.
    Zonder haar voel ik me ellendig. Alleen. Ik ga dan maar aan tafel zitten en doe alsof ik huiswerk maak, terwijl ik haar ondertussen stiekem volg. Elke beweging, elk woord. Ik zie en hoor alles. Ze doet iets voor papa. Ze zegt iets tegen oma. En ik zit

daar maar en zie haar arm om de schouders van papa, zie haar glimlach voor oma en er is niets voor mij. Boosheid en verdriet in mijn hoofd. Als ze dan eindelijk, eindelijk haar gezicht mijn kant opdraait en naar me lacht, probeer ik haar verraad te vergeten. Ze lacht zo mooi.

Haar verraad. Zo voelde dat voor hem. Zou zijn moeder dat geweten hebben?

Ze schudde haar hoofd. Ze moest even iets anders doen. Even niet meer al die droevige regels lezen. Thee. Daar had ze trek in. Ze slenterde naar de keuken en wilde net de waterkoker pakken toen de telefoon ging.

'Met Marika.'

'Dag lieverd, met mama. Hoe gaat het?'

'Hé mam! Hoe is het bij jullie?'

'Nog steeds hetzelfde. Prachtig mooi weer, dertig graden en we missen jou heel erg. Gaat alles goed met je?'

'Ja, best. Vandaag een kort dagje. Oma Roos voelde zich niet zo goed, dus ik mocht eerder naar huis.'

'Doe je ook nog wel iets leuks?'

'Ja tuurlijk, ik ben een paar keer bij Karin geweest, maar vrijdag gaat zij ook een weekje weg, dat is wel jammer.'

'Ach, kind toch! Heb je dan niemand van school die je kunt bellen?'

'Nee, daar heb ik geen zin in. Op school met die mensen omgaan is prima, maar daar blijft het verder bij. Maar ik ga gewoon lekker filmpjes huren. Ik vermaak me echt wel.'

'Jeetje, het is wel jammer dat Karin precies op dezelfde tijd weg is als wij. Je weet toch nog wel dat wij morgen voor een week niet te bereiken zijn? We gaan een zeetocht maken.'

'Wanneer kan ik jullie weer bellen dan?'

'Volgende week donderdag. Wil je papa nog spreken?'

'Ja, dat is goed. Dag mam.'

'Dag lieverd, hier is papa.'

'Hé pap!'

'Zo, hardwerkende meid van me. Heb je het al werkende een beetje naar je zin?'

'Ja, oma Roos is een schat.'

'En hoe is het met die jongen, Martijn heet hij toch?'

Spontaan brak het zweet haar uit. 'Eh, ook goed. Hij is er nu een week niet. Voor zaken naar Engeland. Morgen of overmorgen komt hij terug.'

'Kun je het wel met hem vinden?'

Visioenen van zijn lippen, van zijn gehandschoende handen, van zijn oogverblindende glimlach. 'O, hij is wel aardig. Maar pap, mijn mobieltje gaat, dus ik moet ophangen. Veel plezier volgende week. Dág!'

Meteen drukten haar vingers op de haak en klonk de ingesprektoon door de hoorn. 'Meer hoef je niet te weten, pap,' zei ze tegen de hoorn, en terwijl ze die neerlegde, viel haar oog op het zwartwit geblokte adresboekje naast de telefoon. Wat was dat nou? Was ze er een verloren? Dat kon toch niet? Dat leek wel… Ze liep terug naar de bank en pakte haar mobieltje. Ja, precies dezelfde. Hoe kon dat?

Ze keek nog eens goed naar het adresboekje en schudde niet begrijpend haar hoofd. Hoe was er een magneetje van Martijn op terechtgekomen?

Hoofdstuk 16

Ze haalde haar schouders op. Waarschijnlijk hadden er drie magneetjes op haar mobiel gezeten en aangezien ze haar geliefde telefoontje overal neersmeet, was het helemaal niet ondenkbaar dat er een magneetje afgeschoten was.

Ineens rommelde haar maag. Honger, en niet zo'n klein beetje ook. Hoe laat was het eigenlijk? Jeetje, over zevenen. Ze liep naar de keuken, haalde een portie lasagna uit de vriezer en stelde de magnetron in op tien minuten.

Ze had juist de eerste hap in haar mond toen de telefoon alweer ging.

'Met Marika.'

'Dag Marika.'

Hartslag in galop. Gloeiende wangen. 'Eh, hé, Martijn.'

'Hoe is het met mijn favoriete meisje?'

'Nou, eh, goed.'

'Hoe gaat het met oma? Ik belde haar, maar ze nam niet op.'

'Ze voelde zich vandaag niet zo lekker, ze heeft me zelfs eerder naar huis gestuurd.'

'Hoe komt dat? Heeft ze zich ergens druk over gemaakt?'

'Eh…' Haar stem stokte en even wist ze niet meer wat ze zeggen moest.

'Marika?'

'Ik denk dat ze kou gevat heeft,' floepte ze er uit. 'Maar ze zei dat het al beter ging, ze zou vanavond vroeg naar bed gaan en dan was ze morgen wel weer opgeknapt. Ach, misschien wilde ze gewoon even alleen zijn, dat kan toch ook?'

'Zonder jou? Nee, meisje, dat kan ik me niet voorstellen. Zij is net zo blij als ik dat we jou hebben leren kennen.'

Ze slikte. Hij moest eens weten. 'Zo bijzonder ben ik nou ook weer niet.'

'Jij bent het bijzonderste meisje dat ik in jaren ben tegengekomen. Jou kan ik tenminste vertrouwen. Uit eigen ervaring kan ik je zeggen dat er niet veel mensen op deze aardbol rondlopen die mijn vertrouwen waard zijn.'

Ze wipte van haar ene op haar andere voet en voelde zich hoogst ongelukkig. 'Hoe is het in Engeland? En wanneer kom je terug?'

'Engeland is gewoon werk. Ik denk dat ik morgenavond of vrijdag in de loop van de dag terug ben. Mis je me?'

'Eh, nou, het is wel vreemd zonder jou.'

'Nog even en dan ben ik er weer. Dan neem ik je mee en zal ik je belonen voor je trouw. Zeg, doet je mobieltje het nog?'

'Ja, prima. Goed dat je erover begint, want wat denk je dat ik bij onze huistelefoon heb gevonden?'

'Nou?'

'Nog zo'n magneetje. Gek hè?'

'Zeker gek. Ik vraag me af… Zitten de vier magneetjes nog op je mobieltje?'

'Vier? Twee!'

'Aha, dan is dat het. Er horen er vier op te zitten. Waarschijnlijk heb je er dus twee verloren. Dan zul je er nog wel een tegenkomen.'

'O, gelukkig. Ik vond het zo raar, maar ik dacht zelf ook al dat ik er waarschijnlijk een verloren was. Ik ben nogal slordig met dat ding en smijt het overal neer.'

Hij lachte. 'Vertel mij wat! Zeg lieve, trouwe meid, ik ga ophangen. Helaas moet ik nog even aan het werk. Tot gauw.'

'Oké dan. Bel je nog even wanneer je aankomt? Mocht je donderdagavond aankomen, dan kan ik namelijk nog iets te eten voor je bewaren. Dag, tot gauw.'

Ze legde de hoorn neer en staarde naar het dagboek. Hij zou woest zijn als hij erachter kwam. Morgen zou ze het terugleggen. Het risico was te groot. Morgenmiddag wanneer oma Roos haar dutje deed, kon ze wel even wegglippen naar het tuinhuisje.

Ze gooide de lasagna in de groene bak, zette een vers kopje thee en nestelde zich met het dagboek weer op de bank

Het is nu definitief. Hij heeft haar echt van mij gestolen. Er zijn allemaal mensen van zijn werk. Mammie ziet er prachtig uit. Haar haren glanzen. Ze ruikt nog lekkerder dan anders. Wanneer ze loopt, danst haar jurk. Papa kijkt naar haar als een slome koe. Hij is nog net niet aan het kwijlen. Soms kust hij haar. En zij vindt het goed. Ze duwt hem niet weg, maar lacht vrolijk naar hem. Nog niet zo lang geleden werd ze verlegen van zijn kussen.

Ik moet bijna overgeven en ze sturen me naar mijn kamer, daar moet ik blijven met oma. Gelukkig heeft oma boeken meegenomen. Niet van die kinderachtige boeken. Koning Arthur is mooi. En papa heeft me een nieuw computerprogramma uitgelegd. Op zo'n moment vind ik hem bijna aardig en kan ik hem even om me heen verdragen. Hij weet veel van computers. Binnenkort weet ik meer dan hij. Ik vraag alles en zoek alles op. Dat vindt hij leuk. Dan is hij trots op mij. Ik ben niet trots op hem. Hij pikt mammie van me af. Ik haat hem.

Haar hart liep over. Had hij dan helemaal geen vriendjes? Snel bladerde ze door.

Vandaag was ik bijna met twee jongens naar de bioscoop gegaan. Maar mammie zei dat ik dat beter niet kon doen. Of ik niet gezien had dat die jongens rouwrandjes onder hun nagels hadden en dat hun haar zo vet als spek was. Dat ze plat spraken, om over hun schelden nog maar te zwijgen. Ik had me vast en zeker laten verblinden door iets wat voor vriendschap moest doorgaan. Maar vriendschap was schoonheid. In alle facetten. En dat was bij die jongens niet aan de orde. Dat wist ik toch wel?

(…)

Mammie is naar school gegaan om te klagen. Ik kon haar niet tegenhouden, ook al zei ik dat ik oud genoeg was om mijn eigen zaken te regelen, dat ik waarschijnlijk nog meer te verduren krijg omdat zij naar school is gegaan. Welke brugklasjongen van twaalf laat zijn moeder het woord doen? Papa zei tegen haar dat ik het zelf moest oplossen. Maar ze zei dat ze wel moest gaan, dat ze het niet kon verdragen wanneer ik gepest werd. Papa haalde zijn schouders op. Lieve, lieve mammie. Niet dat het pesten me wat kan schelen. Ze pesten me vanaf mijn eerste schooldag. Omdat ik 'mammie' zeg. Dat is niet stoer genoeg. Al die gasten zeggen 'ma'. Ik heb hun moeder gezien. Als ik zo'n moeder had zou ik ook 'ma' zeggen. Er liep er niet een bij die het verdiende om 'mammie' genoemd te worden.

(…)

Zoals ik al verwacht had. Ze pesten nu nog meer. Ik kijk ze alleen maar aan. IJskoud. Dat begint te werken. Ze laten me met rust en kijken soms een beetje angstig. Laat ze maar bang zijn. Ik haat ze.

Papa gaf me een nieuw computerspelletje en wilde het me uitleggen. Ik zei dat hij het boekje er maar bij moest leggen, dat ik het zelf wilde uitzoeken. Ik heb niet gezegd dat ik hem niet bij me wilde hebben. Ik wil hem niet meer zien. Ik kan het niet meer opbrengen 'papa' te zeggen. Niet zolang hij steeds met zijn tengels aan mammie zit.

(…)

Het is zelfs 's avonds nog warm. Mammie en ik hebben de hele avond in het prieel gezeten. Ze las een boek en ik deed alsof. Met mijn ogen net boven mijn boek uit heb ik haar roer- en ademloos zitten bekijken. Bekeken hoe ze met een loom gebaar een bladzijde omsloeg. Gehoord hoe een zuchtje wind verleidelijke klanken toverde uit de houten windgong die boven mijn hoofd hing. Soms strekte mammie zonder te kijken haar hand naar me uit. Blindelings vond ze mijn hoofd en streelde, zonder een woord te zeggen, mijn haar. Soezerige gelukzaligheid.

(…)

Mammie vond het goed! Hoe kon ze? Zo smerig, zo oneindig smerig! En de geluiden die ze maakte! Eerst dacht ik dat ze huilde, daarom ging ik kijken. De slaapkamerdeur stond op een kier en toen zag ik ze. Hij met zijn smerige lijf bovenop haar. Zijn kwijlbek op haar mooie lippen. En zij lachte! Ze trok hem nog dichter tegen zich aan en hij kreunde. Zij streelde zijn rug, steeds verder naar beneden, en ik moest kotsen. Ik kotste over de drempel en ze schrokken zich rot. Zij trok snel haar nachtjapon aan, kwam naar me toe en wilde me omarmen. Ik schreeuwde dat ze van me af moest blijven, dat ze een smerig wijf was. Dat het nu genoeg was. Eerst maar steeds dat zoenen met hem en nu dit. Ik zou haar nooit vergeven. Daarna ben ik naar mijn kamer gerend en heb de deur op slot gedaan. Ze heeft nog een halfuur voor mijn deur staan jammeren, maar in mij is alles koud. Niets zal meer hetzelfde zijn. Mammie kan nooit meer schoon worden. Tenzij ze sterft. Dat zou het beste zijn.

Het dagboek viel uit haar handen en ze staarde voor zich uit. Het arme joch was zich rotgeschrokken. Ze moest er zelf ook niet aan denken haar ouders in die situatie aan te treffen, maar hij was natuurlijk pas twaalf geweest. Maar dat hij had geschreven… Geen wonder dat hij zich zo beroerd voelde. Je zou maar opschrijven dat het beter was dat je moeder stierf en dan stierf ze echt!

Opeens begreep ze hem veel beter. Zijn geslotenheid, zijn altijd strakke gezicht en zijn toonloze stem. Haar hand zocht over de bank en vond het mobieltje.

'Hoi Karin, met mij. Wat denk je dat er gebeurd is?'

De wekker maakte een eind aan een droomloze nacht en lui rekte ze zich uit. Daarna sprong ze uit bed en liep de badkamer in. Vandaag moest dat dagboek terug. Niemand hoefde te weten dat ze het gelezen had en… Ze stokte. Jopie kwam vandaag! Hoe kon ze ongemerkt de tuin insluipen met het dagboek in haar hand? Die vrouw zag altijd alles, om over haar nieuwsgierigheid nog maar te zwijgen.

Met harde halen trok ze de borstel door haar haren en besloot er niet al te veel over in te zitten. Het ging heus wel lukken.

Gelukkig dat ze Karin niet verteld had dat Jopie kwam, dan zou die arme meid helemaal de zenuwen gehad hebben. Karin vond het toch al niks dat ze het dagboek mee naar huis had genomen Ze was er zelfs een beetje boos om geworden, vond het allemaal gevaarlijk. Ze had haar op het hart gedrukt nu niets meer te ondernemen, want vandaag of morgen zou het fout gaan.

Ze rende de trap af, dronk een slok melk en wikkelde het dagboek in de plastic tas voor het ze het onder haar snelbinders schoof. Daarna fietste ze naar oma Roos.

Haar fiets zou ze deze keer niet aan de zijkant van het huis neerzetten. Beter was het de fiets aan de achterkant te stallen. Dan kon ze, zodra oma Roos sliep en Jopie ergens in huis aan het werk was, het ingepakte dagboek onder haar snelbinders vandaan halen en meteen doorrennen naar het tuinhuis.

'Goedemorgen, oma Roos,' zei ze zodra ze binnenkwam. 'Bent u nog steeds niet in orde?' vroeg ze bezorgd toen ze zag dat de oude dame nog in pyjama was.

Oma Roos lachte. 'Welnee, kind. Ik ben weer kiplekker, maar de thuiszorg is nog niet geweest. Zij helpen mij altijd met douchen op dinsdag en donderdag. Vandaag liep het een beetje uit en komt de verzorgster een uurtje later.'

'O, gelukkig, ik dacht dat u nog ziek was.'

'Nee, hoor, ik ben weer helemaal de oude. Wanneer ik straks klaar ben met douchen, zou jij dan weer mijn haar kunnen doen?'

'Natuurlijk, ik zal meteen de spullen uit de slaapkamer halen,' zei ze en voegde de daad bij het woord.

'De vorige keer had je het keurig gedaan,' zei oma Roos toen ze terugkwam. 'Gaan we nu de krant lezen?'

Een halfuur later kwam de verzorgster van de thuiszorg en oma Roos vroeg of Marika vast koffie ging zetten terwijl zij ging douchen.

Marika knikte en verdween naar de keuken. Zodra ze hoorde dat de oude dame met de verzorgster de slaapkamer in ging, sloop ze naar de hal en keek in de grote huiskamer. Geen Jopie. Dan was ze vast boven. Maar was ze met de badkamer bezig of met een van de slaapkamers? Als ze met de badkamer bezig was, zou ze in de tuin kunnen kijken.

Ze trok haar gympen uit en sloop de trap op.

'Hé meissie, wat kom je doen?' klonk een stem over de balustrade.

'O, hoi, eh..,' stotterde Marika geschrokken en staarde omhoog. 'Ik eh, ben vast koffie aan het zetten, oma Roos staat onder de douche, daarna is er koffie. Dus ik dacht...'

'Jij dacht, ik gaan eens even kijken waar die Jopie uithangt. Nou, kind, ik ben nog effe in de badkamer op tweehoog bezig, want Martijn komt vandaag of morgen thuis en dan mot alles wel weer blinken, hè? Maar daarna kom ik koffieleuten.'

Teleurgesteld liep ze de trap weer af en ging terug naar de keuken. De badkamers lagen aan de achterkant. Het dagboek nu terugbrengen kon dus niet. Ze zou toch echt moeten wachten tot na de lunch. Ze pakte een dienblad, zette er koffiebekers, melk en suiker op en goot de verse koffie in de serveerkan.

Zou het echt niet kunnen? Ze zou zich veel geruster voelen als dat dagboek gewoon weer in het tuinhuisje lag. Jopie zou toch niet de hele tijd uit het raam staan te kijken? Ze sloop de tuin in en keek omhoog. Hoe was het mogelijk? Jopie stond het raam te lappen en zwaaide vrolijk naar haar. Nee dus.

Ze liep de kleine huiskamer in en ging verslagen op de bank zitten, lijdzaam wachtend tot oma Roos klaar zou zijn, hetgeen na twintig minuten het geval was. De verzorgster vertrok meteen weer en Marika schonk de koffie in, waarna ze aan oma's haar begon.

Ze waren juist aan het tweede kopje koffie begonnen toen ze de voordeur hoorden dichtslaan.

'Goedemorgen, mijn geliefde dames!'

Hij was er! En wat zag hij er goed uit! Zo goed dat ze haar wangen voelde gloeien.

'Jongen, wat een verrassing,' riep oma Roos. 'Ik dacht dat je op z'n vroegst pas vanavond thuis zou zijn.'

Met grote stappen liep hij op de oude vrouw af, omarmde haar en kuste haar op de blozende wangen. 'Ik kon u niet langer missen, oma, vooral niet wanneer u er zo mooi in de krullen bijzit,' zei hij met een knipoog naar Marika.

Nu gloeiden niet alleen haar wangen, ook haar hals werd behoorlijk warm.

'Kijk d'r eens effe eentje blozen,' riep Jopie vrolijk. 'Je oma is niet de enige die blij is dat je d'r weer bent, jochie. Ikzelf natuurlijk en dat kleine meissie daar ook, geloof ik.'

'Is dat zo, Marika?' vroeg hij en keek haar recht in haar ogen.

'Eh, wil je koffie? Er is nog,' zei ze en stond meteen op om een beker te halen.

Gelukkig kwam hij niet achter haar aan. Nu kon ze even haar polsen onder de koude kraan houden. Allemachtig, wat zag hij er goed uit. Zijn gezicht zag tenminste niet zo bleek en zijn ogen twinkelden. Dat deden ze nooit, hij was blijkbaar echt blij weer thuis te zijn.

Ze deed de kraan dicht en wilde haar handen afdrogen toen ze aan de fiets dacht. Hoe kreeg ze ooit dat dagboek weer terug. Als hij erachter zou komen…

'Hé, Marika, moeten die bekers nog gemaakt worden?'

Zijn stem! Zelfs zijn stem klonk vrolijk. Als hij er nu maar niet achter kwam, dan zou die toonloze stem er weer zijn en die lege ogen.

Vlug griste ze een beker van het rek en rende bijna naar binnen, waar Martijn net cadeautjes aan het uitdelen was. Voor zijn oma had hij een boek meegenomen en voor Jopie een nieuwe sjaal. Daarna haalde hij nog een klein pakje uit zijn binnenzak.

'Voor jou, Marika. Omdat je zo goed voor mijn oma zorgt.'

Verlegen pakte ze het presentje aan, scheurde het papier eraf en hield een doosje in haar hand. Langzaam opende ze het deksel en zag een zilveren slavenarmband op een gewatteerd bedje.

'O, Martijn!' fluisterde ze. 'Wat mooi.'

Oma Roos rekte zich in haar rolstoel. 'Laat eens kijken wat die kleinzoon van mij heeft uitgekozen. O, ja,' beaamde ze zodra ze de armband zag. 'Heel mooi. Wacht eens, er staat iets ingegraveerd.'

Marika haalde de armband uit het doosje en liet het licht op de inscriptie vallen.

'En?' vroeg Jopie. 'Wat staat d'r?

'Ebbenhout met een vleugje goud,' zei Marika zacht en glimlachte.

'O,' mompelde oma en wriemelde met haar handen.

'Eh, ja, ik eh, ik mot weer eens aan 't werk,' zei Jopie en liep meteen de kamer uit.

Marika hield het doosje in haar handen en voelde zich een stuk minder blij. 'Is er iets?' vroeg ze verschrikt.

Martijn schudde zijn hoofd, maar oma Roos knikte. 'Wanneer laat je het eens los, jongen?' vroeg ze zacht.

Zijn gezicht verbleekte en zijn mond vormde een smalle streep. 'Waar bemoeit u zich mee? Dat zijn mijn zaken en daar heeft u geen donder mee te maken.' Hij balde zijn vuist en gaf een harde stomp op de tafel. 'Wanneer laat ú het eens los?'

Zijn oma verblikte of verbloosde niet. 'Wanneer ik zie dat jij het kunt en tot mijn spijt moet ik zeggen dat je me daar nog geen aanleiding toe hebt gegeven.'

Met grote stappen liep hij om de tafel heen, recht op zijn oma af, en Marika schrok zo van de agressie die uit zijn ogen straalde dat ze ter bescherming direct naast oma Roos ging staan.

Hij keek haar donker aan, wroette wild met zijn handen door zijn haar voor hij zich omdraaide en de kamer uitstampte.

162

'Gaat het, oma Roos?' vroeg Marika en keek naar de trillende handen van de oude vrouw.

'Ja, hoor, kind. Maak je geen zorgen.'

'Waarom schrok u zo van die inscriptie?'

'Hij zei dat altijd tegen zijn moeder wanneer ze haar haren aan het borstelen was.'

'O.' Ze staarde voor zich uit.

De deur werd weer opengeklapt en Martijn leek te ontploffen. 'Hou er over op, oma. Dat gaat niemand wat aan. Ook Marika niet.'

'Het gaat haar wel degelijk aan, jongen. Ik heb haar het een en ander verteld. Zie je niet dat de foto's er weer staan?'

Zijn blik schoot verwilderd door de kamer en bleef hangen op de foto's die stonden te pronken op de kast. 'Hoe kúnt u, oma?' schreeuwde hij en rende op de foto's af die hij met een zwaai van zijn arm van het kastje afsloeg. 'U had zich er niet mee moeten bemoeien, oma. Daar krijgt u nog spijt van.'

Als in trance liep Marika op hem af en legde haar hand op zijn gebalde vuist. 'Martijn, wees niet zo boos,' zei ze zacht.

Zijn hand leek iets te ontspannen en even keek hij haar aan voordat hij zijn hoofd boog. 'Het spijt me, Marika. Sorry dat je deze uitbarsting hebt moeten meemaken.'

Ze aaide over zijn hand en zijn hoofd kwam weer omhoog. 'Maar nu is het over, oké Martijn?'

Hij haalde diep adem, pakte haar hand en keek haar recht aan. 'Marika, één woord van jou en je krijgt wat je wilt.' Hij draaide zich om en liep rustig de kamer uit, de deur sloot hij deze keer beheerst.

Ze liet zich op de bank vallen en had het gevoel dat ze moest huilen. Oma Roos kwam dichterbij rijden en aaide haar zonder een woord te zeggen over het hoofd.

'Kom, oma Roos,' zei Marika en stond weer op. 'Laten we verder gaan met uw haar.'

Hoofdstuk 17

Na een stille lunch waarbij iedereen zwijgend een broodje at, ging oma Roos naar bed en besloot Jopie dat de voorkant van het huis een grote beurt nodig had. Martijn verdween naar boven en Marika haalde opgelucht adem. Eindelijk zou ze dat rotdagboek terug kunnen leggen.

Ze haastte zich de tuin in, griste het dagboek onder de snelbinders vandaan en rende langs het prieel het struikgewas in.

'Au!' brulde ze geschrokken en keek naar de bloederige schram die een doornige tak op haar kuit had achtergelaten. Nou ja, dat kwam straks wel, eerst dat dagboek terugleggen.

Ze liep het halfvergane tuinhuisje in, legde het dagboek precies op de plek terug waar ze het gevonden had en rende terug naar het prieel.

'Zo, zo, ben je aan het joggen?' klonk zijn stem geamuseerd naast haar.

Verschrikt keek ze opzij en zag hem op een van de stoeltjes in het prieel zitten. 'O, eh, nou, eh, zoiets.'

'Wat kijk je schuldbewust, mijn geliefde Marika. Wat heb je uitgespookt?'

'Eh, niets hoor, helemaal niets. Hoor ik daar je oma?'

Zijn hand greep haar pols en trok haar naar zich toe. 'Nee, mijn oma ligt nog maar net te slapen, dat weet je ook wel. Je hebt me reuzenieuwsgierig gemaakt. Wat deed je daarachter?'

Ze probeerde haar hand los te trekken, maar hij hield stevig vast. 'Niets bijzonders, Laat me nou los.'

'Wat heb je op je been?' vroeg hij zonder haar los te laten.

'Een schrammetje, verder niets. Maar er moet nu wel een pleister op.'

Hij knikte en liet haar los. 'En het moet ook worden schoongemaakt. Kom, ik help je even.'

Met bonzend hart liep ze achter hem aan. 'Ik eh, ik kan het ook wel alleen.'

Hij trok haar de keuken in en glimlachte zijn oogverblindende glimlach. 'Ik help je graag, dat weet je toch?'

Voordat ze iets kon zeggen, had hij haar opgetild en haar met haar billen op het aanrecht gezet. 'Zo, laat dokter Martijn eens kijken.'

Zijn hand trok een grote lade open en toverde een EHBO-doos te voorschijn. 'Tjonge, dat is een beste schram. Hoe kwam dat?'

Ze slikte. Wat was ze stom zeg. Hoe kon ze denken dat hij het er bij zou laten zitten? 'Eh, gewoon blijven haken aan een tak.'

Hij maakte een groot stuk watten nat en depte voorzichtig het bloed van de schram. Daarna pakte hij een flesje jodium. 'Maar wat deed je daar dan ook? Er is daar toch niets te beleven? Alleen maar onkruid en…' Zijn hand stokte even voordat hij het dopje van het flesje jodium afdraaide.

Nu wist hij het! Dat kon niet anders. 'Ik eh, was gewoon een beetje aan het ronddwalen, ik had toch even niets te doen en je oma lag te slapen, Jopie was aan het werk en jij was er ook niet dus…'

'Is dat zo, Marika?' vroeg hij langzaam en boog het flesje naar de schram.

'Eh, ja, natuurlijk.'

Nu kneep hij in het flesje en spoot een flinke straal jodium op de schram, die meteen als een waanzinnige begon te prikken.

'Au, idioot, dat doet hartstikke zeer,' riep ze boos en duwde zijn hand weg.

Hij staarde haar aan. 'Liegen doet ook zeer,' zei hij bijna toonloos en liep abrupt de keuken uit.

Ze zwaaide haar been heen en weer en voelde hoe het prikken minder werd. Wist hij het nu of niet? Dat moest wel, anders had hij niet zo gemeen gedaan met de jodium. Maar hij zei er verder niets over, of zou dat nog komen? Vast wel. Op het moment dat zij het hele voorval vergeten was, zou hij er over beginnen.

Ze sprong van het aanrecht, depte met een nat watje de overtollige jodium van haar been en besloot dat een pleister geen nut had op zo'n lange schram. Ze stopte de watten en de jodium terug in de EHBO-doos en ging aan de keukentafel zitten. Wat kon ze doen? Moest ze er anders zelf over beginnen? Dan had ze het in ieder geval gehad. Maar alleen dat idee was al genoeg om zwetende handen te krijgen.

Ze schudde haar hoofd. Nee, ze zou het uit haar hoofd zetten. Misschien liet hij het er verder bij. Ze moest gewoon doen. Als hij zou merken dat ze zenuwachtig was, werd hij achterdochtig, en zolang zij niets zou zeggen was er nog een kleine kans dat hij er niet achter hoefde te komen.

Ze liep naar de kraan, nam een slokje water en besloot een boodschappenbriefje te gaan maken. Deze keer ging ze nasi maken, dat kon ze tenminste.

Even later zei ze tegen Jopie dat ze boodschappen ging doen. Ze fietste hard door tot ze twee straten verderop bij een speeltuintje op een bank ging zitten en Karin belde om het hele verhaal te vertellen.

'Hij weet het, Karin, dat kan niet anders.'

'Hij weet misschien dat je in het tuinhuisje bent geweest, maar dat je dat stomme dagboek hebt meegenomen kan hij niet weten.'

'Nee, dat is waar,' zei ze een beetje opgelucht. 'O, Karin ik ben nog nooit zo zenuwachtig geweest. Ik had dat stomme dagboek nooit mee moeten nemen. Martijn was nu al een beetje boos, laat staan als hij erachter komt dat…'

'Een beetje boos?' ontplofte Karin aan de andere kant van de lijn. 'Welke imbeciel spuit zo'n lading jodium op een bloedende schram? Als dit nog maar een beetje boos is, dan zou ik maar maken dat je wegkomt. Nu kan het nog. Je zegt gewoon dat je heimwee hebt naar je ouders en pakt de trein.

Doe dat! Echt, niemand zal eraan twijfelen. Je moet daar weg, vandaag nog. Die jongen is niet goed snik.'

'Je overdrijft, hij is hartstikke gevoelig. Hij was waarschijnlijk gewoon geschrokken. Zou jij niet schrikken als iemand achter jouw familiegeheimen zou komen?'

'Ik heb geen familiegeheimen, daar is onze familie niet interessant genoeg voor, maar schrikken en dan doen wat hij doet, vind ik nogal een verschil. Of niet soms?'

'Karin, we zijn nu eenmaal niet allemaal hetzelfde.'

'Oké, oké. Pas je wel goed op? Morgen ben ik op weg naar een weekje vakantie, maar ik neem mijn mobiel mee. Als er iets is, bel je me meteen!'

'Ja, ma,' grinnikte Marika.

'Enfin, loonslaaf, hijs je lichaam op en ga de supermarkt onveilig maken. Groetjes!'

Ze stond juist een tweede ui te snijden toen Jopie de keuken binnen kwam rennen.

'Guttogut, kind, ik mot naar huis. Ik werd net gebeld door m'n buurvrouw. M'n man is van de trap gevallen en heeft zo te zien z'n enkel gebroken. Nou heeft m'n buurvrouw geen auto dus zij ken hem niet naar het ziekenhuis brengen, ze heeft wel een rijbewijs, maar ik heb de auto mee en...'

'Ga maar gauw,' onderbrak Marika de nerveuze vrouw. 'Schiet op, ik ruim je emmers wel op.'

'Je bent een schat. Zeg jij het even tegen mevrouw? Nou, doei, dan gaan ik maar.'

Glimlachend pakte Marika de emmers uit de gang en borg ze op in de gangkast, waarna ze weer terugging naar de keuken.

Ze wierp een blik op de keukenklok. Nog een halfuurtje dan zou oma Roos wakker worden. Kon ze voor die tijd nog mooi alle groenten schoonmaken en snijden.

Ze had juist de kool gesneden toen ze wist dat hij achter haar stond, hoewel hij geen enkel geluid had gemaakt. Via de schaduw op de muur zag ze zijn hand omhoog gaan en abrupt trok hij haar hoofd zó hard en zó ver achterover dat ze omgevallen zou zijn als zijn andere hand haar rug niet ondersteund had.

Ze wilde gillen maar zijn ondersteunende hand verliet haar rug en bedekte ruw haar mond. 'Niets zeggen,' fluisterde hij schor. 'Anders lieg je misschien wel weer. Praten, praten, praten, terwijl je je mond zou houden. Jij praat zo verschrikkelijk veel dat je misschien vanzelf wel gaat liegen. Maar tegen mij kun je niet ongestraft liegen. Ik heb je gezegd dat je er spijt van zou krijgen wanneer je me bedroog. Ik heb je gezegd dat ik je soms zou moeten straffen. Voor je eigen bestwil. Ik haal mijn hand nu van je mond. Maak geen geluid, want mijn andere hand zal dan nog harder trekken.'

Ze bleef doodstil staan. Haar ogen wijd opengesperd. Haar mond kurkdroog. Zelfs als ze gewild had, zou ze geen geluid kunnen voortbrengen. Wist hij van haar gesprekken met Karin? Nee, onmogelijk. Waarom had ze niet naar Karin geluisterd en was ze weggegaan toen het nog kon?

Net zo plotseling als zijn hand haar haren had vastgepakt, sloeg zijn andere hand eerst links en toen rechts op haar wangen. Keihard. Daarna liet hij haar los. Ze tolde op haar benen. Misselijk. Bang. Sprakeloos.

Hij duwde haar zachtjes naar een keukenstoel en bijna dankbaar liet ze zich erin vallen. Hij hurkte voor haar en zijn prachtige ogen keken haar vriendelijk aan. 'Als je berouw hebt is het weer over. Heb je berouw?'

Ze knikte stom.

Hij glimlachte zijn schitterende glimlach. 'Dan is het nu over en kan ik je troosten.' Hij trok haar iets naar voren uit de stoel en sloeg zijn armen om haar heen. Willoos liet ze haar kin tegen zijn borst vallen en gelaten liet ze toe dat hij zachte kusjes op haar pijnlijke hoofd drukte.

'Het was voor je eigen bestwil. Zodra je bent vergeven, ben je weer als nieuw. Dat begrijp je toch wel?'

Weer knikte ze zonder iets te zeggen. Haar hart voelde niet langer warm en liefdevol. Rauw. Als een open wond. Misselijkmakende pijn.

Hoe ze de rest van de dag was doorgekomen, wist ze niet precies meer toen ze er 's avonds in bed aan lag te denken. Ze wist nog dat oma Roos een paar keer had gevraagd of alles in orde was, dat Martijn tijdens het avondeten overdreven vrolijk had gedaan en allerlei verhalen vertelde waardoor het minder opviel dat zij zo stil was en zo weinig at. En dat hij haar had willen thuisbrengen. Op haar antwoord dat ze met de fiets was, had hij gezegd dat die fiets wel in de achterbak van zijn auto kon. Ze had niet geweten wat ze moest zeggen en had zwijgend voor zich uit zitten staren. Gelukkig stak oma Roos er een stokje voor door te zeggen dat ze zich niet zo lekker voelde en het prettiger zou vinden wanneer Martijn bij haar bleef. Opgelucht was ze naar huis gefietst en meteen haar bed ingedoken. Karin had nog gebeld, maar ze had er geen fut meer voor gehad en het gesprek kort gehouden. Karin had nog wel geprobeerd om door te vragen over het dagboek, maar toen ze merkte dat er bijna geen antwoord kwam had ze opgehangen.

Ze draaide zich op haar zij om het misselijke gevoel in haar maag weg te krijgen. Het misselijke gevoel dat vanaf die middag niet meer weg wilde gaan. Ze had geen hap door haar keel kunnen krijgen. Steeds opnieuw voelde ze hoe hij haar vasthield. Hoe hij haar pijn deed. En hoe zijn ogen stonden. Karin had misschien wel gelijk. Er leek toch iets niet in orde te zijn met die jongen. Hoe kon hij daarna doen alsof er niets aan de hand was? Hoe kon hij lachen en vrolijk zijn, terwijl hij haar even daarvoor zo'n pijn had gedaan?

Ze sprong uit bed, liep naar de badkamer waar ze de kraan een paar minuten liet doorstromen voor ze gulzig een paar slokken koud water dronk. Hoe kon hij dat?

Ze hoorde haar mobieltje afgaan en liep terug naar de

slaapkamer. Op het display zag ze het nummer van Martijn en ze aarzelde. Toch nam ze op.

'Gaat het wel met je, Marika?' vroeg zijn stem vriendelijk.

Er explodeerde iets in haar hoofd. 'Hoe kun je dat vragen na wat er vanmiddag is gebeurd?'

'Marika, liefje, het is nu toch weer over?'

'Over?' vroeg ze bijna gillend. 'Het is helemaal niet over. Ik ben me rot geschrokken. Je hebt me keihard aan mijn haren getrokken en je hebt me geslagen, Martijn. Geslagen!'

'Ja?'

'Dat is toch niet normaal?'

'Is het normaal dat jij tegen mij liegt?'

'Ach, man, dat heeft er toch niets mee te maken.'

'Lieve schat, dat heeft er alles mee te maken. Weet je nog dat ik je gevraagd heb of ik je kon vertrouwen? Vertrouwen is de basis van alle relaties. Onze vriendschapsrelatie werd verstoord door jouw leugenachtige gedrag. Tegelijkertijd betekent onze relatie zo veel voor mij dat er niets anders op zat dan je te straffen. Pas na straf, berouw en vergeving kan een relatie weer opnieuw beginnen. En dat wil ik met jou. Opnieuw beginnen met vertrouwen. Ik denk namelijk dat jij dat waard bent. Maar dat vertrouwen heeft alles te maken met eerlijkheid.'

'Alsof jij zo eerlijk bent. Je oma heeft me foto's van je moeder laten zien, ik lijk verdorie sprekend op haar. Dat had je wel eens mogen zeggen. Daarna heb ik van alles over je moeder te horen gekregen en…'

'Ja,' onderbrak hij haar. 'Dat had ik liever zelf willen doen. Wanneer de tijd er rijp voor was.'

'Wanneer de tijd er rijp voor was,' zei ze schamper. 'Als ik daarop moet wachten, kan ik wachten tot het vriest in de zomer. Weet je nog dat je zei dat ik de enige was met wie je echt kon praten, dat ik binnenkort alles aan je mocht vragen en dat ik binnenkort echt een keer je kamer zou mogen zien, of nee, wacht, hoe zei je het ook alweer? Ik zou jouw trap mogen betreden,' eindigde ze spottend.

Het bleef een tijdje stil en ze hoorde hem een paar keer diep zuchten. Toen hij eindelijk sprak, klonk zijn stem merkwaardig timide. 'Is dat wat je wilt, Marika?'

'Ja,' blufte ze aangemoedigd door haar plotselinge succes. 'Jij wilt toch ook alles van mij weten? Hoeveel moeite heb je daar niet voor gedaan?'

'Goed,' zei hij zo zacht dat ze het telefoontje wat dichter tegen haar oor drukte. 'Eén woord van jou, Marika, en je krijgt wat je wilt. Morgenavond zul jij mijn trap betreden. Op voorwaarde dat je er met niemand over praat. Ook niet met mijn oma. Kun je me dat in ieder geval beloven?'

'Eh, ja, natuurlijk,' zei ze verrast.

'Ik wil geen loze belofte, Marika. Zeg me alsjeblieft dat je het meent en als je denkt dat je deze belofte niet kunt houden, zeg het dan ook. Ik zal er niet boos om worden want eerlijkheid stel ik boven alles.'

'Nee, nee, ik beloof het. Echt. Ik zou niet weten aan wie ik het zou moeten vertellen. Karin gaat namelijk voor een weekje op vakantie en meer vriendinnen heb ik niet. En wat je oma betreft, kun je gerust zijn. Natuurlijk zeg ik het niet tegen haar, daar wordt ze alleen maar nerveus van.'

'En beloof je dan dat je Karin niet nog een keer gaat bellen vanavond?'

'Nee, natuurlijk niet, dat zeg ik toch net?'

'Goed. Morgenavond haal ik je op.'

'En je oma dan, of je vader?'

'Mijn oma gaat om halftien naar bed en mijn vader kan me geen donder schelen. Hij is er trouwens tot zondag niet. Dus ik haal je op. Zorg dat je om halftien klaarstaat. Welterusten.'

Voordat ze nog iets terug kon zeggen, had hij al opgehangen.

's Nachts schoot ze overeind. Buiten regende het pijpenstelen. Ze schonk er geen aandacht aan. Wel aan de gedachte waarmee ze wakker was geschrokken.

Hoe wist hij dat ze Karin die avond al gesproken had?

Hoofdstuk 18

Drijfnat kwam ze bij het huis aan, knalde haar fiets tegen de zijmuur en rende via de keuken naar binnen waar ze abrupt tot stilstand kwam. Hij stond, ondoorgrondelijk kijkend, op haar te wachten. In zijn handen een grote handdoek die ze aarzelend van hem aanpakte.

Blijkbaar vertrouwde hij haar nog steeds niet, want die hele vrijdag bleef hij beneden bij zijn oma en bij haar. Wanneer ze koffie maakte in de keuken, kwam hij over haar schouder meekijken. Toen ze later op de ochtend de tafel ging dekken voor de lunch, gaf hij de borden en het bestek aan. Ze werd er bloednerveus van, maar probeerde er niets van te laten merken door zo nonchalant mogelijk te doen. Vanuit haar ooghoeken hield ze hem in de gaten en zag dat hij elke beweging van haar volgde. Het leek wel of hij elke stap registreerde, elke zin die ze uitsprak opsloeg in zijn hoofd. Dat alles vergezeld van een vreemde, afstandelijke glimlach. Een glimlach die ze niet van hem kende. Niet de oogverblindende glimlach. Deze was gemaakt.

Ook oma Roos werd er ongemakkelijk van en vroeg met het vreemde, bijna kinderlijke stemmetje of hij niet moest werken.

Hij streelde haar roze, gemarmerde wang en zei dat hij zichzelf een paar vrije dagen gunde. Of ze het niet prettig vond dat hij vandaag bij haar bleef.

'Natuurlijk wel, mijn jongen, het is alleen dat…' Ze stopte omdat de telefoon ging.

'Hallo?'

(…)

'Dag Jopie, hoe gaat het met je man?'

(...)

'Ach, jeetje, ja dat is lastig. Wat een geluk dat je vandaag belt. Martijn is namelijk vrij. Hij wil zo vast wel even naar je toekomen om je te helpen.'

Marika gluurde opzij en zag zijn gezicht verstrakken.

'Nee hoor, Jopie, dat doet hij graag voor je. En volgende week sla je maar een weekje over. Dan kun je fijn bij je man blijven. We kunnen best een weekje zonder je. Het beste hoor!'

'Ze komt volgende week niet?' vroeg Martijn terwijl Marika zich afvroeg hoe iemand zich zo snel kon herstellen. Hij keek nu helemaal niet strak meer.

Oma schudde haar hoofd. 'Nee, ze moet maar even bij haar man blijven. Hij heeft zijn been gebroken en natuurlijk heeft hij nog geen loopgips, dus thuis blijft alles op haar wachten.'

'Tja, laat haar dan inderdaad maar lekker een weekje thuisblijven,' zei Martijn en pakte zijn autosleutels van de salontafel. 'En nu wil ze dat ik kom?'

'Ja, jongen, zou je na de lunch wat boodschappen voor haar willen doen? Ze kan haar man niet al te lang alleen laten en weekendboodschappen nemen toch wel een uurtje in beslag.'

'Ik kan nu toch ook al gaan?'

'Nee, dat kwam haar niet zo goed uit. Ze vroeg specifiek of je na de lunch kon komen.'

Er trok een vleugje schaduw over zijn gezicht. Even snel verdween het weer. 'Je kunt wel meegaan, Marika,' zei hij achteloos. 'Oma slaapt dan en dan ga jij toch meestal wel even naar buiten?'

'Eh, nou, ik heb zelf al iets te doen,' zei ze met een rood hoofd en boog zich naar voren om aan haar veters te friemelen.

'O,' zei hij stroef en wachtte even tot ze weer omhoogkwam. 'Wat dan?'

'Maar Martijn, toch,' giechelde oma Roos ongemakkelijk. 'Waar zijn je manieren gebleven?'

'Ik mis mijn ouders heel erg en wil lekker uitgebreid met ze bellen,' flapte ze eruit.

'Maar die zijn toch een week niet te bereiken?' vroeg hij nog steeds even stroef.

Roerloos staarde ze hem aan. Zag hoe hij bloosde. Zag hoe oma hen verbaasd aankeek.

'Dat heb je zelf vorige week verteld,' zei hij donker.

Ze schudde haar hoofd. 'Niet aan jou.'

'Zullen we gaan lunchen,' klonk het schrille stemmetje van oma Roos.

Na de lunch schoot hij de deur uit en zodra oma Roos zijn auto hoorde wegrijden, draaide ze zich naar Marika om.

'Wat is er aan de hand, meisje?'

Ze schudde haar hoofd. 'Niets, oma, echt niet. Ik ga even de bordjes en kopjes afwassen.'

Snel pakte ze de drie bordjes en bekers van de tafel en liep de keuken in. Ze maakte een afwassopje en liet haar handen in het warme water glijden. Bewegingloos staarde ze voor zich uit zonder een enkele gedachte. Na een tijd merkte ze dat het water afkoelde en waste snel de bordjes en kopjes af. Nog steeds liet haar hoofd geen enkele gedachte toe en voelde ze zich vreemd wazig.

De keukendeur ging open en oma Roos reed binnen. 'Marika, je bent nu al meer dan twintig minuten bezig met het afwassen van drie kleine bordjes en kopjes. De hele ochtend ben je zo stil als een muis geweest. Denk je nu echt dat ik niet merk dat er iets mis is? Kom, laat die afwas staan.'

Resoluut reed oma Roos terug naar de huiskamer en willoos volgde ze de oude dame naar binnen, waar ze aan tafel ging zitten.

Oma Roos reed haar rolstoel wat dichterbij. 'Luister nou eens, meisje. Martijn heeft je de hele dag achternagelopen, hij laat je geen minuut bij hem uit de buurt komen en hij is zo gespannen als een veer. Wanneer hij zo gespannen is, belooft dat meestal niet veel goeds. Zeg het me alsjeblieft. Wat is er tussen jou en Martijn aan de hand?'

174

'U kunt me beter over vroeger vertellen.'

'Over vroeger?'

'Over zijn moeder.'

'Wat bedoel je?'

'Ik heb zijn dagboek in het tuinhuis gevonden. Ja, ja,' gebaarde ze naar de oude dame die iets wilde zeggen. 'Ik weet dat ik niet in dat tuinhuis had moeten komen. Maar dat heb ik wel gedaan en het dagboek zit constant in mijn hoofd. Het eindigt wanneer hij twaalf is en zijn moeder leeft dan nog. Hij dacht op een avond zijn moeder te horen huilen, liep naar de ouderslaapkamer en trof zijn ouders aan die aan het... Nou, u weet wel. Daar was hij kapot van en daar schrijft hij vreselijke dingen over. Hij zei zelfs dat het nooit meer goed zou komen. Tenzij ze stierf.'

De oude dame staarde voor zich uit, reed toen naar de slaapkamer en kwam terug met een fotoalbum. Ze bladerde erin tot ze vond wat ze zocht.

'Lees dit maar eens,' zei ze en gaf het album aan Marika.

Het bleek een krantenknipsel te zijn.

Gisteravond heeft een brand op een torenkamer het leven gekost aan een vijfendertigjarige vrouw. Haar twaalfjarige zoon heeft nog een heldhaftige poging ondernomen zijn moeder van de helse vlammen te redden, echter tevergeefs. De jongen is met zeer ernstige brandwonden opgenomen in het brandwondencentrum.

'Hij heeft gillend en schreeuwend aan haar torenkamerdeur getrokken. Zelfs toen de vlammen erdoorheen kwamen, bleef hij als een waanzinnige met twee handen aan de deurklink trekken. Brandweerlieden hebben hem ervan af moeten halen terwijl hij steeds maar bleef zeggen dat het zijn schuld was.' Stil liepen er tranen over het oude, gebarsten gezicht.

'Wat verschrikkelijk. En hij had nog wel in zijn dagboek geschreven dat ze beter kon sterven en toen gebeurde het echt,' fluisterde Marika geschokt. 'Geen wonder dat hij zich als een held heeft gedragen. Want dat was hij. Een echte held.'

'Volgens de brandweerlieden wel, ja,' zei oma Roos en veegde haar tranen weg.

Marika keek op. 'Wat zegt u dat raar.'

'Ik weet het,' zuchtte de oude vrouw. 'Maar weet je, hij trók aan de torenkamerdeur en...'

'Wacht even,' onderbrak Marika haar en schoot overeind in haar stoel. 'U zei "torenkamerdeur". Welke torenkamerdeur?'

'Degene in de slaapkamer van Martijn. Dat was de torenkamer van zijn moeder. Je kunt daar nog wel de trap op, maar de ingang naar de torenkamer is na de brand afgesloten met een luik.'

'Maar in de werkkamer van Martijn is ook een torenkamer.'

'Ja. Dat is de kamer van Martijn en die is identiek aan die van zijn moeder. Alleen heeft Martijn een gemetselde muur om zijn trap en daarom zit er beneden aan die trap nog een deur. Bij de torenkamer van zijn moeder was alleen een deur boven aan de trap. Precies dezelfde deur die Martijn heeft. Zelfs de sloten waren precies hetzelfde.'

Oma wreef met een vermoeid gebaar over haar voorhoofd. 'Na het overlijden van zijn moeder heeft hij eerst wekenlang in het ziekenhuis gelegen en daarna gerevalideerd, omdat hij derdegraads brandwonden had. Hij was er vreselijk aan toe. Zijn armen en een groot gedeelte van zijn handen zijn verminkt. Ach, kindje, dat was een ontzettende tijd. Maar na die tijd zat hij dag en nacht op zijn torenkamer steeds weer dezelfde muziek te draaien.'

Een koude rilling liep langs haar rug. 'Derdegraads? Wat zal hij een pijn hebben gehad.'

'De eerste week in het ziekenhuis heeft hij alleen maar gehuild, wat natuurlijk heel goed verklaarbaar was. Zijn moeder, met wie hij de laatste paar weken geen al te beste relatie had, was overleden en hijzelf moest enorme pijn hebben, hoewel hij er nooit over geklaagd heeft. Die eerste week heeft hij ongetwijfeld aan de laatste tijd met zijn moeder gedacht. Ikzelf ook. De laatste paar weken had ze regelmatig blauwe plekken. Dan weer op haar pols, dan op haar arm en een keer zelfs in haar nek. Ze had er een sjaaltje omheen gedaan, maar ik zag het toch. Niet dat ze er ook maar een woord over zei. Martijn week niet van haar zijde, legde koude kompressen om haar pols, borstelde haar haren, maar beiden spraken geen woord. Ze hebben hun ruzie, voorzover ik het kon zien, nooit bijgelegd. Dus daarom begrijp ik heel goed waarom hij de eerste week zo ontzettend huilde. De tweede week werd het minder en daarna heeft hij nooit meer gehuild. Nooit meer. We dachten allemaal dat hij in shock verkeerde, maar zelfs doktoren in het ziekenhuis kregen niets uit hem. Uren hebben ze besteed aan praten, maatschappelijk werksters, psychologen en wijzelf ook. Ik heb heel wat uurtjes aan zijn bed gezeten, maar er kwam geen woord meer uit. Zijn vader zat er ook elke dag, maar Martijn wilde hem niet zien.'

'Waarom niet?'

'Geen idee. Alleen in de eerste week heeft hij gemompeld dat zijn vader van haar af had moeten blijven, daarna is hij er nooit meer op teruggekomen.'

'Hè? Wat gek! Ja, hij heeft ze in bed aangetroffen, maar wat heeft dat met de dood van zijn moeder te maken?'

De oude dame schudde haar hoofd. 'Ik heb er altijd een naar gevoel bij gehad, maar ik kon er nooit de vinger opleggen. Het is tenslotte mijn eigen kleinz...' Ze stokte en luisterde met een schuin hoofd naar de auto die het grind kwam oprijden. Verrassend snel legde ze het album op haar schoot en draaide haar rolstoel. 'Ik had in bed moeten liggen.' Ze reed naar haar slaapkamer en sloot zacht de deur.

Marika bleef aan tafel zitten en staarde naar de kruimels

op het tafelkleed. Het stuk kaas en de vleeswaren die midden op de tafel stonden, werden aan de randjes al wat donker. Zelfs het deksel van de botervloot lag nog niet op de botervloot.

De deur ging open en ze wist dat hij het was, maar ze keek niet op. Twee seconden later lagen zijn handen op haar schouders en kon ze ruiken dat zijn gezicht dichterbij kwam. Zijn neus verdween in haar haren. Zacht snoof hij haar geur op. 'Wat zit je hier te zitten, mijn liefje?'

Ze haalde haar schouders op en voelde zijn adem in haar nek.

'Waar denk je aan?'

'Aan jou.'

Hij trok haar uit de stoel en sloeg zijn armen om haar heen. 'Waarom dacht je aan mij?'

Ze keek hem aan en smolt voor zijn prachtige glimlach. De glimlach die zoveel verdriet verborg. De lach die het kleine, dappere jongetje van twaalf verborg. Ze streelde door zijn haar en kuste zacht zijn voorhoofd. 'Omdat je zo bescheiden bent. Omdat je nooit over je zelf praat. Omdat ik inmiddels weet waarom je nooit over jezelf praat.'

Zijn glimlach verdween. 'Ben je nog steeds op zoek naar mijn verleden?'

Ze pakte zijn gezicht in haar beide handen. 'Wees niet boos op me. Ik ben bijzonder voor jou, begrijp je dat jij dat ook voor mij bent? Ik wil weten waarom je bent zoals je bent. Ik dacht dat ik al heel veel wist, maar dat bleek niet zo te zijn.'

Hij liet haar los en liep, stram als een soldaat, naar de tuindeuren. 'Vanavond zul je mijn trap betreden en daarna zul je alles weten.'

Ze stond op en liep naar hem toe. Zwijgend sloeg ze een arm om zijn middel en staarde naar buiten. Een staalgrijze lucht met hier en daar een bijna zwarte wolk. Het hemelwater kwam in slagregens naar beneden en de zomer, licht, vrolijk, leek voorbij.

'Ik ga de tafel afruimen,' zei ze zacht en liet hem los. Toen hij uitdrukkingsloos voor zich uit bleef staren, keerde ze zich om en ging aan het werk.

Stijf als een plank zat ze op hem te wachten en keek voor de twintigste keer op haar horloge. Zestien over negen. Waarom was ze zo nerveus? Waarom deed haar buik pijn en waarom zat die bal er weer? Iets zat er niet goed. Maar wat? Wat? Iets dat oma Roos gezegd had? Waarom kon ze nu niet helder denken? Het enige wat ze steeds voor ogen zag, was zijn gezicht. Zijn mooie, ondoorgrondelijke gezicht. Nog steeds wist hij niet precies wat ze gedaan had. Hij wist dat ze in het tuinhuis was geweest, maar hij kon niet weten dat ze het dagboek had gelezen. Dat kon niet! Toch? Daar kon ze niet zeker van zijn. Misschien wist hij het wel. Hij wist toch ook wanneer ze Karin had gesproken? En hij wist blijkbaar ook dat haar ouders een week niet te bereiken waren. Hoe kon hij dat weten? Intuïtie? Gewoon geraden?

Er toeterde een auto en ze sprong op, rende naar het raam en zag de zwarte GTI. Ze zwaaide, voordat ze de gordijnen dichtschoof en zichzelf dwong om rustig naar de gang te lopen waar ze haar jas aandeed, haar mobiel in haar achterzak stopte, sleutels pakte en de deur opende. Het regende nog steeds dus rende ze naar de auto.

'Hoi,' hijgde ze en liet zich in de stoel vallen.

'Dag Marika,' zei hij en trok meteen op.

'Slaapt je oma?'

'O, ja. Die slaapt voorlopig zeker.'

Ze draaide haar hoofd naar hem en bekeek hem van opzij. 'Wat zeg je dat raar.'

'Dat lijkt maar zo,' zei hij donker en hield zijn ogen op de weg.

Het nerveuze gevoel kwam in alle hevigheid terug. Maar het was zoals oma Roos had gezegd, ze kon er niet de vinger op leggen. Ze wist zeker dat de oude dame nog iets gezegd had. Iets belangrijks. Maar wat? Ze probeerde zich het hele gesprek weer te herinneren, maar haar hoofd was bijna net zo leeg als een slecht gevulde voorraadkast.

'We zijn er,' zei hij toonloos. 'We gaan niet via de tuin, dan worden we drijfnat. We nemen de voordeur.'

Ze renden de auto uit en hij stak de sleutel in het slot.

'Welkom,' zei hij plechtig zodra ze binnenstapte.

'Stil joh,' fluisterde ze geschrokken. 'Zo wordt je oma wakker.'

Hij schudde zijn hoofd. 'Maak je daar geen zorgen over. We kunnen zoveel lawaai maken als we willen. Ze wordt echt niet wakker. Kom, we gaan naar boven.'

Hij stak zijn hand uit en automatisch gaf ze hem de hare. Hand in hand liepen ze de trappen op tot ze in zijn werkkamer kwamen. Daar liet hij haar hand los, opende een ladekast en pakte er een zachtroze, zijden sjaal uit.

'En nu, mijn lieve Marika,' zei hij vriendelijk. 'Nu gaat het gebeuren. Begrijp goed dat dit een speciaal moment is.'

Sprakeloos staarde ze hem aan. Overdreef hij niet een beetje?

'Niemand heeft na mijn moeder ooit nog mijn trap mogen betreden. Jij bent de eerste en zult de enige zijn. Om dit speciale moment luister bij te zetten, ga ik je blinddoeken.'

Blinddoeken? 'Nou, eh, luister, Martijn, daar houd ik niet zo van.'

Meteen lagen zijn armen om haar heen en kuste hij haar voorhoofd. 'Vertrouw me,' zei hij hees en glimlachte.

Niemand kon haar zo de adem benemen als hij.

Zijn mond ging op zoektocht langs haar gezicht, drukte overal kleine kusjes op, en zijn armen hielden haar vast alsof hij haar nooit meer wilde laten gaan. 'Vertrouw je me, liefje?'

'Ja,' fluisterde ze en liet zich blinddoeken. Daarna voelde ze hoe hij haar in de goede richting duwde.

'Kleine stapjes. Goed zo, nu zijn we bij de deur van de trap. Die deur ken je wel, die heb je al eens opengedaan. Toe maar.'

'Er komt toch niet weer van die keiharde muziek uit?'

'Nee, hoor, toe maar.'

Ze stak haar handen uit en voelde langs het gladde oppervlak tot de ze klink in haar hand kreeg.

'Trekken, Marika, je weet dat het een zware deur is.'

Ze trok hard en voelde de deur meekomen.

'Goed zo. Nu voetje voor voetje de trap op. Opletten, het is een wenteltrap, ga mee met de richting. Ik zeg wel wanneer je moet stoppen.'

Het was doodeng om niet te kunnen zien waar je liep, maar gelukkig hield Martijn haar in evenwicht door een hand op haar rug te plaatsen en haar zacht vooruit te duwen.

'Oké, stop maar. We staan voor de ingang. Wanneer je de klink gevonden hebt, moet je hard duwen. Ook deze deur gaat niet gemakkelijk open.'

Blind als een mol schuifelde ze met vooruitgestoken handen nog een beetje naar voren, tot ze een deur van stevig hout voelde.

'Dat is de deur, duw hem maar open.'

Een alarmbel rinkelde. Wat had oma Roos daarover gezegd?

'Toe dan,' fluisterde hij hees in haar oor.

Haar handen vonden de klink en duwden. De deur gaf mee. Achter haar klonk een zucht en opeens werd de blinddoek weggetrokken. Volkomen verbijsterd staarde ze de grote, achthoekige torenkamer in. Alles wat ze beneden in Martijns kamer had gemist aan persoonlijkheid en emotie kwam hier in tienvoud, nee, in honderdvoud terug.

Elke muur was behangen met foto's van zijn moeder. Foto's in alle soorten en maten. Op een van de muren hing zelfs een schilderij van zijn moeder, erboven een goudkleurig bibliotheeklampje. Hoeveel foto's of afbeeldingen kon een mens hebben?

'Je hebt mijn trap betreden,' fluisterde hij in haar oor. 'De trap naar de hemel. Welkom in de hemel, Marika.'

Nog steeds sprakeloos keek ze de kamer in, staarde naar de met foto's behangen muren. Eén muur werd onderbroken door kleine, houten luiken. Een andere muur door lage, houten deuren. Alle muren gingen eerste twee meter recht omhoog, daarna bogen ze schuin naar binnen, om uiteindelijk als punt samen te komen. Een open punt, waar een pijp doorheen stak waarboven een soort hoedje werd gehouden. Het hoedje werd gesteund door vier ijzeren spijlen waardoor je nog net een streepje van de donkere hemel zag. Toch vond ze het niet koud in de kamer.

Ze liet haar blik naar beneden gaan en zag aan de rechterkant van de kamer grote, zachte zitkussens op de vloer liggen. Aan de linkerkant stond een hoge, smalle kast en in weer een andere hoek stond iets dat eruitzag als een tafel met een kleed erover, maar wat het meest opviel was het enorme, stenen gevaarte midden in de kamer. Het leek wel een gigantische grijze zandloper. 'Wat is dat voor een ding?' vroeg ze toen ze haar stem terug had.

Zijn stem maakte het geluid van een lach, maar zijn gezicht deed niet mee. 'Dat, mijn lieve Marika, is mijn eigen... ja, hoe zal ik het noemen? Laat ik zeggen, het is mijn eigen zuiveraar.'

Ze keek hem verbaasd aan. 'Je wat?' vroeg ze en liep aarzelend op het gevaarte af, dat tot aan haar borst kwam en een diameter had van minstens een meter. De rand was zo breed dat haar hand er niet eens overheen paste. Over de volledige ronding van de rand was een geultje uitgehakt waar een rooster in lag. Toen ze beter keek, zag ze dieper naar beneden, in het smalle gedeelte dat een beetje op een taille leek, nog een rooster. Ze bekeek het geval van de buitenkant en ontdekte een deurtje ter hoogte van de taille.

'Jeetje, je kunt dit ding wel als barbecue gebruiken, dat kan makkelijk met dat open gedeelte in de punt van het dak.'

Hij kwam naast haar staan en keek haar nieuwsgierig aan. Zijn ogen leken haar te doorboren. Hij tastte haar af, keurde haar weer.

Ze begon zich juist ongemakkelijk te voelen toen zijn glimlach doorbrak.

'Grappig dat je het een barbecue noemt. Laat ik het zo zeggen, alles wat niet rein is, gooi ik erin en het komt er niet eerder uit dan dat het schoon is.'

'Wat…'

'Nee,' schudde hij zijn hoofd. 'Geen vragen op dit moment. Dat komt allemaal later wel. We gaan eerst vieren dat je hier bent. Kom,' hij duwde haar in de richting van de kussens. 'Zorg dat je lekker zit, dan schenk ik een drankje in. Voor deze ene keer heb ik echte champagne koel gezet.'

Hij stond op, liep naar de hoek in de kamer waar de tafel met het kleed stond. Hij trok het kleed weg en er kwam een koelkastje onder vandaan. Eenzelfde soort als haar ouders altijd meenamen wanneer ze gingen kamperen. Hij trok het deksel omhoog, haalde er een fles champagne uit en liet het deksel weer dichtvallen. Naast het koelkastje stonden twee champagneglazen die hij op het deksel zette. Hij liet de kurk knallen en wilde de glazen volschenken toen hij nieste. 'Pardon,' zei hij, zette de fles neer, haalde een zakdoek uit zijn zak, draaide zich weg van de glazen en snoot zijn neus. Daarna stopte hij de zakdoek weer terug en draaide zich terug naar de glazen.

Ze hoorde het zachte bruisen toen hij de glazen volschonk en zag hem rustig op haar afkomen.

'Kijk eens, Marika. Echte champagne.'

Ze pakte het glas van hem aan en klopte op het kussen naast zich. 'Waar drinken we op?' vroeg ze glimlachend.

Hij streelde haar wang en keek haar bijna verdrietig aan. 'Op schoonheid.'

'Oké, op schoonheid.' Ze nam een slok en kreeg meteen de hik.

Hij lachte. 'Dat komt ervan als je zo'n grote slok neemt. Het beste is nu om je glas in een grote teug leeg te drinken.'

'Echt?' vroeg ze lachend.

'Echt,' zei hij rustig.

Ze zette het glas aan haar mond en dronk het in een keer leeg, om daarna meteen weer te hikken. 'Nou, dat helpt echt!' zei ze sarcastisch.

Hij schudde zijn hoofd. 'Er zat niet voldoende in je glas. Wacht,' hij stond op en pakte de champagnefles van het koelkastje waarna hij haar glas voorzichtig volschonk. 'Nog een keer.'

'Ja, wacht even, dan ben ik zo dronken.'

'Welnee, van twee of drie glazen champagne zul je niet dronken worden.'

Weer zette ze het glas aan haar mond en dronk de inhoud in een keer op. Even leek het te helpen, maar daarna hikte ze weer.

Zwijgend vulde hij haar glas opnieuw en gebaarde dat ze het leeg moest drinken.

'Hierna doe ik het niet meer, hoor,' protesteerde ze een beetje en zette het glas aan haar lippen. Ze klokte alles naar binnen, wachtte even en hikte.

'Kom dan maar hier,' zei hij zacht en trok haar in zijn armen.

Zacht liet ze zich tegen zijn borst aan vallen. Ze rook zijn geur, zijn mosgeur. Ze voelde dat hij een arm uitstrekte en zag vanachter de hoekkussens een gettoblaster te voorschijn komen. Even later klonk er zachte muziek.

Abrupt schoot ze overeind. 'Dat is die harde muziek van toen ik...'

Rustig trok hij haar terug. 'Ja, het is dezelfde muziek, maar luister er nu eens naar. Luister naar de tekst en laat je meevoeren door de melodie. O, Marika, het is zulke mooie muziek.'

Als hij het zo mooi vond, dan kon ze niet anders dan ernaar luisteren. Ze moest niet meer denken aan die keer dat de muziek haar zo de stuipen op het lijf had gejaagd. Het liedje werd keer op keer herhaald en pas bij de derde keer hoorde ze de hele tekst.

There's a lady who's sure all that glitters is gold
And she's buying a stairway to heaven.
When she gets there she knows, if the stores are all closed
With a word she can get what she came for.
Ooh, ooh, and she's buying a stairway to heaven.

'Hoor je dan niet, mijn geliefde Marika, dat deze tekst over jou gaat?'

Ze werd een beetje slaperig. Dat kwam van de champagne natuurlijk, wie dronk er nu drie glazen achterelkaar?

'Marika, hoor je wat ik zeg?'

'Eh, ja, dat de tekst over mij gaat.'

'Juist, jij bent de dame die de trap naar de hemel heeft gekocht.'

'Gekocht?' vroeg ze gapend en nestelde zich wat dichter tegen hem aan.

'En betaald met achterbaksheid, leugens en bedrog.'

Hè, wat bedoelde hij? Ze probeerde rechtop te gaan zitten, maar haar lichaam voelde heel log, en het rare was dat ze haar ogen niet meer open kon houden.

'Ga maar slapen, Marika, vecht er niet tegen, je wint het nooit van slaapmiddelen die gemixt zijn met champagne.'

Slaapmiddelen? Wanneer had hij...?

Hoofdstuk 19

Haar hoofd deed zeer. Erg zeer. De pijn draaide en kolkte als een woeste zee, bonkte tegen haar schedel om eruit te kunnen. Maar er was geen uitweg. De pijn veranderde in lichtflitsen, probeerde via haar oogbollen te ontsnappen. Tevergeefs.

Ze probeerde haar ogen open te doen, maar ze waren te zwaar. Ze wilde haar hand optillen en ook dat ging niet. Haar benen dan? Nee. Wat was er aan de hand? Waarom deed haar lichaam niet wat zij wilde? Ze lag gewoon niet lekker en moest zich toch om kunnen draaien? Dit was natuurlijk een droom, ze zou zo wel wakker worden, dat kon niet anders. Allemachtig, wat deed haar hoofd pijn. Wat had ze gedaan?

Weer probeerde ze zich om te draaien en nu pas merkte ze waarom het niet ging. Ze voelde met haar kin haar knieën en toen ze haar kin opzij boog voelde ze links en rechts een arm. Die armen kwamen samen onder haar gebogen knieën. Die armen waren van haar, maar waarom voelden ze dan zo vreemd? Als vreemde loodzware aanhangsels.

Uit alle macht probeerde ze haar ogen open te doen en met de grootste krachtsinspanning kreeg ze het voor elkaar. Donker. Ze kon bijna niets zien. Heel vaag zag ze dat ze op haar zij lag, dat haar armen inderdaad achter haar knieën gebonden waren, maar dat ook haar enkels aan elkaar vastzaten. Ze voelde met haar vingers een touw, volgde het ruwe oppervlak zover mogelijk naar beneden en merkte dat het touw zowel haar geboeide polsen als haar enkels met elkaar verbond. Daarna tastte ze het oppervlak af waarop ze lag. Zacht en rond. Onder haar wang pluizig, maar fluweelzacht. Toch lag ze ook op een klein hard stukje, net naast haar heup. Ze boog wat meer naar achter. Nu lag het harde stukje onder haar bil. Klein en langwerpig. Haar mobieltje!

Vanuit het niets kippenvel vanaf haar nek tot aan haar stuitje. Ze rook hem voordat hij sprak.

'Goedemorgen.'

Was het morgen? Waarom was het dan zo schemerig, bijna donker? Zo donker als zijn stem.

'De haan heeft al gekraaid. Om halfzes ontwaakt de wereld, dus jij ook.'

Ze probeerde zich verder op haar rug te draaien. Tevergeefs. 'Halfzes?' fluisterde ze suf.

'Stil! Vooral stil zijn! Je wist alles wat je van me moest weten. Meer was niet nodig. Maar jij vond anders. Snuffel, snuffel, snuffel. Roddel, roddel, roddel. Vertrouwen? Laat me niet lachen!'

Het licht ging aan. Fel licht, alles in eerste instantie verblindend.

'En ik besloot te wachten. Geduldig als een havik rondcirkelend boven een prooi. Misschien was je slim genoeg. Misschien was je snel genoeg.'

Zijn hand strekte zich uit en rukte haar gezicht in zijn richting. Zijn gezicht was lijkbleek, zijn ogen schitterden onnatuurlijk fel en van zijn mooie gewelfde mond was slechts een dunne, harde streep over.

'Waarom, Marika? Waarom wilde je alles weten? Wat wilde je zo nodig zien? Dit?'

Met woeste gebaren trok hij de handschoenen uit en hield haar zijn bruin en geel gevlekte handen voor. 'En dit?' vroeg hij spottend en schoof zijn mouwen omhoog zodat ze de paarse, dikke, ribbelige littekens kon zien.

Ze voelde de tranen over haar wangen lopen, haar hart dat op hol geslagen was en het bloed dat wanhopig door haar afgeknelde aderen stuwde. 'Ik wilde je leren kennen, meer van je weten. Je wist alles van mij en ik niets van jou. Je zei nooit wat en wanneer ik iets vroeg, gaf je geen antwoord of je werd boos.'

Hij trok zijn handschoenen weer aan en duwde de mouwen van zijn overhemd naar beneden. 'En daarom moest je achter mijn rug om lopen rotzooien? Met iedereen over mij praten terwijl je mij beloofd had dat niet te zullen doen?'

'Ik had het niet echt beloofd en ik heb het ook niet echt gedaan.'

Zijn gezicht werd zo mogelijk nog bleker en zijn handen balden zich tot vuisten. 'Je hebt het niet echt beloofd? En je hebt het niet echt gedaan? Kun je dan alleen maar liegen, Marika? Is het nog niet genoeg geweest? Wacht,' riep hij en rende de trap af om binnen een paar seconden hijgend terug te komen met een laptop. 'Luister,' zei hij toonloos terwijl hij een toets op de laptop indrukte.

'Hoi Karin, met mij. Wat denk je dat er gebeurd is?'

Hij tikte weer op een toets en het geluid zweeg. 'Zal ik nog verder gaan? Alle gesprekken die jij met je mobieltje gevoerd hebt, staan hier op.'

Ze wilde verontwaardigd overeind komen maar de pijn schoot als een vlammenwerper door haar lichaam. 'En dan heb jij het over vertrouwen,' zei ze hees. 'Wat een goedgelovig stuk onbenul ben ik geweest. Magneetjes! Je hebt me gewoon afgeluisterd.'

'Vertrouwen ja!' donderde zijn stem over haar heen. 'Voor die magneetjes was je mijn vertrouwen al niet waard. Eerst die ouwe, schoonmaakmuts uithoren en toen mijn geliefde grootmoeder. O ja, er is niets dat ik niet weet.'

Ze staarde naar de open punt in het dak en zag de ochtendschemer lichter worden. 'Begrijp je het dan niet, Martijn? Ik was verliefd op je. Als je verliefd bent, wil je alles weten. Alles.'

'Je ging naar het tuinhuisje. Je loog erover. En je las mijn diepste gedachten.'

Zijn hand strekte zich uit naar de laptap en ze hoorde weer haar eigen stem.

'Hij weet het, Karin, dat kan niet anders.'

'Hij weet misschien dat je in het tuinhuisje bent geweest, maar dat je dat stomme dagboek hebt meegenomen kan hij niet weten.'

'Nee, dat is waar. O, Karin ik ben nog nooit zo zenuwachtig geweest. Ik had dat stomme dagboek nooit mee moeten nemen. Martijn was nu al een beetje boos, laat staan als hij erachter komt dat...'

Ze hoorde een klik en het geluid zweeg.

'Ja, hoe boos zou ik zijn wanneer ik erachter kwam dat jij in mijn dagboek had zitten neuzen? Zó boos.'

Voordat ze wist wat er ging gebeuren, zag ze in een flits zijn hand omhoog gaan en in een uiterste poging zichzelf te beschermen boog ze haar neus nog dieper naar haar knieën om daarna een enorme dreun tegen de muur te horen, gevolgd door een gil. Een gil die uit haar keel kwam en die niet leek op te houden.

Opeens lagen zijn armen om haar heen. Maakte zijn mond sussende geluidjes net zo lang tot ze ophield met gillen. Veegde zijn hand de klamme haren uit haar gezicht.

'Hoe vaak heb ik je niet gezegd, mijn geliefde Marika, dat één woord van jou voldoende was om te krijgen wat je wilde? Alles wilde ik je geven, alles. Tegen alles wilde ik je beschermen. En heb ik dat niet gedaan? Eerst dat kleuterjongetje en dat pubermeisje. Wat stonden ze raar te kijken van de prachtige beschildering van hun huis. Daarna dat smerige rotjong dat aan je gezeten had in de stad. Zijn gezicht draagt mijn sporen. Maar dat was niet genoeg voor jou. Jij wilde mijn diepste gedachten. Maar die kon ik je pas geven wanneer je had aangetoond ze waard te zijn. En nu, Marika, kom, kijk me aan,' zacht trok hij haar hoofd omhoog en keek haar aan.

Zijn adembenemende glimlach verscheen en verdween in slechts een ogenblik. Ze huiverde.

'Nu, mijn lieve Marika, ben je op weg om het aan te tonen. Als je het volhoudt, zul je alles weten. Wil je alles weten?'

Ze wilde haar hoofd schudden, maar hij pakte haar kin en liet haar knikken.

'Alleen vanuit pijn en afzien wordt iets moois geboren, dat begrijp je toch wel? En het mooie dat binnenkort geboren wordt, is het vertrouwen dat opnieuw zal groeien tussen jou en mij. Ik ga je nu bijna vertrouwen. En jij vertrouwt mij al heel lang, toch?'

Ze voelde de pareltjes zweet langs haar keel lopen en knikte voorzichtig.

'Goed zo,' zei hij glimlachend en maakte de touwen rond haar polsen los.

'O, dank je, Martijn, ik…' Voordat ze opgelucht haar armen had kunnen strekken, trok hij ze achter haar rug en bond ze daar weer samen.

'Nee,' schreeuwde ze. 'Alsjeblieft, Martijn, laat me los.'

Onverstoorbaar ging hij door en ze voelde hoe het touw rond haar polsen strakker werd getrokken toen hij het uiteinde vastmaakte aan het touw rond haar enkels.

'Nu ben je tenminste hanteerbaar,' mompelde hij voordat hij haar vastpakte bij de touwen achter haar rug.

Ze gilde het uit toen hij haar daaraan optilde en naar het grote stenen gevaarte in het midden van de kamer bracht. Met bovenmenselijke kracht zwaaide hij haar boven het rooster en liet haar met een klap vallen.

Haar hoofd dreunde tegen het metalen rooster en een steekvlam explodeerde achter haar ogen voordat het zwart werd.

'Dat heb je redelijk goed volbracht. Ik ben trots op je.'

De pijn in haar hoofd was niet te beschrijven, bijna ondraaglijk, maar ze zou het volhouden, ze zou niet toegeven. Ze kon het. Ze moest. Hij was knettergek geworden.

'Kijk eens, mijn lieve Marika, ik heb een kussen onder je hoofd gelegd als eerste beloning. De tweede beloning bestaat hier uit.' Hij liep naar de hoge, smalle kast en met een breed gebaar trok hij de deuren open. 'Kijken,' brulde hij.

Meteen schokte ze haar hoofd in de richting van de kast en onderdrukte een misselijkmakende golf van pijn die omhoogkwam.

De kast was vanbinnen verlicht en leek op een glazen vitrine. De binnenkant van de deuren waren weer beplakt met foto's van zijn moeder. Van zijn moeder? Ze sperde haar ogen open, knipperde een paar keer om de mist van pijn te verdrijven en verstijfde. Het waren foto's van haar. Een en dezelfde foto die hij honderden keren had gekopieerd. De schoolfoto die ze kwijt was! In de kast was een lila bloesje met spelden op de achterwand bevestigd. Haar bloesje.

'Zie je hoeveel ik om je geef?' klonk zijn stem verleidelijk zacht. 'Alles en iedereen waar ik om gegeven heb en waar ik nog steeds om geef, zit in deze kast. Ik moet er soms dingen voor doen die niet mogen. Gevaarlijk hoor, die sleutel onder de bloempot. Kijk,' veranderde hij abrupt van onderwerp en wees naar een sjaaltje. 'Dat was het sjaaltje dat mammie droeg de dag voor de brand. O, wacht,' zei hij vriendelijk en kwam naar haar toe. 'Je kunt het natuurlijk niet goed zien zo. Ik zet je even overeind.'

Met een woest gebaar trok hij haar aan de touwen omhoog en weer gilde ze.

'O, sorry, deed dat pijn? Ik zal erop letten de volgende keer. Zo, een lekker groot kussen achter je rug en ja, je moet wel je voeten even plat neerzetten hoor.'

Hij rukte een beetje aan de touwen en gaf haar enkels een beetje speling, waardoor haar voeten wat minder naar achteren werden getrokken.

'Ja,' zei hij met een tevreden gezicht. 'Dat is beter. Goed opletten nu, want dit is nog steeds je tweede beloning. De sjaal heb je al gezien, maar nu dit,' heel voorzichtig pakte hij iets uit de vitrine en draaide zich langzaam om. 'Dit is mijn hondje, weer helemaal lief en zuiver.'

Vol afgrijzen staarde ze naar het skeletje. Volgens de tekeningen die ze tijdens haar biologielessen had gezien, zag dit er inderdaad verdacht veel uit als de overblijfselen van een hond. 'Maar... hoe... dat hondje was een paar jaar geleden toch...' stotterde ze.

Hij knikte en zette het kleine geraamte weer voorzichtig terug op het glazen plankje. 'Hij was vermist ja. Nou ja, vermist voor iedereen behalve voor mij. Ik had hem hier boven. Het was een klein vals hondje geworden hoor,' zei hij ernstig. 'Maar ik heb hem weer zuiver als altijd gekregen.'

Ze voelde het bloed uit haar wangen wegkruipen. 'Wat heb je gedaan?' vroeg ze fluisterend.

'In de zuiveraar gelegd natuurlijk!' zei hij triomfantelijk.

'Wat? Je hebt hem toch niet...?'

'Ach, mijn lieve, lieve Marika, je ziet toch wel dat het voor zijn eigen bestwil was? Kijk eens wat een mooi en schoon hondje hij nu weer is! Net zo schoon als mammie een paar jaar daarvoor. Zoals ik al zei: alleen uit pijn en afzien kan iets moois geboren worden. Het barbecuerooster was een handige oplossing. Het heeft wel urenlang gezeur van mijn geliefde oma gekost – die neem je niet zo gemakkelijk in de maling – maar het was het waard. Je hebt toch gezien dat er onderin nog een rooster ligt? Daarop paste mijn hondje perfect zonder dat zijn tere velletje met de kooltjes die onder het rooster liggen in aanraking kwamen. Het rooster waar jij op ligt was natuurlijk veel te groot voor zo'n klein beestje. Hij heeft wel even gepiept toen hij omgeven werd door de zuiverende warmte, maar hij heeft niet zo gegild als mammie. Nee, hij was een heel braaf hondje,' zei hij en streelde het geraamte.

Allesoverheersende paniek. De angst die onstuitbaar omhoog kwam en zich manifesteerde in een mondvol gal.

Hij stond onmiddellijk naast haar en veegde zacht haar mond af. 'Je mag niet ziek worden hoor, we zijn nog niet klaar.'

'Je moeder...'

Zijn gezicht vertrok, grijnsde bijna. 'Mammie is nu weer schoon. Helemaal rein en onschuldig. Het was natuurlijk ook mijn schuld dat ze bezoedeld is geraakt. Ik had het gevaar eerder moeten zien. Maar wie verwacht het gevaar bij zijn eigen vader?'

'Wat heeft hij dan gedaan?' fluisterde ze bijna onhoorbaar.

'Met zijn smerige vingers aan haar zitten. Als het daarbij gebleven was, had ik haar nog kunnen redden. Dat had ik al vaker gedaan. Door pijn wordt schoonheid geboren en zij kon goed met pijn omgaan.'

'Wat bedoel je? Heb je je eigen moeder pijn gedaan?'

Hij draaide zich met een ruk om en keek haar dwingend aan. 'Dat begrijp je toch wel? Net als bij jou was het soms nodig. Anders had ze geen berouw. En zonder berouw geen vergeving. Geen nieuwe start. En het viel soms niet mee hoor. De keer dat ik haar keel moest behandelen heeft mij veel verdriet gedaan, maar het was het waard. Daarna was ze zo opgelucht! O, Marika, het is zo fantastisch wanneer je weer schoon en rein opnieuw kunt beginnen. Let maar op, jij zult dat ook merken.'

Ze kokhalsde van angst en meteen streelden zijn vingers haar voorhoofd. 'Ach, wat lijk je toch op haar. Zij was ook zo bang, maar zij wist dat het niet anders kon en gaf zich uiteindelijk altijd over. Zelfs de allerlaatste keer.'

De allerlaatste keer? Bedoelde hij? Dat kon hij toch niet... 'Bij de brand?' vroeg ze bevend.

'Natuurlijk.'

'Maar je was pas twaalf!'

'Ook op jonge leeftijd weet je wanneer iets gezuiverd dient te worden. Zeker wanneer je je hele leven omringd bent geweest door schoonheid. Zij wist het ook.'

'Maar wat... hoe...'

'Je hebt het dagboek toch gelezen? Dan weet je wat er gebeurd is.'

'Je zag je ouders vrijen.'

'Vrijen?' siste hij. Hij haalde diep adem en wreef het haar uit zijn gezicht. 'Nee,' nam zijn stem een aanloopje voor hij donderend over haar heen rolde. 'Beesten waren het! Minder nog dan beesten. Kwijl en lichaamsvocht over haar ivoren omhulsel. Haar albasten ledematen vastgeklemd tussen zijn grijpgrage tentakels. Haar lieflijk stemgeluid vervangen door het gekrijs van een krolse kater. Wild en woest rollend over de glanzend satijnen lakens. Walgelijk!'

Hij hijgde en het zweet druppelde langs zijn voorhoofd. 'Haar schoonheid was voorgoed verloren, voor eeuwig bedorven, tenzij...'

Huiverend herinnerde ze zich de woorden uit het dagboek. 'Tenzij ze stierf.'

Hij knikte heftig. 'Dat was de ultieme boetedoening. De enige manier om weer zuiver te worden. En dat wist ze. Niet alleen omdat ik haar dat verteld had, maar ook omdat er ergens in haar nog een stukje schoonheid zat dat vocht om te overleven. Maar de onzuiverheid had al huisgehouden in haar. Ik heb haar een paar dagen voor de boetedoening aan de telefoon gehoord. Ze belde de dokter, zei dat ze zich zorgen maakte om mij, dat hij binnenkort eens langs moest komen. Toen begreep ik dat ik haar moest helpen. Dat de schoonheid binnen in haar het niet alleen aan kon. Dus maakte ik haar torenkamer schoon, zette overal zuiverende kaarsen neer en zorgde ervoor dat enkele kaarsen bij brandbare spullen in de buurt stonden. Daarna riep ik haar naar boven en samen hebben we thee gedronken. In die van haar zat valeriaan. Ze viel in slaap en ik heb de kamer verlaten, de deur op slot gedraaid en ben naar mijn eigen torenkamer gegaan. Daar heb ik ons lievelingsliedje opgezet, volume op tien, zodat deze hemelse melodie haar kon begeleiden tijdens haar laatste boetedoening.'

Hij zuchtte, ging in kleermakerszit op de grond zitten en liet zijn hoofd in zijn handen rusten voordat hij verderging. 'Na een uur hoorde ik haar gillen. Ik besloot dat ik deels schuldig was, ik had haar toch moeten weerhouden, en dus moest ook ik een deel van de boetedoening op mij nemen. Mijn deel zou bestaan uit het aanhoren van haar schreeuwen en het dichtgetrokken houden van de deur.'

Het belletje rinkelde weer in haar hoofd. Harder dan toen ze geblinddoekt op de trap had gestaan. Toen had ze het niet thuis kunnen brengen, maar nu begreep ze wat oma Roos had bedoeld. Dit was het gedeelte dat de oude vrouw nooit had kunnen plaatsen. De torenkamerdeur. Als Martijn zijn moeder had willen redden, zoals de brandweerlieden dachten, dan had hij tegen de deur moeten duwen, niet eraan moeten trekken!

'Ze heeft een halfuur gegild,' ging zijn stem toonloos verder. 'Daarna kwamen de vlammen door de deur en likten aan mijn armen. Het gekke was dat het niet eens pijn deed, dus bleef ik die deur vasthouden tot ik pijn zou voelen. Want alleen door pijn en afzien wordt iets moois geboren.'

Ze kon het niet langer tegenhouden. Onstuitbaar kwam de gal omhoog. Haar maag kneep, draaide en stuwde een lange straal stinkende groengele troep uit haar mond.

Meteen stond hij weer naast haar, veegde oneindig zacht haar gezicht schoon en tilde haar voorzichtig van het rooster. Behoedzaam liep hij met haar als een kostbaar pakket in zijn armen naar de zitkussens, legde haar op haar zij met haar gezicht naar de muur en ging achter haar liggen. Zijn ene arm onder haar nek, zijn andere arm liefdevol over haar taille heen.

'Stil maar, liefje, stil maar. Tril toch niet zo. Luister naar me. Heb ik niet altijd gezegd dat ik voor je zal zorgen? Dat ik je zal beschermen? Wees maar niet bang, ik ben er hoor. Ik laat je nooit in de steek. Nooit. Ik zal je helpen boete te doen. Heus, je hoeft het niet alleen te doen. Ik blijf al die tijd bij je.'

Zijn armen lagen om haar heen. Zijn moordenaarsarmen! Hij had zijn moeder vermoord! Zijn eigen moeder! Hij was gek, stapelgek en zij was in groot gevaar. Rustig. Rustig nou. Niet hyperventileren. Adem in, adem uit. En nog een keer. Nog nooit was het zo belangrijk geweest om kalm te zijn. Volkomen kalm. Denken moest ze. Helder. Analytisch. IJskoud. Ze moest hem op de een of andere manier te slim af zijn. Hij moest haar armen losmaken. De kamer verlaten. Hoe kon ze anders haar mobiel gebruiken? Ze moest zich afhankelijk opstellen. Nee! Ze moest zich juist sterk opstellen. Nee! Godsamme, wat moest ze doen? Rustig, rustig. Adem in, adem uit. En nog een keer. Ze wist het! Stom dat ze daar niet eerder aan gedacht had. Berouw tonen, dat was het. Dat wilde hij. Als hij dat wilde, kon hij het krijgen.

'Martijn?' fluisterde ze met een kinderstemmetje.

'Ja,' zei hij zacht in haar nek.

'Het spijt me zo verschrikkelijk, zo veel meer dan ik je zeggen kan.'

'Is dat zo, Marika?'

Een vleugje hoop. 'Ja, echt! Ik had je moeten vertrouwen, ik had moeten wachten tot jijzelf je gedachten met mij wilde delen, ik had niet zo ongeduldig moeten zijn. O, Martijn, echt, het spijt me zo.'

Zijn hand streelde haar nek en ze voelde zijn vingers aan het touw. Hij ging haar losmaken! Hij geloofde haar!

'Ik zou je zo graag willen geloven, Marika. Om je mijn goede wil te laten zien zal ik het touw tussen je enkels en je polsen verwijderen.'

Het touw tussen... Hij maakte haar niet los. Ze voelde de tranen van teleurstelling over haar wangen lopen, maar riep zichzelf direct tot de orde. Denken. Helder. Analytisch. IJskoud. Adem in, adem uit. En nog een keer. Beter dat touw alvast weg, dan helemaal niets. Nu kon ze in ieder geval haar benen strekken. Dankbaar. Ze moest vooral dankbaar zijn. 'Dankjewel, Martijn.'

Hij boog zich over haar heen en zag haar tranen. 'Waarom huil je?'

'Omdat ik je zo dankbaar ben.'

Zijn gezicht verzachtte en hij kuste haar voorhoofd voordat hij haar naar zich toe draaide en zij ongemakkelijk op haar handen lag die nog steeds achter haar rug waren gebonden.

Hij glimlachte. 'Wat kun je verschrikkelijk lief liegen.'
Zijn handen sloten om haar keel en drukten. Keihard.

Hoofdstuk 20

De druk werd harder en harder en ze voelde hoe haar ogen bijna uit hun kassen werden gedrukt, het bloed door haar hoofd stuwde, haar hart als een razende tekeerging. God, o God, ze ging dood, als hij nu niet ophield ging ze dood.

'Oké, dat was al vast een deel van de boetedoening.'

Zijn gezicht hing boven haar. Tranen liepen over zijn wangen en dat gezicht kwam dichterbij. Zijn mond raakte haar keel, kuste de zere plekken en ze wilde iets zeggen. Het enige geluid dat ze voortbracht was een hees gebrabbel.

'Stil, Marika, stil. Gun jezelf even tijd. Heb je berouw van je leugens?'

Snikkend en hijgend naar adem knikte ze en probeerde weer iets te zeggen.

'Stil maar, je…'

Een harde zoemer doorboorde de ruimte.

'Shit!' Een snelle blik op zijn horloge. Waarom?

'Wat moet die ouwe taart?' Hij stond op, liep tergend langzaam naar de deur en toen zag ze pas de intercom die ernaast gemonteerd was. Helder denken nu. Iemand zou haar kunnen horen als ze …

'Wat is er oma-lief, heeft…'

Ze gilde zo hard ze kon en hoorde hoe ze een vreemd krassend gekrijs voortbracht.

Hij draaide zich om en keek haar lijkbleek aan. Zijn ogen waren doods, zijn lippen samengetrokken tot een smalle lijn.

'Ik kom eraan oma,' zei hij met stemverheffing en liet de knop los. 'Meisje, meisje toch,' zei hij zacht en liep op haar toe. 'Je begrijpt dat ik oma nu buiten spel moet zetten. Dat was niet nodig geweest. Weer iets om boete voor te doen, kleine dame.'

Ze schudde wilde haar hoofd. 'Nee, Martijn, nee. Zij kan er niets aan doen. Ze is een lieve oude vrouw. Ze is je oma! Wat kan ze jou voor kwaad doen, niets toch?'

Hij ging naast haar zitten en grabbelde onder een van de kussens waarna hij een rol brede tape te voorschijn haalde.

'Dat is lief van je. Maar daar zul je onze oude dame niet mee redden. Ze zal me niet veel kunnen doen, maar ik voel me geruster wanneer ze slaapt. Ze is veel te slim. Ze heeft het nooit gezegd, maar ik weet dat ze me niet vertrouwt. Al jaren niet. Terwijl ze wel van me houdt. Vroeger zei ze dat nog wel eens,' peinsde hij opeens.

'Maar goed, ik ga er nu maar voor zorgen dat ze slaapt. Langer dan vannacht. Veel langer.' Hij grijnsde terwijl hij een groot stuk tape van de rol scheurde en over haar mond plakte.

'En jij zult voorlopig niet meer schreeuwen. Ik ga nu naar beneden. Niet weggaan hoor.' Nog steeds grijnzend stond hij op en verliet de kamer.

Rustig blijven, vooral rustig blijven. Ze leefde nog. Dat was het belangrijkste. Hij was weg. Ook heel belangrijk. Ze moest iets doen. Wat? Ze kon proberen rechtop te gaan zitten, maar hoe? Ze moest tegen de muur aan met haar rug, zich omhoogduwen met haar schouders, zorgen dat haar voeten grip kregen op de zacht fluwelen kussens. Zorgen dat de kussens niet wegschoven. Worstelen tot ze bovenkwam. Ze stond. Haperende ademhaling. Geeft niet, niet erg. Nu naar de intercom. Kleine sprongetjes, niet haar evenwicht verliezen. Halverwege de kamer even uitblazen. Razende hoofdpijn, flitsen vlammend wit voor haar ogen. Niet zeuren, doorgaan. Eindelijk. Nee toch, ze kon niet bij de knop. Wacht, als ze op haar tenen ging staan, kon ze misschien net met haar neus de knop indrukken. En dan? Geen tranen nu, ze kon dan niets zeggen, maar de knop indrukken zorgde voor een zoemgeluid. Toch? Nog een keer drukken. En nog keer. Daarna terughuppen naar de kussens. Haar rug tegen de muur laten vallen en langzaam naar beneden glijden. Hijgend, zwetend, hartenklop.

'Misschien was je slim genoeg, misschien was je snel genoeg. Wie zal het zeggen?'

Zijn stem. De stem die haar kippenvel van genot had bezorgd. De stem die nu garant stond voor angst. Haar angst.

'Helaas. Niet slim genoeg. Net snel genoeg, ik heb je niet tegen kunnen houden. Maar je hebt er niets aan, Marika. Oma-lief dacht dat ik weer een of andere vreselijke cd op had staan en ze was erg slaperig. En weet je wat zo vreemd was? De arme ziel had zo'n hoofdpijn! Daarom belde ze. Ze wil het liefst de hele dag in bed blijven. Denkt dat ze ziek wordt. Ik heb haar, als liefhebbende kleinzoon, uiteraard van medicijnen voorzien die ze braaf innam. Daar hebben we dus voorlopig geen last van. Twee tabletjes zorgden voor twaalf uur rust, drie zouden voor achttien uur rust moeten zorgen, dus heb ik haar er vier gegeven. Voor de zekerheid.'

Hij glimlachte zijn onweerstaanbare glimlach.

Ze moest hem aan de praat houden, zolang hij praatte deed hij niets en waren haar kansen om te overleven groter. Ze gromde achter de tape.

'Wil je iets zeggen? Vooruit dan, nu is er toch niemand meer die je kan horen.' Zijn hand strekte zich uit naar haar gezicht en ruw trok hij de tape van haar mond. 'Zeg het maar.'

'Vind je niet dat ik nu genoeg gestraft ben? Waarom geloof je me niet wanneer ik zeg dat ik er spijt van heb?'

Zijn glimlach was verdwenen en zijn gezicht veranderde in een masker. Een strak masker met ijskoude ogen.

'Martijn, alsjeblieft,' zei ze smekend en voelde haar ogen branden, vocht om het tegen te houden, tevergeefs.

Zijn vinger ving een traan en hij bekeek haar aandachtig.

'Ik ga je bijna geloven. Doe nog even je best. Huil nog een beetje meer.'

Woede verdrong de tranen en hij knikte.

'Zie je wel, ik wist het. Nog steeds geen acceptatie, nog steeds geen spijt en bovenal geen bereidheid tot boetedoening.'

Ze zag hem de rol tape pakken en de paniek welde weer op. 'Martijn! Ik moet plassen en ik heb dorst.'

De tape werd neergelegd en hij rende de kamer uit en de trap af. Ze hoorde gestommel en even later kwam hij terug met een emmer. 'Kijk eens wat een mooi toiletje!'

Ongelovig staarde ze naar de emmer. 'Je denkt toch niet serieus dat ik daar mijn behoefte op kan doen?'

'Ik maak je handen los en ga achter de deur staan. Denk erom dat je niets doet dat ik ook niet zou doen. Je wilt toch niet weer iets toevoegen aan de lijst van nog niet ingeloste boetes?'

Hij trok haar overeind, knoopte de touwen rond haar polsen los en zette haar voor de emmer. 'Ga je gang.'

Stijf en stram trok ze haar pijnlijke armen voor haar lichaam en wreef zacht over de dieprode striemen rond haar polsen, terwijl hij de kamer uitliep. Zodra de deur dichtviel, pakte ze haar mobiel uit haar zak, om zich huilend op de emmer te laten zakken toen ze zag dat de batterij leeg was, ze had hem moeten opladen. Wat kon ze nu nog doen? De intercom had geen zin meer. Rustig blijven. Adem in, adem uit. De situatie opnieuw analyseren. Ze moest in ieder geval zorgen dat ze ging plassen, hij was gek genoeg om te controleren of ze wel moest. Ze stond op, maakte haar broek los en schoof hem naar beneden.

'Ben je klaar?' klonk zijn stem van achter de deur.

'Bijna,' zei ze zacht en stopte snel de mobiel terug in haar achterzak.

'Ik tel tot tien daarna moet je klaar zijn.'

Gelukkig liep er iets in de emmer en toen hij bij acht was, trok ze haar broek weer op.

Bij tien stootte hij de deur open en kwam de kamer in met een groot glas vol met iets dat eruitzag als sinaasappelsap. 'Kijk eens hoe ik voor je zorg,' zei hij en overhandigde haar het glas.

Wantrouwend staarde ze hem aan. 'En wat heb je er deze keer in gedaan?'

Hij schudde meewarig zijn hoofd. 'Niets, Marika, helemaal niets. Dat is nu immers niet meer nodig. Je kunt het rustig opdrinken.'

Haar dorst won en gulzig dronk ze het glas achter elkaar leeg, terwijl hij haar bekeek. 'Grote meid,' zei hij en pakte haar het glas weer af waarna hij een blik op de emmer wierp. 'Gelukkig heb je niet gelogen. Ik ga bijna geloven dat je echt berouw hebt.'

Ze stak een hand naar hem uit, probeerde ondanks de walging die ze voelde, zo natuurlijk mogelijk zijn wang te strelen. 'Martijn, laat me alsjeblieft naar huis gaan.'

Zijn gezicht werd direct een masker en hij pakte het touw dat hij op de kussens had gegooid.

'O nee, alsjeblieft Martijn. Niet weer!'

'Jouw aanraking is gif voor mij. Puur gif.' Met ruwe gebaren bond hij haar polsen achter haar rug, tilde haar op en liet haar zakken op de kussens.

'Ook je stem brengt mij in verwarring. Ik laat mij niet van mijn doel afleiden door jou. Je bent een uitgekookt nest!'

Een groot stuk tape werd weer over haar mond geplakt en haar ogen brandden.

'Ga niet huilen, Marika. Je hebt er geen reden toe. Nog niet. Nu ga je eerst braaf een paar uur slapen. Ik heb nog het een en ander te doen. Helaas zal ik wel je polsen aan je enkels moeten bevestigen, ik vertrouw je voor geen cent!'

Hij duwde haar op haar zij en ze voelde de rukken aan haar polsen en enkels terwijl de wanhoop toesloeg. Hoe kon ze iets doen als ze zo lag vastgebonden?

'Ik zal de luiken opendoen, dan kun je naar buiten kijken. Geniet nog maar even van het uitzicht. Nu kan het nog.'

De rillingen liepen over haar rug. Nu kon het nog. Ging hij haar ook...? Nee, dat zou hij niet doen. Hij hield van haar. Dat had hij gezegd. Op een gezonde manier. Als de situatie niet zo dramatisch was, had ze er om kunnen lachen. Gezond.

Hij draaide haar rustig op haar rug. 'Kijk maar goed, mijn lieve Marika. Kijk maar.'

Hij stond op en opende de kleine houten luiken waarachter twee ramen verborgen zaten. Daarna liep hij de kamer uit.

Zodra hij de deur achter zich had gesloten, kregen haar tranen alle ruimte, vond de angst een plek in haar maag en sloeg haar hart op hol. Ze wist het zeker. Haar tijd was op. Er ging iets gebeuren. Iets verschrikkelijks. Het zou niet lang meer duren. Hij was het nu aan het voorbereiden. Waarom was het zo stil? Nergens het kleinste geluidje te bespeuren. Had hij oma Roos ook al vermoord? Stil, stil. Ze moest kalm zijn. Adem in, adem uit. Denken. Plannen maken. Welke plannen? Hoezo plannen? Ze leek wel gek. Wat kon ze doen terwijl ze hier, nog erger dan een varken aan het spit, lag vastgebonden? Wie zou haar missen? Papa en ma zaten op zee, Karin was op vakantie. Karin! Die zou nog bellen. Die zou er niets van begrijpen wanneer ze een paar keer had gebeld zonder resultaat. Wat zou ze doen wanneer ze haar niet te pakken kreeg op haar mobiel of thuis? Zou ze oma Roos bellen? Nee, ze wist het nummer niet. Dat ging ze opzoeken. Echt, dat ging ze doen. Dat moést ze doen. God, o God, maar oma lag zowat in coma, die nam ook de telefoon niet op. Zou er dan bij Karin een belletje gaan rinkelen? Misschien. Of misschien dacht ze wel dat haar werkende vriendinnetje samen met oma Roos op stap was. Omdat ze anders alleen zou zijn. Alleen. Zo verschrikkelijk alleen. Zo verschrikkelijk bang. Nee! Niet toegeven. Adem in, adem uit. Ze was zo moe, zo vreselijk moe.

Ze werd wakker van de warmte. Voorzichtig deed ze haar ogen open en de schrik benam haar de adem. De zuiveraar brandde! Grote, langwerpige vlammen kwamen hoog boven het rooster uit. Martijn liep er als in trance rondjes omheen. Elk rondje liep hij sneller dan het vorige. Zijn bijna bovenaards stralende gezicht droop van het zweet, maar hij leek geen last van de warmte te hebben. Opeens had hij door dat ze naar hem lag te kijken.

'Het gaat gebeuren, Marika,' riep hij als een kind zo blij en rende nog een rondje om het grote, grijze gevaarte waarbij hij zijn armen als vleugels liet wapperen. 'Kijk, ik maak wind, want dit zuiverende vuur moet je altijd blijven aanwakkeren. Bijna, mijn lieve Marika, bijna. Wanneer de vlammen alle kooltjes roodgloeiend hebben verhit, dan is het moment eindelijk daar. Eindelijk zul je volledig gezuiverd worden. Dit is het moment waarop wij samen hebben gewacht. Nog even geduld.'

De paniek stormde door haar lijf, het bloed suisde in haar oren en als de tape het niet verhinderd had, zou ze gegild hebben. De misselijkheid kwam in volle vaart terug. Uit alle macht probeerde ze diep door haar neus in te ademen. Ze mocht niet gaan overgeven, dan zou ze stikken in haar eigen gal. Rustig, rustig. Kalm blijven. Denken. Denk aan uitstel. Hoe? Denken. Koel. Analytisch. Misschien wilde hij dat ze ging smeken. Oké, dat zou ze doen. Zodra die tape van haar mond was. Misschien wilde hij dat ze ging huilen. Geen probleem. Alles om te overleven. Uitstel. Hoe? Ze gromde en hij keek naar haar. Het meisje dat als een gestopte worst in elkaar gedoken lag op de kussens.

'Ben je zo ongeduldig? Wil je zo graag boete doen?'

Ze gromde wat langer.

'Wacht,' zei hij en kwam bijna huppelend op haar af. Met een harde ruk trok hij de tape van haar mond. 'Zeg het maar, lieve Marika.'

'Alsjeblieft, Martijn,' mompelde ze schor en voelde de pijnscheuten door haar keel schieten als in gif gedoopte pijlen.

'Nog even. Heb geduld, je zuivering is echt nabij.'

Ze schudde haar hoofd en voelde het zilte nat uit haar ogen rollen. 'Dat bedoel ik niet, Martijn. Maak me los, alsjeblieft, maak me los.'

Zijn blik verzachtte en hij schudde medelijdend zijn hoofd. 'Marika toch! Nog steeds bang? Dat hoeft niet, ik ben bij je. Wat kan je gebeuren met mij aan je zij? Heb ik niet altijd gezegd dat er iemand op je moest passen en dat ik die persoon zou zijn?'

'Als je echt voor me wilt zorgen, maak me dan los en laat me gaan. Als je me echt wilt beschermen tegen alle kwaad, dan doe je me dit niet aan. Alsjeblieft, Martijn,' smeekte ze schor schreeuwend.

Zijn stem verloor alle kleur en was zwarter dan zwart. 'O, Marika, Marika. Nog steeds in de ontkenningsfase. Nog steeds in die cirkel van angst. Wacht,' zei hij en plakte een nieuw stuk tape over haar mond voordat hij naar de hoek met kussens liep. 'Ik zal de muziek aanzetten. Luister er goed naar. Deze muziek zal je begeleiden tijdens je reis naar vergeving door boete.' Zijn hand drukte op de knop van de gettoblaster en de verschrikkelijke muziek vulde de kamer.

Dit was het einde. Er was niets meer aan te doen. De roodwitte pijngolven achter haar ogen zouden binnenkort ophouden. Haar jagende ademhaling zou niet langer jagend zijn. Zou niets zijn. Zíj zou niets zijn. Papa en ma zou ze niet meer zien. Nooit zou ze meer kunnen mopperen op ma. O, mama, was je er maar. Kon ze nog maar even tegen haar zeggen dat het allemaal niet zo erg was, dat ze van haar hield, dat alles goed kwam. Nooit meer lachen met Karin. Nooit meer lachen om de broertjes en het zusje van Karin, nooit...

Hij boog zich over haar heen en ze gilde achter de tape, kronkelde als een vis op het droge, maar hij schudde zwijgend zijn hoofd. Legde een arm onder haar nek en zijn andere arm onder haar gebogen knieën. Met een reuzenzwaai tilde hij haar op, draaide zich om en liep als in trance naar de zuiveraar.

Opeens een knal, de gettoblaster barstte uit elkaar, daarna was er alleen nog maar een duizelingwekkende stilte. Zijn armen verstijfden om haar lichaam. Drukten verkrampt tegen haar keel. Zijn gezicht was asgrijs geworden en hij staarde naar de deur. Ze draaide moeizaam haar hoofd in dezelfde richting en hield haar adem in. Oma Roos stond leunend tegen de deurpost in de deuropening. Een pistool in haar handen. Een pistool dat eerst op de gettoblaster gericht was geweest en nu langzaam op het hoofd van Martijn gericht werd.

'Laat haar los, Martijn. Nú!' Een iele stem in een schril, gebogen lichaam. Een lichaam dat uiterst langzaam, met de rug steun zoekend tegen de muur, voortschuifelde in de richting van het koelkastje, waarbij het pistool onafgebroken op Martijn gericht bleef.

Zijn armen verslapten, zakten naar beneden, en ze kwam zwaar op de grond terecht. Een knak, gevolgd door een witte pijn in haar arm. Geen tijd. Niet aan denken. Wat deed oma Roos?

De oude vrouw was eindelijk bij het koelkastje gekomen en liet zich er voorzichtig op zakken zonder haar ogen van Martijn af te nemen.

'Ik had wel dood kunnen zijn,' zei ze net zo toonloos als hij het kon zeggen. 'Als ik niet mijn gezonde verstand had gebruikt, zat ik hier niet meer. Dacht je werkelijk dat je me nog een keer in de maling kon nemen? Dan had je vroeger op moeten staan, jongen. Ik weet al jaren hoe je je voelt wanneer je te veel slaaptabletten hebt ingenomen en dat was precies wat ik voelde toen ik vanochtend wakker werd. Ik heb me gek gepiekerd en de enige die me tabletten had kunnen geven was jij. In mijn thee. Er was iets aan de hand. Iets ergs. Ik kon geen enkel risico nemen, gebruikte de intercom en hoorde een vreemd geluid. Menselijk. Dat wist ik heel zeker. Nee,' schoot haar stem opeens uit. 'Blijf staan! Als je een stap durft te zetten, schiet ik.'

Iets dat op bewondering leek, verlichtte zijn gezicht.

'Oké, oma-lief. Wil je zo graag je verhaal vertellen? Heb je…'

'Houd je mond!' klonk haar stem harder dan ooit tevoren. 'Denk niet dat je slimmer bent dan ik, jongetje. Wie heeft jou op het verkeerde been gezet met haar slaperige stemmetje en het braaf innemen van de medicijnen die je bracht? Dacht je werkelijk dat het zo gemakkelijk was? Ik had je slimmer verwacht. Natuurlijk nam ik die tabletten niet in, die lagen onder mijn tong te wachten tot jij verdwenen was. Daarna ben ik op zoek gegaan naar dit pistool, tot ik jou naar beneden hoorde komen en je in de tuin bezig zag met zakken kooltjes voor de barbecue. Toen was er geen twijfel meer. Ik wist zeker dat er iets ergs te gebeuren stond. Ik heb lang getwijfeld, maar ik begreep dat ik zelf in actie moest komen. Met dit pistool. Ik moest mijn enige kleinkind in bedwang houden met een pistool. Net zolang tot de politie hier zou zijn. Want je begrijpt dat ik die heb gebeld, maar als je nu weggaat heb je nog een kans ook al…'

Zijn gezicht versteende en hij deed een stap naar voren. Zijn voet bijna op Marika's haar. 'Je hebt…'

Oma Roos richtte het pistool wat lager en schoot. Met een rauwe schreeuw greep hij naar zijn arm. Bloed sijpelde tussen zijn gehandschoende vingers door en ongelovig staarde hij zijn oma aan.

'Je hebt geschoten!'

'En als je nu niet maakt dat je wegkomt, doe ik het weer,' zei de oude dame vastberaden en richtte het pistool weer op haar kleinzoon.

Ongeloof vloog over zijn gezicht. 'Maar oma,' zei hij en trok zijn andere been bij.

Ze schoot en zijn bijna dierlijk gebrul vulde de kamer.

'Mevrouw?' klonk het opeens van beneden. 'Mevrouw is alles goed met u?'

Marika herademde en voelde de opluchting door haar lijf dansen als een grote stoot vitaminen. De politie! Ze waren er!

Martijn kreeg een lege blik in zijn ogen en met zijn hand om zijn bebloede arm keek hij naar het meisje aan zijn voeten. 'Je was zo dichtbij, Marika. Ooit maken we af waaraan we zijn begonnen, want geloof me, alleen door pijn en afzien wordt iets moois geboren,' fluisterde hij voor hij uithaalde en zijn voet tegen haar hoofd schopte.

Het laatste dat ze zag was een politieagent die Martijn met een ruk bij haar vandaan trok, daarna kwam de weldadig zwarte deken.